陳平原 主編

三聯人文書系

吳承學 著

中國早期文體觀念的發生

JPC HK

三聯人文書系

主　編　陳平原

責任編輯　沈夢原

書籍設計　吳冠曼

書　名　中國早期文體觀念的發生

著　者　吳承學

出　版　三聯書店（香港）有限公司
香港北角英皇道四九九號北角工業大廈二十樓
Joint Publishing (H.K.) Co., Ltd.
20/F., North Point Industrial Building,
499 King's Road, North Point, Hong Kong

香港發行　香港聯合書刊物流有限公司
香港新界荃灣德士古道二二〇至二四八號十六樓

印　刷　美雅印刷製本有限公司
香港九龍觀塘榮業街六號四樓A室

版　次　二〇一九年十月香港第一版第一次印刷
二〇二二年四月香港第一版第二次印刷

規　格　大三十二開（141×210 mm）三二〇面

國際書號　ISBN 978-962-04-4529-3

總序

陳平原

老北大有門課程，專教「學術文」。在設計者心目中，同屬文章，可以是天馬行空的「文藝文」，也可以是步步為營的「學術文」，各有其規矩，也各有其韻味。所有的「滿腹經綸」，一旦落在紙上，就可能或已經是「另一種文章」了。記得章學誠說過：「夫史所載者，事也；事必藉文而傳，故良史莫不工文。」我略加發揮：不僅「良史」，所有治人文學的，大概都應該工於文。

我想像中的人文學，必須是學問中有「人」——喜怒哀樂，感慨情懷，以及特定時刻的個人心境等，都制約着我們對課題的選擇以及研究的推進；另外，學問中還要有「文」——起碼是努力超越世人所理解的「學問」與「文章」之間的巨大鴻溝。胡適曾提及清人崔述讀書從韓柳文入手，最後成為一代學者；而歷史學家錢穆，早年也花了很大功夫學習韓愈文章。有此「童子功」的學者，對歷史資料的解讀會別有會心，更不要說對自己文章的刻意經營了。當然，學問千差萬別，文章更是無一定之規，今人著述，盡可別立新宗，不見得非追韓摹柳不可。

錢穆曾提醒學生余英時：「鄙意論學文字極宜着意修飾。」我相信，此乃老一輩學者的共同追求。不僅思慮「説什麼」，還在斟酌「怎麼説」，故其著書立説，「學問」之外，還有「文章」。當然，這裡所説的「文章」，並非滿紙「落霞秋水」，而是追求佈局合理、筆墨簡潔，論證嚴密；行有餘力，方才不動聲色地來點「高難度動作表演」。

與當今中國學界之極力推崇「專著」不同，我欣賞精彩的單篇論文；就連自家買書，也都更看好篇幅不大的專題文集，而不是疊床架屋的高頭講章。前年撰一《懷念「小書」》的短文，提及「現在的學術書，之所以越寫越厚，有的是專業論述的需要，但很大一部分是因為缺乏必要的剪裁，以眾多陳陳相因的史料或套語來充數」。外行人以為，書寫得那麼厚，必定是下了很大功夫。其實，有時並非功夫深，而是不夠自信，不敢單刀赴會，什麼都來一點，以示全面；如此不分青紅皂白，眉毛鬍子一把抓，才把書弄得那麼臃腫。只是風氣已然形成，身為專家學者，沒有四五十萬字，似乎不好意思出手了。

類似的抱怨，我在好多場合及文章中提及，也招來一些掌聲或譏諷。那天港島聚會，跟香港三聯書店總編輯陳翠玲偶然談起，沒想到她當場拍板，要求我「坐而言，起而行」，替他們主編一套「小而可貴」的叢書。為何對方反應如此神速？原來香港三聯書店向有出版大師、名家「小作」的傳統，他們現正想為書店創立六十週年再籌劃一套此類叢書，而我竟自己撞到槍口上來了。

記得周作人的《中國新文學的源流》一九三二年出版，也就五萬字左右，錢鍾書對周書有所批評，但還是承認：「這是一本小而可貴的書，正如一切的好書一樣，它不僅給讀者以有系統的事實，而且能引起讀者許多反想。」稱周書「有系統」，實在有點勉強；但要說引起「許多反想」，那倒是真的——時至今日，此書還在被人閱讀、批評、引證。像這樣「小而可貴」、「能引起讀者許多反想」的書，現在越來越少。既然如此，何不嘗試一下？

早年醉心散文，後以民間文學研究著稱的鍾敬文，晚年有一妙語：「我從十二三歲起就亂寫文章，今年快百歲了，寫了一輩子，到現在你問我有幾篇可以算作論文，我看也就是有三五篇，可能就三篇吧。」如此自嘲，是在提醒那些在「量化指標」驅趕下拚命趕工的現代學者，悠着點，慢工方能出細活。我則從另一個角度解讀：或許，對於一個成熟的學者來說，三五篇代表性論文，確能體現其學術上的志趣與風貌；而對於讀者來說，經由十萬字左右的文章，進入某一專業課題，看高手如何「翻雲覆雨」，也是一種樂趣。

與其興師動眾，組一個龐大的編委會，經由一番認真的提名與票選，得到一張左右支絀的「英雄譜」，還不如老老實實承認，這既非學術史，也不是排行榜，只是一個興趣廣泛的讀書人，以他的眼光、趣味與人脈，勾勒出來的「當代中國人文學」的某一側影。若天遂人願，舊雨新知不斷加盟，衣食父母繼續捧場，叢書能延續較長一段時間，我相信，這一「圖景」會日漸完善的。

最後，有三點技術性的說明：第一，作者不限東西南北，只求以漢語寫作；第二，學科不論古今中外，目前僅限於人文學；第三，不敢有年齡歧視，但以中年為主——考慮到中國大陸的歷史原因，選擇改革開放後進入大學或研究院者。這三點，也是為了配合出版機構的宏願。

二〇〇八年五月二日
於香港中文大學客舍

目錄

序……001
早期文體觀念研究的學術史意義……015
早期文體觀念發生舉要……033
早期文字與文體觀念……069
早期文辭稱引與文體觀念的發生……107
早期文章的命篇與命體……145
「九能」說與早期文體觀念……189
早期職官與文體發生……239
「文本於經」說與文體觀念……277

後記……299
作者簡介……306
著述年表……307

序

吳承學教授的新著《中國早期文體觀念的發生》即將出版，囑我作序，茲事體大。從最早的《中國古典文學風格學》，到《中國古代文體形態研究》、《中國古代文體學研究》，風格論、文體形態史與文體學史的完成之後，承學教授更返身遠古，掘井及泉，貢獻了中國文體學的發生形態成果。一門現代學術意義上的學問，經他一手之力，規模宏闊，體系大備。新著之中，精義迭見。我認為比較重要而富於原創性的內容有：他發現，中國早期的文體譜系觀念的發生，首先是基於禮儀、政治與制度建構之上的，許多文體功能、文體類別是從文體使用者的身份與職責延伸而來的，與之共同構成文體譜系。這就將文體學的發生，建立在「禮樂文明」或「文官政治」、「政治治理力」這一結實的中國上古史脈絡中。其次，漢字的特殊性也是文體觀念的土壤。他考察了文字與文體之關係中，古人對文體的感知、理解以及早期文體產生的原始語境，考察文字產生文體意義的過程與方式，發現中國文體學的某些獨特性。這一內容雖然有饒宗頤等學者論及，顯然這裏更為精密，與文體學的聯結，更為開展。第三，「九能」說猶如一枚遠古的化石，含藏中國文體學要義。它涉及當時占卜、田獵、外交、軍事、喪禮、地理、祭祀等各個方面的內容，其核心精神在於強調大夫應該具有多方面修養與能力，能在不同場合適應不同的需求。這一文體學要義，指向中國精英文學最為核心的價值。第四，職官精神、士人才性、文體風格三者，可能存在互為因果、互相影響的微妙關係。也是從作者的角度，大大拓展了我們對中國文體學的認知。其他如命篇與命體、經體與文體等，亦多新見。

《中國早期文體觀念的發生》是這個領域極具創意之作。它不是歷史學，也不是文學史與文學思想史，它令人耳目一新的地方，是從不同的方面入手（歷史、哲學、語言、政治、文化、典籍），從文體與制度、文體與漢字相結合的橫向機制切開，去看裏面。看這些知識與知識是如何相互呼應的。因而，雖為文體學著作，但其結論與觀點，不止於文體學，對於其他學科，亦有重要的參考意義。如論及「諫」體：

> ……規諫類文體與其他系列文體相比，具有明顯的獨特性，即它的開放性與靈活度：其使用者並沒有被特別指定為某一系統的官職所屬，甚至超出職官系統，瞽、史、師、瞍、矇、百工、庶人乃至近臣、親戚、公卿、列士，他們雖處於不同階層，但皆可使用規諫類文體。而規諫類文體所涵蓋的範圍亦相當廣泛，綜而言之，有書、詩、曲、箴、諫、規、誨、導、典、訓、謗、賦、誦、語等，其中既有屬於言說方式的（如諫、

誨、導、訓、謗、賦、誦、語等），也有屬於具有成文的文體形態的（如書、詩、曲、箴、典等）。這裏所體現出來的社會各階層皆有責任使用各種規諫類文體來反映社會現實，或對政治提出批評與建議，以「補察王政」的文體觀念，也許正反映出早期政治制度設置中某種比較開明的精神，這種觀念此後也逐漸發展成諷喻和批判現實、政治的傳統。

這一結論，相當具體而微地揭示了古代政治生活與政治文化的某些重要機制。這樣的例子，書中多有，限於篇幅，這裏不一一枚舉。

我更關心這一文體觀念發生過程中，所蘊含的早期中國文學與文化的大義。承學教授的論述十分克制，引而不發。我這裏試圖根據個人的理解，引申闡發其中的一二。

一、體用不二的文體精神

承學教授一以貫之地追尋中國文體的那個源頭，從文字、從篇題、從稱引、從職官、從作文者的才賦，從多角度和不同的節點上，他非常注意上古作者的身份與文本的關係，注意從創作者、讀者和文本的角度去追尋那個原點。如果我們把文本理解為一以貫之的「體」，將文本施用的場合、作者、聽者理解為「用」，那麼，早期文體發生常常是隨物賦形、即用即體，有「體用不二」的傾向。譬如在禮制與文體中，（一）文體特定的使用主體或施用對象是決定因素，禮制強調尊卑有序、貴賤有別的社會秩序，這種規定直接體現在文體觀念上。（二）文體特定的使用場合和功能也是決定的因素，發言場合決定了文體觀念的產生。（三）文體特定的表現內容與措辭相關，不同的文本導致不同的語言風格與大旨。如果再添加一些例子，譬如《國語．晉語》衛莊公禱詞：「曾孫蒯聵，以諒趙鞅之故，敢昭告於皇祖文王、烈祖康叔、文祖襄公、昭考靈公……」下面的語言必定端方簡淨，因為是說給列祖列宗聽的；譬如〈檀弓〉中房子落成時張老的祝辭：「歌於斯，哭於斯，聚國族於斯。」語言也必然合轍押韻，順口入耳，因此可以通達神靈。以上風格，最初可以甲骨卜辭為代表，甲骨卜辭大體呈現為前（敘）辭——貞（問）辭——占辭——果辭——驗辭的模式，其中貞辭部分，因為是通神的，用承學教授的話說，有著「莊重、敬畏、虔誠甚至是神聖」的特點。至於占辭部分，不是說給神靈聽的，不妨滑稽，甚至暴力。譬如〈招魂〉，接受者是新死者，於是得用恐嚇與疏導兩種語調，輔之以無限的誇張與鋪排，以使新死者受到感召，起死回生。至於貴族社會中那些酒令及外交辭令，為了讓聽者能認可歌唱者有學問有教養，除了合轍押韻，看來非得高雅且生動（大概就是孔門所說的雅言吧），這主要體現在「二南」、「二雅」及《左傳》、《國語》中的大量士大夫言說。至於那些訓誥之辭，如《尚書》中多見的，是另一撥聽眾，或為剛剛馴服的臣民，或為國之子弟，自然是端起架子發表那些重要講話，要讓人似懂非懂，即使是空話套話，也說得義正辭嚴，讓人汗不敢出，與前面那些別是一番模樣了。總之，中國哲學從《周易》就講「體用」。這個體用的「體」，與文體的「體」不一樣。但是如果我們從早期文體觀念之發生形態看，冥冥中似有一種文化機制貫穿其中，可以說是文無定體，因用成體，體用如一。如佛經所謂「定是慧體，慧是定用，猶如燈光，有燈即有光，無燈即暗」。這一文化機制如何對後世文體學產生積極的影響，是一個有待探索的課題。

二、作為「毛細管權力」的文體

《中國早期文體觀念的發生》一書從禮制、政教、職官、語言、作者、聽眾、媒介、場合、文本等展開文體的發生，似乎有一隻看不見的手，即文體之手，將上古社會生活的方方面面，管理得有條不紊。因而，給我們一種新的認知：在古代中國，似乎並不完全是國家、統治者，還有各種微觀的「文」的權力，在治理國家。文體，正是無所不在的微觀權力。正如承學教授所歸納的秦漢文體系統：

（一）詔令文體：詔、策（冊）、戒敕、璽書、誥、諭告（喻告）、命書、制書等。

（二）章奏文體：書、疏、封事、白事、奏、劾奏、議、論、章、表、對、對策等。

（三）官府往來文體：牋、教（下記）、移書、檄、問、行狀、語書、除書、遺書、病書、視事書、予寧書、調書、債書、直符書、致書、傳等。

（四）司法類文體：律令、舉書、劾狀、爰書、推辟驗問書、奏讞書等。

（五）禮樂類文體：玉牒文、頌、贊、符命、碑、誄、祝、禱、箴、賦、銘、盟、上壽、蝦辭、刻石、月令、樂府（歌、行、吟、謠、篇、引）等。

（六）史傳類文體：紀、傳、表、志、敘、記、錄、注記（著記）、起居注等。

（七）數術方技類文體：解、曆、秘記、占、符、相、式等。

這個文體譜系差不多將社會公私生活，一網打盡。承學教授論「經各有體」引《史記·太史公自序》：

《易》著天地陰陽四時五行，故長於變；《禮》經紀人倫，故長於行；《書》記先王之事，故長於政；《詩》記山川谿谷禽獸草木牝牡雌雄，故長於風；《樂》樂所以立，故長於和；《春秋》辯是非，故長於治人。是故《禮》以節人，《樂》以發和，《書》以道事，《詩》以達意，《易》以道化，《春秋》以道義。

我認為，謂「經各有體」，從各經分別掌管時序的遷化、人倫的規範、政治的標準、情感的感通、群體的認同、是非的辨別等，既有感性，亦有理性；既有上層，亦有下層；既有人事，亦有超人事。以文章為手段，旨在充分展開現實世界的文明化、秩序化、規範化、責任化。普天之下，莫非文章；率土之濱，莫非文事。因而，文體學，根本上更是「治理的藝術」。這個「體」是既零散又整全，既有力又柔性，既無形又有神。治理藝術，根本是政治性的。我們都沒有從積極的意義看待中國文學這一重要原理，看待中國文學與生俱來的政治性。按亞里斯多德的說法，即神與獸，不需要政治，凡人群皆有政治，即社會溝通與社會治理。福柯說：「我希望能夠注意到，當我在說話的時候，一個沒有名字的聲音在我之前早就存在了。」文體正是中國文學背後「看不見的手」或「沒有名字的聲音」，不是作家論，不是文學史論，而是文本與文體的內部結構及其相互連接的遊戲，構成中國文學的隱秘邏輯。由此而論中國文體學，義莫大焉！

我一直想與承學教授深入探討一下文體學對於中國文學與文學思想的潛在意義，不妨藉此機會請教。

首先是文章學的重建。「遊文章之林府」（〈文賦〉），這是說古往今來的文學遺產；「唐虞文章，則煥乎始盛」（《文心雕龍》），這是說中國好文章的起源；「夫子文章，可得而聞」、「洞性靈之奧區，極文章之骨髓」（《文心雕龍》），這是說經典；「陳思之於文章也，譬人倫之有周孔」（《詩品》），這是說文采……五四以還，我們百年來講「文學」，講想像、幻覺、靈感、浪漫、美感甚至魔幻等，其實「文章」這個概念比「文學」這個概念更文學、更美好，因為「文章」更加本色、本真。文人可以守護的，讀書人可以珍惜的，魯迅先生當年說的「我並無大刀，只有一枝筆，名曰『金不換』」，就是寫文章。在中國文化的譜系中，「文章」常常與如下詞組同時並用：經術文章、綱紀文章、禮樂文章、氣節文章、文章志節、道德文章、大塊文章、節義文章、青史文章等，其中有人的胸襟、氣節與道德行為，有制度與政教的正義、仁善與文明教化，有代代傳承的經典，也有天地自然的大美。因而，如果回歸中國文體真相，文章的價值與地位應大幅提高。現有的中國文學史，文學的概念基本上是五四以後新文學的，其中大大遮蔽了文章的面貌，不要說文章與文明的關係，諸如文章的體裁、文章的類別、文章的作法、文章的功能、文章的內容、文章的美學等，都十分稀缺。當代的中國文學史，是一部有選擇的文學史，而不是一部真實的文學史。

其次，非虛構性。如果回到文章的本份，中國文學的「非虛構性」要重新加以重視。中國文學以詩文為正統，小說戲曲畢竟後起（其實中國的戲曲很大程度也是非虛構的）。眾所周知，中國古代的「文」以實用為主，所以大致是非虛構性的。值得注意的是，中國古代的詩，雖然多以抒情為主，但也具有非虛構性。鄧小軍教授〈中國詩的基本特徵：寫實還是虛構〉從詩歌大家、詩論與詩文化背景中得出結論：中國詩具有寫實性的基本特徵，詩歌以虛構為基本特徵的文學理論並不適應中國詩，因此應該相應地改寫，不能忽視中國詩的歷史內容。從文學立場說，詩歌內容如果未被了解，其藝術造詣便無從了解。

第三，作者身份。中國文體學有助於對作家的士人身份的重新認定。與現代文學家的作家身份相比較，可以說中國古代文學具有身份的「多向性」。韓愈詩曰：「餘事作詩人。」中國古代的詩人作家，基本都是「業餘」的或者說是「兼職」的，因為他們本身另有一份正式職業。沒有職業的作家，士人一身而兼官員、政治家、學者、文人、藝術家甚至農民。如承學教授書中論及「士之九能」：

在先秦的原始語境中，「九能」說涉及當時占卜、田獵、外交、軍事、喪禮、地理、祭祀等各個方面的內容，其核心精神在於強調大夫應該具有多方面修養與能力，能在不同場合適應不同的需求。正如章太炎所言：「古之儒知天文占候，謂其多技，故號偏施於『九能』，諸有術者悉晐之矣。」

現有的作家身份，大大弱化了文學的價值與功能。比方說創意寫作，根本就只是一種相當狹窄的培養模式。譬如說作家班，根本就不應該招從校門到校門的中學生。文體學的復甦，將是真正「士」的文學精神的復甦。

第四，得體。這是一個有待於重新發現的文體思想。中國文體學對於文學與人的真實交往活動有細緻用心的安排。我想起一個我親身經歷的文體學小故事：某年，我代表中國高校圖書館館長訪日代表團，感謝日本講談社向中國贈書，當面向社長野間省伸先生贈送我撰作並書寫的題詞：「千秋積水，萬帙成橋。」不僅得體地表達了感謝，同時也傳遞了中日書籍交往的悠久歷史；不僅有友情的回顧，而且有未來的希望。八個字竟如此厚重，要向中國文體敬禮。又某年，日本高橋教授以其所藏古籍相贈，我轉贈五言古詩一首：「友人扶桑去，故籍重千金。臨岐脱手贈，平生一片心。」對於愛好中華傳統文化的日本學者來說，這比回贈什麼其他禮品都更為得體，也更為可貴！又某年，我與王新才館長、程章燦館長、陳思和館長等，為北大圖書館百二十年館慶，步韻酬唱疊十餘章，書成卷軸，作為獻禮，以最少的文字、最小的篇幅，又最有濃度、最有深度、最為典雅地表達了對以北大圖書館為代表的近代中國高校圖書館傳統的敬意，這是現代文體完全不可企及的。最難忘的是某年，我在馬來西亞馬六甲一華文學校講演，講到最後，我用台灣宜蘭酒令的曲調唱唐人王維「紅豆生南國」詩，一人唱，三百人和，全場激發久久不息的高潮。蕉風明月之夜，我與聽眾一起沉浸在血濃於水的文化中國情感氛圍之中……

從這些個人的經歷可見，一方面重新復活舊文體的功能，一方面創造新的現代生活所需求的新文體，正是中國文體學的任務。

最後，文體與教化。在中國古代，特定的文體擔負著文明習得的使命。僅舉一例：研究發現，唐宋至明清士人的寫作訓練、文學啟蒙是從對對子開始的。對對子可以作為全社會測試兒童聰穎程度的主要方式，作為士大夫教養過程的能力指標，也可以開啟一般知識人生的要事，甚至，還可以是開啟命運的鑰匙（婚姻的媒介）、顯姓揚名的機會（義子的憑藉，明清有不少故事）。當然，日常生活中，還可以透過宴席間社交活動的表演，這是自我意識的強化，是器識格局的窗口，無形中擔負了道德教化與生命成長的功能。古代社會能靠科舉取得功名做官的士人，畢竟是少數，然而，藉著自少年時代即接受的八股訓練，士人可以經營實業，可以做文人安頓自己，這也是中國文體學為士人謀劃的一條生路，或者，是科舉人生之外的另一選項。【二】總之，現代中國文學是「語」的系統，古典中國文學是「文」的系統。前一個系統，注重作家的藝術與個性的話語行為與話語創造，因而是一種自主的藝術，封閉的藝術，秀異的藝術。後一個系統，更為注重讀者與語言行為的功能，因而是一種生活的藝術或政治的藝術；作家有時並不重要，更為重要的，是文本身，成文明之體、成教化之力，是文明本身看不見的手，在社會治理、政治生活以及日常活動中，成一種毛細管式的文化力

【二】參見王鴻泰：〈學屬對覘器識：明清士人的啟蒙教育、對句練習與文人性格的形成〉，中央大學二〇一六年明清文學與文化國際學術研討會論文。

道。因此，古典中國文學的主流是文體化的藝術，即技藝化的文學。其中有待發現更多的文體習性，而現代文學失去了這個文體習性。失去的後果，即精英文學的資源、本土傳統的資源和語言的資源斷絕。因此，文體學不僅要研究文體真相，也應該研究文體習性，響應五四時代，重建中國文論。

回顧近十年來，我秉承先師王元化教授遺願，反思五四，重審現代，以西學為參照，而不以西學為標準，努力從二十世紀西學主導中國文論的大潮中，翻轉身來，再認傳統。同輩學人中，承學教授三十年來一直致力於此，成果最為顯著。他在深入中國風格論的過程中，漸漸發現中國文體學是傳統文學批評中最具本土特色的理論話語基礎。而二十世紀所看到的中國文學，之所以面目可疑，氣血不振，甚而完全失去了自己的特色，遮蔽了自家的真貌，其中一個重要原因就在於以西方的「文學文體」粗疏地代替了中國傳統的「文章文體」。西方的詩歌小說戲曲散文四分法，以及虛構類優勢的文學觀、現實主義浪漫主義二元論，將中國文學套入了一種「西裝馬褂式」的表演。而中國文體學研究就是一把解套之鑰，因而承學教授做的工作，漸漸成為一種有思想的學術，一種敢於立新範式、翻轉潮流，直接對話五四先輩的學術。我深知，後五四時代的中國文論，最難能可貴的，不是「破」字當頭，不是動輒對二十世紀的文論貼上一「失語」標籤，甚至不是一味去拆解中國文論中的西方話語迷思，而是更展開一種扎實深入的研究風氣，深耕古典，還原現場，攻壘摩營，拔幟易幟，一步一個腳印，真正拿出「後五四時代」「建設性」的成果，發現那些被忽略被遮蓋、隱藏於傳統深處的「中國文論」，究竟可以拿出什麼東西來給現代人看——真正具有「建設性」的工作，即「中國文體學之再發現」。承學教授不僅漸漸建構了一整套新範式，引來無數後人至今從事清理成果與打掃戰場的工作，在科學「範式」的革命意義上，已經在學術史上具有了里程碑意義；更不止於此，當從事文體學的學人紛紛沿流而下，從唐宋至明清，關注重要的理論家及其著作，他以香象渡河式的大願力，回到中國本土理論傳統與古代文章文體語境來「發現」中國文學自身的歷史。我深知，知識對象的歷史性問題，實際上就是針對我們所隸屬的現有話語體系和權力設置提問，如文論中的大眾化、虛構化、秀異化、知識化、建制化、學科化、文學史化、娛樂化、致敬化、工匠化等等。「如果我們現在做這件事，目的在於知道我們今天是什麼樣的人。」（福柯）超越前人，也超越當下，指向未來，成為後人的思想基礎。我祝福承學教授和他的學術思想，更行、更遠、更生。是為序。

胡曉明

戊戌年歲暮於煮海室

早期文體觀念研究的學術史意義

第一節　回到中國語境「發現」中國文體學

文體學是中國古代文學研究中最為悠久的學術之一，它既是傳統文學創作的基本前提和理論原則，也是古代文學理論與批評的核心與基點。中國古代有著豐富而深厚的文體學思想，從魏晉直到清代，久盛不衰。近代以來，西學東漸，中國文體學日漸式微。直到上世紀八十年代，文體學研究才開始成為古代文學研究的新視角。近年來文體學研究越來越受到中國文學學術界的重視，成為一個備受關注的學術熱點和前沿學術領域。中國文體學是新世紀以來古代文學領域發展最快的學科之一。

從學術史的角度看，當代中國文體學崛起反映了中國古代文學研究出現了回歸中國本土文學理論傳統與古代文學本體的學術發展趨勢。回歸中國本土文學理論傳統，就是強調中國文體學要回到中國「文章學」語境來發現中國文學自己的歷史，儘可能消解自新文化運動以來以西方文學分類法套用中國傳統文學所造成的流弊。在中國古代文體學發展史的具體語境中，展示古代文體學原生態的複雜性與豐富性，揭示其原初意義；同時以古代文體學的具體語境及豐富細節為基礎，對其所蘊涵的現代意義進行既符合邏輯又不悖於歷史的闡釋，並力圖在闡釋中梳理出古代文體學的理論體系。中國的文體學體系，並非像西方那種以虛構和抒情為主的「純文學」文體，而是在中國傳統的禮樂、政治制度以及日常生活功用基礎上形成的。

在近代學術體系中，「文學」成為獨立的學科門類。以西方「純文學」文體觀念來研究中國傳統文學，由於與中國本土傳統的「文章」、「文學」本義產生錯位而容易遮蔽甚至歪曲歷史真實。因為西學的強勢，故其「文學」概念基本替換了中國本土的「文章」、「文學」，中國文體學傳統實際上被割斷了。在那個劇變的時代，這是有其必然性的；同時，對中國文學研究也確產生了一些積極影響。但這是一種革命式的割裂，自「五四」新文化運動以來，「中國文學史」研究存在一些局限，其中一個重要原因就在於以西方的「文學文體」簡單而粗疏地代替了中國傳統的「文章文體」。

中國文學的特點是基於其特殊的語言文字形式的，甚至中國的思想、哲學、文化乃至思維方式也受到了中國語言文字的制約和影響。中國古代文體就是中國本土語言形式與審美形式的集中反映。強調對古代文學本體的回歸，就是要突出中國文學特有的語言形式與審美形式的特點，從中國文學固有的「文體」角度切入來研究中國文學。

中國文體學是傳統中國文學批評中最具本土特色的理論話語。中國學者不應該邯鄲學步式地丟失傳統的中國文學話語。中國文體學就是中國文學話語的核心部分，是與西方文學話語截然不同的體系。近代以來，中國傳統的「文章學」系統完全為西學的「純文學」系統所代替。這固然有其積極意義，但同時也帶來傳統斷裂的嚴重後果。中國文學與西方文學的重要差異，在某種程度上就是不同文體體系的差異。中國文學其實是「文章」體系，它是在禮樂制度、政治制度與實用性的基礎之上形成與發展起來的，迥異於西方式的「純文學」體系。中國古代的「文」、「體」和我們現代的文學、文體觀念與實踐存在著較大的差異。西方的文體學（stylistics）是運用語言學的理論去闡釋文學內容和寫作風格的一門學科。與西方文體學相比，中國文體學的獨特性是相當顯著的。古代的「文」是一個由文教禮制、文德、典籍、文辭等組成的多層次共生系統。古代「文體」和現代文學理論沒有完全準確的對譯性，很難用現代的一個詞來轉譯，甚至很難簡要而準確地給出一個定義。中國古代的「文體」，不是內容與形式的簡單組合，而是一個外延寬泛、內涵豐富的學科概念。如果要細緻區分的話，「文體」大致可以包括：體裁或文體類別；具體的語言特徵和語言系統；章法結構與表現形式；體要或大體；體性、體貌；文章或文學之本體等。「文體」的內涵非常複雜，但簡要而言，即在體裁與體貌二端：體裁就像人的身體骨架，是實在的、形而下的；體貌如人的總體風貌，是虛的、形而上的。體貌含義近乎現代的「風格」一詞。

中國文體學的核心是「辨體」，「辨體」的目的在於「得體」。所謂「得體」，就是在特定的語境中恰當的表達。「文體」就是中國文章寫作的特定語境。語境產生變化，表達方式也就隨著變化。這種觀念由來已久，在文體產生之初，就已經相當清晰。《禮記．曲禮上》：「知生者弔，知死者傷。知生而不知死，弔而不傷；知死而不知生，傷而不弔。」鄭玄注：

「人恩各施於所知也。弔、傷，皆謂致命辭也。」【一】同是「致命辭」，「弔辭」用於生者，而「傷辭」用於死者。這種禮儀是依據文體所使用的特定語境而規定的，可見早期文體之體與禮制關係非常密切，這是「辨體」的基礎。到了文章學成熟之後，辨體越來越受到重視。比如說：「文章以體制為先，精工次之」；【二】「論詩文當以文體為先，警策為後」；【三】「文莫先於辨體」。【四】可見，在古人眼裏，「辨體」是文章創作與批評的基本原則。所以研究「文體」不但要研究語言形式，還要研究「文體」的表現對象和運用語境、文體規範等文章的「大體」問題。文章「大體」是文章的表達對象、運用場合、文體功用、語言形式等因素綜合構成的。文體的規範與傳統是在長期的歷史過程中約定俗成的一種無形法則，是讀者的閱讀期待與習慣，也是一種衡量標準。中國古代的「辨體」批評，其本意正在於認識和追求文體的多

【一】《禮記正義》卷三，影印阮元校刻《十三經注疏》本（北京：中華書局，一九八〇年），頁一二四九。下引此書，隨文括注，不再說明。

【二】王應麟：《玉海》卷二〇二引倪正父語，影印光緒九年浙江書局刊本（南京：江蘇古籍出版社，上海：上海書店，一九八七年），頁三六九二。

【三】張戒：《歲寒堂詩話》卷上，《叢書集成初編》本（北京：中華書局，一九八五年），頁九。

【四】徐師曾著，羅根澤校點：《文體明辨．文章綱領》引陳洪謨語，《文體明辨序說》（北京：人民文學出版社，一九六二年），頁八〇。

樣性，而深層則反映了中國古人審美趣味的集體性與時代性。

傳統的中國文體學主要語境是魏晉以來所形成的以集部為中心的範式。從東漢開始，出現了兼收眾體的集部，「篇」的意義出現變化。「篇」原指竹簡、簡冊。古代文章寫在竹簡上，編集在一起稱為「篇」。東漢許慎《說文解字》：「篇，書也。」清段玉裁注：「書，箸也，箸於簡牘者也，亦謂之篇。古曰篇，漢人亦曰卷。卷者，縑帛可捲也。」【一】《文史通義·篇卷》：「著之於書，則有簡策。標其起訖，是曰篇章。……篇之為名，專主文義起訖。」【二】「篇」只是標誌文義的起始與結束的文意單位。文集出現之後，文章、文體與篇章緊密相連。「篇」的內涵發生了重要變化，不僅指「文義起訖」，更有明確的文章學上的文體意義。此前之作品未必有篇名，有篇名亦未必有定體。魏晉以還的文集，往往是按文體編排的，故集部實有命篇定體之需。「文章」則是獨立成篇、有明確文體形態之文字。故獨立成篇之「篇籍」、「篇翰」，乃是中國文體學與文章學成熟的關鍵詞。【三】研究中國古代文體學，若僅注意到魏晉以來所形成的以集部為中心這一語境，而不注意其他小語境，那麼在集部形成之前產生的大量文體與文體形態，在集部之外的文體比如小說、戲曲等重要文體，史部之歷史敘述文體，經學之中各種學理性的闡釋文體，民間大量的俗文體、宗教（如佛、道）文體可能會被遮蔽，無法全面得以反映。

春秋時期的文體學語境與集部語境就完全不同。早期的文體體系是以巫祝辭命為核心的，以語辭即口頭形態為主，具有強烈的實用性和儀式感。儀式感重要性往往超於文字語言藝術性。口頭性、儀式性與實用性是早期文體的基本特點。從「辭命」到「文章」，兩個文體系統之間既有傳承關係又各具特性。在辭命系統中，實用功能是絕對主導的，審美只是附庸。在文章系統中，仍有許多實用性文體，但須具有完整的審美形式。就寫作主體而言，辭命系統的作者主要是出於公職之需要，個人作用往往被制度所掩沒。而文章系統主要是出於個人之寫作，個性風格已彰顯出來。在早期文獻中，有許多集部未能收入的原生態文體。章太炎《國故論衡．辨詩》中說：

> 文章流別，今世或繁於古，亦有古所恆睹今隱沒其名者。夫宮室新成則有發，喪紀祖載則有遺，告祀鬼神則有造，原本山川則有說。斯皆古之德音，後生莫有繼作，其題

【一】《說文解字注》卷九，上海古籍出版社一九八一年影印經韻樓原刻本，頁一九〇。

【二】章學誠著，葉瑛校注：《文史通義校注》（北京：中華書局，一九八五年），頁三〇五。

【三】參考郭英德：《中國古代文體學論稿》之〈文章的確立與文體之分類〉（北京：北京大學出版社，二〇〇五年），頁五〇——六一。吳承學：〈中國文章學成立與古文之學的興起〉，《中國社會科學》二〇一二年第十二期。

號亦因不著。【一】

章太炎認為古今文體變化很大，古時有些常用文體，後來卻隱沒了。他舉了「發」、「遣」、「造」、「說」諸種在後代未見之文體。如「發」，《禮記．檀弓下》：「晉獻文子成室，晉大夫發焉。」鄭注：「諸大夫亦發禮以往。」（《十三經注疏》，頁一三一五）可見「發」是一種慶賀之禮儀。「遣」，《儀禮．既夕禮》：「公史自西方東面，命毋哭，主人主婦皆不哭，讀遣卒，命哭。」（《十三經注疏》，頁一一五四）按：「遣」本身是隨葬之物，又指遣策，即隨葬物的清單。《儀禮．既夕禮》：「書遣於策。」鄭玄注：「策，簡也；遣，猶送也，謂所當藏物茵以下。」賈公彥疏：「則盡遣送死者明器之等並贈死者玩好之物，名字多，故書之於策。」（《十三經注疏》，頁一一五三）「讀遣」也是儀式。「造」，《周禮．春官．大祝》：「掌六祈以同鬼神示，一曰類，二曰造。」鄭玄注：「祈，嗚也，謂為有災變，號呼告于神以求福。」（《十三經注疏》，頁八〇八）「造」是祭祖之禮儀。至於「說」，《詩經．鄘風．定之方中》「卜云其吉，終然允臧」句《毛詩傳》云：「故建邦能命龜，……山川能說，……君子能此九者，可謂有德音，可以為大夫。」孔穎達疏云：「『山川能說』者，謂行過山川，能說其形勢，而陳述其狀也。」（《十三經注疏》，頁三一六）《鄭志》云「說」兩讀，或說或述，而孔穎達將二者合而為一，以為「說其形勢，而陳述其狀」，皆為言辭行為。上述

「發」、「遺」、「造」、「説」主要是「儀式」或者是言辭行為，若按慣常的學術眼光來看，似乎「文體」形態不是很明顯，難稱為「文章」。章太炎恰恰與眾不同，把它們看成是那個時代獨特的「文章」文體。他對早期文體的獨特性與豐富性的揭示無疑富有啟發性：研究早期文體，應別具隻眼，絕不能套用魏晉以來的文體學標準。而事實上，我們對文章文體的前理解往往是《文選》、《文心雕龍》至《文章辨體》、《文體明辨》、《古文辭類纂》等體現的文體觀念，乃至有所遮蔽。

我們的研究要超越傳統文體學，就不能停留在對古代傳統文體學已有理論的總結上，還要具有新的學術眼光。在傳統文體學的文獻中，只要眼光獨特，就能在紛雜現象中發現「文體的理論」意義。而研究早期文體觀念，需要超越理論的文字形態，探求其背後的觀念。要從那些非理論形態的材料中鈎沉出「文體的理論」，所謂「好學深思，心知其意」，於無文字處，領悟古人之精神，使潛藏者變顯著，隱約者變明晰。

【一】章太炎撰，龐俊、郭誠永疏證：《國故論衡疏證》（北京：中華書局，二〇〇八年），頁四一六—四一七。下引此書，隨文括注，不再説明。

第二節　早期文體觀念發生的研究路徑

中國古代文體學史的特殊性在於：文體形成時代非常早，就現存出土文獻看，商、周時期已出現不少成熟文體了。但作為文章學的文體理論卻出現得很晚，真正系統、成熟的文體學理論的出現，大概要到魏晉南北朝了。此間，中國文體學長期處於觀念時期以及從觀念向理論發展的時期。在文體觀念發生的時期，人們實際上已清晰地意識到文體的特性並加以使用，但尚未能用理論形態加以抽象與表述。從文體學發展來看，「文體理論」是在「文體觀念」的基礎上形成和發展起來的。在我們看來，中國文體學是層累形成的，而最深層的便是「文體觀念的發生」。

文體觀念的發生是中國文體學研究首先要面對的問題。但目前學界的研究成果，更多地集中在對文體、文體史、文體分類等方面的研究，對文體觀念的發生，特別是先秦文體觀念發生的機制、標誌、形態等，系統、深入的研究並不多見。這種現象是可以理解的。因為對文體觀念發生的研究雖然重要，但同時又是艱難的「冒險」。無論是「觀念」，還是「發生」，本身都是抽象玄虛的問題；而現存先秦史料相當有限，且經過歷代的傳抄改寫，能夠精確斷代的原始史料就更少了。所以研究文體觀念的發生，不免要在極其有限、斷代模糊的史料基礎上，發揮必要的學術想像，進行推測與闡釋，其中的「度」是非常難以把握的，而得出的結論自然也是見仁見智的。但是，儘管如此，我們不可迴避，仍需「冒險」前行。因為文體觀念發生是研究中國文體學史不可或缺的開端，此後的許多問題，都是在此基礎上發展與演化出來的。

所謂「文體觀念」是與「文體理論」相對而言的。「觀念」特指那些尚未形成比較完整系統的理論形態和明確的理論表述的意識或感覺。這種文體觀念或意識可能表現在具體的文體文本的形式之中，也可能在文本之外，比如體現在文體的分工、文體的運用、制度的設置、禮制的約束之上。

「文體觀念發生」是指人們開始認識（或者在實際使用中體現出）不同的重複使用的形式之間（包括口頭上或文字上的），具有不同的功能與形態特色。這是文體觀念產生的初始階段。

中國文體觀念發生的標誌是什麼？筆者認為，從早期文體學史特殊性的實際出發，文體觀念發生的標誌並不是文體理論上的自覺，而是在觀念上區別文體與運用文體的自覺。文體觀念發生的具體表現和途徑又是多樣的。比如，對文體的明確命名與稱引、在實際寫作中遵守文體體制等。文體觀念發生的標誌，在於人們清晰地認識並重複使用了某一文體體制的特點，或者說，在於對文體自身形態的自覺意識的出現。

早期的文體觀念，不是通過理論形態，而是在對文體反覆和自覺的使用，或在對文體明確的命名、稱引與分類中反映出來的。這些文體觀念，可能是明顯的，也可能是潛在的。雖然，文體觀念的發生表現出豐富多樣的內容與形態，但其本質是人們已具有關於文體自身形態的自覺意識，以及在此基礎上的分類意識。分類是人類思維與社會發展的基本而又重要的活動，它以類別的形式對紛繁無序的現象加以秩序化和條理化，反映了人們對於各種社會現象性質異同的認識。文體分類，實際上將此前混沌的語辭現象秩序化、條理化了。具體而言，文體分類體現了對文體自身的獨特性與文體之間差異性的認識。當人們清晰地認識到文體的獨特性與文體之間的差異性，或者在實際文體運用中自覺地將文體的獨特性表現出來，這便可視為文體觀念的發生。

這種判斷導致對早期文體學研究的思路、取徑與取材與以往有明顯不同：它不是先去尋找古人對於文體的論述[二]，而是從早期文體的生成入手，去考察文體運用背後文體觀念的生成。這不但前推了文體學史的研究時段，同時也增加了早期文體學研究的難度：它並非簡單引用幾句有關文體的現成古語，三言兩語便算解決的，而是必須將文體學研究推進到現存最為古老複雜的文字、文獻中，揣摩、體會和把握其深層的意味，「超以象外，得其環中」。

文體觀念發生學主要研究文體觀念發生的原因、途徑、形態與標誌。研究文體發生有許多路徑，舉要而言：

（一）**早期文字與文體觀念的發生**。中國文字是中國文體的存在方式。從文字與文體之關係來研究古人對文體的感知、理解以及早期文體產生的原始語境，考察文字產生文體意義的過程與方式，可以發現中國文體學的某些獨特性。從一些古文字的構形與淵源流變入手，可以考察文體的原始狀態、形象與意義，也可以看出古代文體形成的一些規律。以文字與文體載體命名，也是中國古代文體命名的主要方式之一。中國古人依照一定的規則來造字，一些與文體相關的文字形態，或許透露出他們對早期文體本義的感知與理解。同一部首的文體用字，反映出某種共通的文體特性，這也是一種不自覺的特殊文體分類，這是同類文體的共性；而有些文字的聲旁則在一定意義上提示了文體的獨特內涵，這是文體的個性。中國古代多數文字的文體意義是後起的，從初始義引申、孳乳派生而來，並通過文字分化、合併或假借等方式來表達這種意義。文字的規範過程也包含了對文體特性的集體認同。

（二）**制度與文體觀念的發生**。早期制度的設計就反映出文體觀念，如關於各種官吏職

【一】比如談到先秦文體學，人們便會引用「夫鼎有銘。銘者自名也，自名以稱揚其先祖之美而明著之後世者也。為先祖者，莫不有美焉，莫不有惡焉。銘之義，稱美而不稱惡，此孝子孝孫之心也，唯賢者能之」（《禮記・祭統》，《十三經注疏》，頁一六〇六），這並沒有錯，但銘體觀念的發生應該早於此。

責的記載，有些就直接與文體相關。如《周禮》大祝之「掌六祝之辭」、「掌六祈」、「作六辭」，明確涉及官員職責與文體分工。（《十三經注疏》，頁八〇八—八〇九）又如《左傳．襄公十四年》：「自王以下，各有父兄子弟以補察其政。史為書，瞽為詩，工誦箴諫，大夫規誨，士傳言，庶人謗，商旅於市，百工獻藝。」（《十三經注疏》，頁一九五八）其中有些內容也涉及官吏職責與文體之間的對應關係。

禮儀制度與文體觀念的關係相當密切。在先秦時期，禮制涵蓋了政治、文化、社會生活的方方面面，文體的發生與禮制密切相關。早期禮儀活動往往是口頭性的，因需適應禮儀的要求，在遣詞口宣之初，便具有初步的文體意識。經過長期使用與積累，尤其是經過記錄、整理與分類，對文體創造的自覺便逐漸成為一種集體意識，成為文辭創作的常規，然後自然地運用到政治、社會、文化活動的各個方面。在此基礎之上，便出現了一些基於禮制的文體批評，如評論某篇作品的寫作是否合禮，亦即是否符合禮制對文體的規範和要求。《左傳．哀公十六年》子贛論魯哀公誄孔子：「生不能用，死而誄之，非禮也。」（《十三經注疏》，頁二一七七）《禮記．曾子問》論誄：「賤不誄貴，幼不誄長，禮也。唯天子稱天以誄之。諸侯相誄，非禮也。」（《十三經注疏》，頁一三九八）《左傳．襄公十九年》記載臧武仲論季武子作銘：「非禮也。夫銘，天子令德，諸侯言時計功，大夫稱伐。今稱伐，則下等也；計功，則借人也；言時，則妨民多矣。何以為銘？」（《十三經注疏》，頁一九六八）另外，由於早期的文體寫作建立在禮儀的需要之上，具有強烈的實用性，因此也有一些在禮的規定下指導文體寫作、揭示文體用途的評論。如《禮記．禮運》：「祝以孝告，嘏以慈告。」（《十三經注疏》，頁一四一七）《禮記．曲禮下》：「約信曰誓，涖牲曰盟。」（《十三經注疏》，頁一二六六）

（三）詩樂、典籍歸類與文體觀念的發生。《尚書．堯典》：「詩言志，歌永言，聲依永，律和聲。」【一】這涉及藝術內部的分類與差異，對文體分類有啟示作用。《禮記．樂記》：「詩，言其志也；歌，詠其聲也；舞，動其容也。三者本於心，然後樂器從之。」（《十三經注疏》，頁一五三六）藝體雖不等同於文體，但上古時期的文學體式，特別是詩歌，與藝體實有比較密切的聯繫。以詩、歌、舞三種藝術類別並列，各言其用，顯現一定的文體觀念。一些典籍的編纂已反映了一種初步的文體分類學觀念，如《詩經》之「風」、「雅」、「頌」即近乎文體分類。又有探討六經體性及影響之不同的，如《禮記．經解》云：「溫柔敦厚，《詩》教也；疏通知遠，《書》教也；廣博易良，《樂》教也；絜靜精微，《易》教也；恭儉莊敬，《禮》教也；屬辭比事，《春秋》教也。故《詩》之失，愚；《書》之失，誣；《樂》之失，

【一】孫星衍撰，陳抗、盛冬鈴點校：《尚書今古文注疏》（北京：中華書局，一九八六年），頁七〇。

奢；《易》之失，賊；《禮》之失，煩；《春秋》之失，亂。」（《十三經注疏》，頁一六〇九）又如《莊子．天下》云：「《詩》以道志，《書》以道事，《禮》以道行，《樂》以道和，《易》以道陰陽，《春秋》以道名分。」【一】《荀子．儒效》亦有類似說法。這是在典籍分類的基礎上探討六經在風格、體用上的特點，蘊含著深層的文體分類、文體辨別的觀念，且從「文本於經」的觀念看來，這對後世的文體分類有著深刻的影響。

（四）文獻稱引與文體學的發生。在文章尚未獨立的時期，人們有很多言論或作品是通過各類著作的稱引而保存下來的。對於一個獨立的文意單位，要稱述它時，就要通過引用的方式。早期的文體觀念也可以在記敘或引用之中反映出來。如《尚書．盤庚》：「盤庚遷于殷，民不適有居。率籲眾慼出矢言。」【二】《左傳．哀公十六年》：「夏四月己丑，孔丘卒，公誄之曰……」（《十三經注疏》，頁二一七七）這裏的「矢（誓）」、「誄」等，表面看來只是記敘一種行為或言語方式，但本質上是對這些行為或言語方式的認定與稱名，體現了古人對於文體的某種集體認同。

（五）命篇、命體與文體觀念的發生。人們對「篇章」從無意識到有意識，在理論上有重要意義。文獻從無篇名至有篇名，篇名的出現從偶爾到普遍，經過了一個相當漫長的過程。為文獻加上標題具有強烈的文獻整理、儲存與傳播目的，而且也是文體認定與命體的前提。命篇首先要對該文獻結構的完整性有比較清楚的認識，或者理解每一段文獻的獨立性，有將某一段文獻標誌出來或區分彼此的需要，才能為有獨立文意的文獻加上標題。標題設置在文獻上標誌了篇的獨立性，也反映了時人對篇的內容、結構乃至其文體的認識。對篇章的命名與命體，是文章學與文體學發展的重要標誌。

【一】郭慶藩撰，王孝魚點校：《莊子集釋》（北京：中華書局，一九六一年），頁一〇六七。
【二】孫星衍：《尚書今古文注疏》，頁二二二。

早期文體觀念發生舉要

本書對早期文體觀念發生的原因、途徑、形態有一些專題研究，本章集中談幾個相關的問題。

第一節　在運用中發生的文體觀念

最初的文體觀念，主要是在文體運用中體現出來的對文體自身形態的自覺意識。所謂文體運用，即文體創作或使用時採用某種具體的語言特徵和語言系統，以及特定的章法結構與表現形式。【一】在某種場合，對某種文體形態的使用，一開始具有偶然性，人們的文體意識是朦朧的。此後，在類似的場合，不斷地重複運用某種言語模式以表達類似內容，對特殊形態的言語運用形成習慣，技巧日漸成熟，文體因此逐漸成熟和定型，而文體分類觀念亦隨之發生。

文體是為了滿足社會的不同需求、因應社會的分工而產生的特殊的語言文字形式。商代盛行占卜活動，由此便出現了具有一定結構體式的記錄占卜的甲骨卜辭。占卜活動有一套比較固定的程序，與之相對應，一條完整的卜辭，大致包含前辭、命辭、占辭、驗辭四個部分。商代以後，人們在銅器上刻寫銘文，以記錄作器的原因與器物的用途。這樣的功能決定了其銘文多有定式，其結尾必有關於作器者及作器目的的記載。由於銅器大多在祭祀儀式中使用，西周中期以後的銘文還會在結尾附以幾乎千篇一律的祈求神明庇佑的嘏辭。【二】與此相類似，先秦時期的誥命、盟誓、祝禱、詩歌、箴誡等文體的出現，亦有相應的禮儀、政治及社會需求的背景。由於這些活動需要運用特定的承載一定功能的言辭，久而久之，這些言辭的特殊運用方式便逐漸固定下來，形成相應的文體形態。

在對某種特殊言辭形式的反覆運用中，人們對其形式特性的認識也隨之逐漸形成。這是一種潛在的文體觀念。具體而言，特殊言辭的反覆運用方式，可包括特定的應用場合、功用與內容，也包括特定的韻律、套語、句式、章法結構等文本層面上的形態，這也是早期文體發生的一些重要標誌。當這些文本形態上的共性頻繁出現，從而形成一種反覆採用的定式，便意味著相關的文體觀念的發生。某一形式的偶爾出現，可能是無意識的，但對同一形式的不斷重複，肯定是有意識的。在早期的文體學研究中，文體的「重複」至關重要，可以說是一種「有意味」的重複。人們為什麼重複使用這些語言形式上的規矩與定式，而不是偶爾地使用、隨意地更改，這就是因為他們受到文體觀念的支撐和制約。而這一切的前提，即是已

【一】參考吳承學：《中國古代文體學研究》第一章（北京：人民出版社，二〇一一年）。

【二】參考徐中舒：〈金文嘏辭釋例〉，收入《徐中舒歷史論文選輯》（北京：中華書局，一九九八年）；金信周：《兩周祝嘏銘文研究》（台灣師範大學碩士論文，二〇〇二年）。

有一種隱在的集體意識，這就是「文體觀念」。在當時，這種文體觀念並不是由人們直接從理論上加以表述，而是在人們的實際使用之中顯現出來的。

舉例而言，商周銅器銘文的文本結構，經歷了運用模式上從偶爾重複到頻繁重複，乃至於高度規範化的過程。說明作器原因及器物用途是銘文的核心功能。【一】晚商的記事類銅器銘文【二】，以賞賜為核心內容。丁進歸納出晚商記事銘文的五種基本的寫作模型，其最基本的框架，便是「作器原因＋作器及其用途」，並指出這是商周銘文的最基本母型。【三】這一母型是晚商銅器銘文的基本重複模式。西周銅器銘文亦沿襲商代的基本體式。張振林指出西周春秋銅器銘文的篇章結構「大體上可分為兩大部分：一部分述作器之因（通常含記言、敘事、述功、頌德、頒封、行賞及禮儀、褒宣門閥、自擇吉金等），一部分述作器之用（通常含以享孝祖考、以宴以樂父兄嘉賓、祈求眉壽吉康、王者還求畯在位、為臣者則還求畯臣天子、求子子孫孫永遠寶用等）」【四】。可以看出，西周以後銅器銘文的篇幅和內容較商代已大為增繁，但其總體結構卻是一脈相承的，帶有穩定性。西周中期以後，這一運用模式已高度程式化，顯示出銘文的文體觀念亦成熟甚至固化了。

西周銅器冊命銘文是銅器銘文中的一個典型，其運用的重複模式的形成與儀式的重複性有著直接的關係。除了個別西周早期的作品，其寫作模式都比較固定，即通過對冊命儀式的流程加以記載，形成典型的冊命銘文結構。陳夢家先生總結道：「一篇完整的記載王命的銘文應該包含了：（一）策命的地點與時間；（二）舉行策命的儀式（儐右、位向、宣讀策命）；（三）王的策命通常在『王若曰』、『王曰』、『曰』之後；（四）受策以後，受命者拜手稽首以答揚天子之休，通常是接著記述因此為祖考作祀器並附以祈壽求福的吉語。」【五】事實上，正是隨著西周中期以後冊命儀式的高度程式化，冊命銘文亦高度規範化，人們有意識地以重複的形式來再現冊命儀式、紀功述德。

載書的文本結構也有一定格式。從出土的春秋時期載書來看，其結構主要由緣起、盟約和誓詛辭三部分構成，形成高度形式化的重複模式，文體形態已經定型，由此可知，到了春

【一】羅泰指出，獻辭（按：即敘述作器之用的部分）是銘文構成的關鍵。（羅泰：〈西周銅器銘文的性質〉，《考古學研究（六）：慶祝高明先生八十壽辰暨從事考古研究五十年論文集》（北京：科學出版社，二〇〇六年），頁三四七。）獻辭比閥閱之辭或嘏辭可能都簡短，但卻是銘文中最不可能被刪除或省略的部分，而閥閱之辭卻有可能省略，嘏辭則是西周中期以後才出現的。

【二】關於商代記事類銘文，本文採取嚴志斌的歸類方法，即除了族氏銘文、族氏銘文加祖先稱謂、單純的銘「某作某器」等以外的，記載有明確事件的銘文，這類銘文字數多在十字以上。參見嚴志斌：《商代青銅器銘文研究》（上海：上海古籍出版社，二〇一三年），頁三三七。

【三】丁進：《商周青銅器銘文文學研究》（西安：西北大學出版社，二〇一三年），頁三二。

【四】張振林：〈金文「易」義商兑〉，《古文字研究》第二十四輯（北京：中華書局，二〇〇二年），頁一九一。

【五】陳夢家：《西周銅器斷代》（北京：中華書局，二〇〇四年），頁四〇三。

秋時期，相關的文體觀念亦已成熟。

銅器銘文、載書等文體的寫作模式，是在文本層面不斷重複運用的基礎上逐漸構建起來的。上文説過，「文體理論」是在「文體觀念」的基礎上形成和發展起來的。比如，由於銘體寫作活動較早出現，相應的文體觀念也較早發生。因此，早在戰國時期，便出現了涉及銘文文體的簡要論述【一】，這並非巧合。

此外，早期文體還有一些常見的固定運用方式，如特定的套語、句式，這顯示出對文體的使用形成了某種定式，同時這也是識別先秦文體的重要標誌。從文體發展的角度來看，這種重複的運用方式推動了文體的規範化。在具體文體的發展早期，其使用乃出於一種「自然而然」的慣性，顯示出初步的文體感知。此後，不斷重複的套語和句式則進一步確認和強化了這種文體的使用慣性，並最終使其規範化。舉例而言，西周銅器銘文的規範化，以文末祝嘏語的出現為重要標誌之一。金信周指出，在西周青銅器中，康王時期出現祝嘏銘文，到穆王時期尚未規範化。共、懿、孝王的祝嘏銘文完全程式化，形成規範統一的格式。【二】至此，西周銅器銘文的規範化進程也基本完成，呈現出千篇一律的形態。春秋盟書的盟約內容，常以「凡……」、「凡我同盟之人」、「而……不……者」、「所……不……者」、「無……」、「毋……」等固定的詞句引出；誓詛辭則多以「有如……」等句式引出；在出土盟書中，則以「（神格）䀡之，麻㚇非是」等語句作結。【三】又如先秦的祝告辭，通常以「敢以……（昭）告於……」的句式起首，其例頗多：

予小子履，敢用玄牡，敢昭告于皇皇后帝：有罪不敢赦。帝臣不蔽，簡在帝心。朕躬有罪，無以萬方。萬方有罪，罪在朕躬。（《論語・堯曰》，《十三經注疏》，頁二五三五）

湯曰：「惟予小子履，敢用玄牡，告於上天后曰：今天大旱，即當朕身履，未知得罪于上下。有善不敢蔽，有罪不敢赦，簡在帝心。萬方有罪，即當朕身。朕身有罪，無及萬方。」（《墨子・兼愛下》）【四】

【一】如「夫銘，天子令德，諸侯言時計功，大夫稱伐」（《左傳・襄公十九年》，《十三經注疏》，頁一九六八），以及本書第一章第二節腳注所舉《禮記・祭統》的「銘論」等。

【二】金信周：《兩周祝嘏銘文研究》，頁二五八。

【三】參考吳承學：〈先秦盟誓及其文化意蘊〉，《文學評論》二〇〇一年第一期；呂靜：《春秋時期盟誓研究》（上海：上海古籍出版社，二〇〇七年），頁二二五、二二八——二三三。

【四】吳毓江撰，孫啟治點校：《墨子校注》（北京：中華書局，二〇〇六年），頁一七五——一七六。

衛大子禱曰：「曾孫蒯聵敢昭告皇祖文王、烈祖康叔、文祖襄公：鄭勝亂從，晉午在難，不能治亂，使鞅討之。蒯聵不敢自佚，備持矛焉。敢告無絕筋，無折骨，無面傷，以集大事，無作三祖羞。大命不敢請，佩玉不敢愛。」（《左傳·哀公二年》，《十三經注疏》，頁二一五七）

〔新蔡葛陵楚簡：〕……卲（昭）告大川有汸，曰：嗚虖哀哉！小臣成暮生畢孤。（零：九、甲三：二三、五七）【一】

又周家台秦簡「病方」中的幾條禱病辭云：

已齲方：見東陳垣，禹步三步，曰：「皋！敢告東陳垣君子，某病齲齒，苟令某齲已，請獻驪牛子母。」前見地瓦，操；見垣有瓦，乃禹步，已，即取垣瓦埋東陳垣址下。置垣瓦下，置牛上，乃以所操瓦蓋之，堅埋之。所謂「牛」者，頭虫也。（三二六——三二八）【二】

病心者，禹步三，曰：「皋！敢告泰山，泰山高也，人居之。□□之孟也。人席之，不知歲實。赤槐獨指，搕某瘕心疾。」即兩手搕病者腹；「而心疾不知而咸戴。」即令病者南首臥，而左足踐之二七。（三三五—三三七）【三】

操杯米之池，東向，禹〔步三〕步，投米，祝曰：「皋！敢告曲池，某癰某破。禹步擯房楚，令某癰數去。」（三三八—三三九）【四】

以上諸例，皆以「敢昭告（於）……」、「敢用／以……告於……」、「敢告……」等句式引起祝告辭。

這些特定的套語與句式，若從文學研究的角度而言，並不是最有文采和價值的部分，但對當時的文體使用者來說，卻是該文體最重要的標誌之一。他們可能會省略相關文體的某些

【一】河南省文物考古研究所：《新蔡葛陵楚墓》（鄭州：大象出版社，二〇〇三年），頁一八九。並參考陳斯鵬：《簡帛文獻與文學考論》（廣州：中山大學出版社，二〇〇七年），頁一一二。

【二】湖北省荊州市周梁玉橋遺址博物館編：《關沮秦漢墓簡牘》（北京：中華書局，二〇〇一年），頁一二九。

【三】湖北省荊州市周梁玉橋遺址博物館編：《關沮秦漢墓簡牘》，頁一三一。

【四】湖北省荊州市周梁玉橋遺址博物館編：《關沮秦漢墓簡牘》，頁一三一。以上數條並參考陳斯鵬：《簡帛文獻與文學考論》，頁一一六。

內容，但是這些套語和句式的使用卻幾乎是不可或缺的。文體使用者對這些文體元素的重複強調，使文體觀念一次次得到確認，從而固定下來。

我們在討論文體運用中文體觀念發生的問題時，需要特別考慮兩方面的情況：

第一，文體觀念並非瞬間發生、一次完成的，往往是一個複雜、含糊甚至反覆的過程。比如商代甲骨卜辭的文本結構已具有明顯的重複性。當這種結構被頻繁地重複運用，記錄者無形中便形成記錄的定式。早在武丁時期，已經可以看到行款規整、結構完整的卜辭，如《甲骨文合集》六〇五七中的兩條卜辭：

〔癸亥卜，㱿貞：「旬亡囚？」〕王占曰：「有祟，其有來艱。」乞（迄）至七日己巳，允有來艱自西。𦙃、友、角告曰：「𢀛方出，侵我示𣪺田七十人。」五〔月〕。

癸巳卜，㱿貞：「旬亡囚？」王占曰：「有祟，其有來艱。」乞（迄）至五日丁酉，允有來艱自西。沚、䤋告曰：「土方圍於我東鄙，𢦏（災）二邑。𢀛方亦侵我西鄙田。」【二】

這兩條卜辭已完整包括了前辭、命辭、占辭、驗辭四個部分。據此材料，我們可以確定，武丁時期人們已有卜辭的文體觀念。然而，從商代甲骨卜辭的總體情況來看，如此完整的卜辭並不多見。更多的形式是前辭、命辭合刻，或僅刻命辭。【二】就年代而言，結構完整的卜辭已見於年代較早的武丁時期，而不完整的卜辭在後期也多有所見。這些複雜的情況給我們對卜辭文體觀念發生的明確斷代造成了相當的困難和困擾。可以說，武丁時期已有卜辭的文體觀念，但此後卜辭體式的變化又出現各種反覆的複雜情況。

第二，早期文體特定體式的重複出現，大致有功能性重複與藝術性重複兩種情況。所謂功能性重複，即早期文體由於其形成多與禮儀、政治及社會活動相關，受儀式以及該文體獨特功能之需要的影響，而導致特定體式的重複出現。上文所論及的甲骨卜辭、青銅器銘文、載書、祝辭等文體，在體式結構、特定的句式與套語等方面的重複運用，便屬功能性重複。這充分揭示了早期文體觀念的發生與儀式的密切關係，反映出早期文體的共性。

【一】郭沫若主編：《甲骨文合集》第三冊（北京：中華書局，一九七八—一九八二年），頁八八一—八八二；胡厚宣主編：《甲骨文合集釋文》（北京：中國社會科學出版社，一九九九年）。對該版殘缺卜辭的補釋參考朱岐祥：《甲骨文研究——中國古文字與文化論稿》第十八章〈論文例對研讀甲骨的幫助〉（台北：里仁書局，一九九八年），頁三四五—三四六。

【二】李達良：《龜版文例研究》（香港中文大學聯合書院中文系，一九七二年），頁一〇九—一一〇，收入宋鎮豪、段志洪主編：《甲骨文獻集成》第十七冊（成都：四川大學出版社，二〇〇一年），頁二五一。

藝術性重複的運用形式，即在運用文體之時，並不是出於客觀背景的實用需要，而是由於對文體自身藝術特質的感知而主動地創作出具有一定文體特徵的文本。對文體運用的藝術性重複，需要有一定的審美認知作為基礎。一開始，人們可能是在日常的歌詠等言語活動中偶然發現了語言文字的聲韻協調、句式整齊等藝術上的美感，隨後，文體的創作者出於追求藝術之美的內在驅動，自然而然地創造出特定的文體。〈毛詩序〉云：「情動於中而形於言，言之不足，故嗟歎之；嗟歎之不足，故永歌之；永歌之不足，不知手之舞之足之蹈之也。」（《十三經注疏》，頁二七〇）便揭示出人們在有意無意的審美體驗之中，逐漸形成了從直言到嗟歎、「永歌」的藝術形式的變化。

以韻文的形成為例，其一開始來自於初民對語言聲韻之美的最早感知，這種感知專注於對語言文字的審美特徵的探求，與文體的功能、儀式背景等客觀、外在條件的規制有一定的距離。周錫䪖指出，「同字反覆」是押韻手法出現的先聲，在商代甲骨文、金文和周原甲骨文中雖無押韻現象，但存在「對貞」和「卜旬夕」、「卜雨」等早期複疊現象【一】。當然，這種複疊是實用性的，並不是出於審美需要的有意重複，正如周先生所說，只是「與『重複』美感法則的偶合或對其不自覺運用而已」。而到了西周早期，部分青銅器銘文已經出現押韻現象，如天亡簋（又名大豐簋，《殷周金文集成》四二六一【二】）便載有全篇押韻的銘文，作冊令簋（又名令簋，《殷周金文集成》四三〇〇）有一半的篇幅押韻【三】，等等，這便是明顯的主動押韻意識的體現。就詩體而言，《周頌》中有不少押韻不整齊，甚至無韻的作品，如〈清廟〉、〈昊天有成命〉、〈時邁〉等，而時代更晚的《大雅》、《商頌》、《魯頌》【四】的押韻則更為規整，這顯示出不同時代的詩體創作者在對押韻手法的不斷重複運用之中，詩體押韻技巧不斷精進，詩體觀念亦隨之逐漸明晰。

詩體的賦、比、興藝術手法的運用方面也是如此，三《頌》、《大雅》成詩較早，主要運用直陳其事的手法；《小雅》、《國風》成詩較晚，比、興手法得到大量的運用，藝術性進一步加強，對詩的體性的認識亦由此進一步顯著。根據朱自清先生的統計：「《毛詩》注明『興也』的共一百十六篇，佔全《詩》（三〇五篇）百分之三十八。《國風》一百六十篇中有興詩七十二；《小雅》七十四篇中就有三十八，比較最多；《大雅》三十一篇中只有四篇；

【一】周錫韓：〈中國詩歌押韻的起源〉，收入曾憲通主編：《古文字與漢語史論集》（廣州：中山大學出版社，二〇〇二年）。

【二】中國社會科學院考古研究所編：《殷周金文集成》（北京：中華書局，一九八四——一九九四年）。

【三】以上兩器的韻讀見郭沫若《韻讀補遺》，收入《郭沫若全集．考古編》第五卷（北京：科學出版社，二〇〇二年），頁一三六——一三七。

【四】關於《商頌》的作年，學界至今仍有分歧，大致有「商詩」與「宋詩」二說。本文取「宋詩說」，認同《商頌》乃兩周之交宋人的作品，因此本文認為《周頌》的年代比《商頌》要早，是《詩經》中的最早作品。

《頌》四十篇中只有兩篇，比較最少。」【一】比、興手法的大量運用，顯示出詩作者在文本層面上感知到詩體寫作的具體手法，並將之內化為潛在的文體寫作規則。這種對文體運用方式的內化，不是出於儀式、政治等外在需求或規制，而是來自於對文本本身有意識的體認，將言語、文字的形式看作一種自足的存在。

在對藝術性手法的偶爾運用到不斷重複運用的過程之中，文體的使用者感知到了作品的音韻和諧、句式調和的形式之美，修辭技巧愈加純熟，特定的藝術形式由此逐漸形成。這種審美體察和由此而生的文體觀念，與功能性重複有較大不同，對儀式、政治等客觀背景的依賴較弱。在先秦時期，功能性重複與藝術性重複的運用形式可能並沒有明確的界線，也不是互斥的關係而各自分屬不同的文體，如青銅器銘文押韻意識的形成來自於藝術性重複，而行文結構的意識的形成則來自於功能性重複。然而，兩者在觀念層面上的生成機制卻有一定的區別，它們從不同方面影響了古代文體的創作路徑，對於文體觀念的研究而言皆有一定參考意義。

第二節　制度設置與文體譜系的發生

「制度」一詞，由來已久。《易．節》彖傳云：「天地節，而四時成。節以制度，不傷財，不害民。」孔穎達疏：「王者以制度為節，使用之有道，役之有時，則不傷財，不害民也。」（《十三經注疏》，頁七〇）從現代的角度看，制度可包括禮儀、等級、政治、軍事、刑法、經濟、教育等多個方面。在先秦時期，制度設置是文體生成的重要來源，與文體觀念的發生亦有密切關係。制度的構建與官守職能的分工，必然對文體觀念的發生產生重要影響。如果說，在文體運用過程中所發生的文體觀念，是在人們對某種特殊言辭形式的反覆運用中，對其形式特性的認識逐漸形成而發生的，那麼，制度設置中所發生的文體觀念，則是在制度設置之初就被規定、被約束的。雖然，與制度相關的文體，也是在不斷地重複使用中，但伴隨著制度的設置與實施而產生的文體觀念，並不是從不自覺到自覺的漸進過程，而是從一開始就帶有明顯的強制性。

筆者所關注的，不是某一具體文體與制度的關係，而是從整體上考察先秦時期的制度設置與文體譜系觀念發生的關係。早期文體譜系的發生，是基於一種獨特觀念，即文體使用者需有特殊身份，他們具有使用某類文體話語的特殊職責，某一文體必由某些特殊身份者所施用。而這種特殊身份與文體職責，是由制度的設置、分工所賦予的。

【一】朱自清：〈詩言志辨〉，收入朱喬森編：《朱自清全集》卷六（南京：江蘇教育出版社，一九九六年），頁一七六。

上古時期，王官之學由專門的職官掌守。西周行世官制度【一】，一些職位，特別是重要的官爵，或對學術、技能要求較高的職位，往往為某氏獨擅【二】。同時，掌握特定技能的官員亦不可履任其專業以外的職位，《禮記·王制》云：「凡執技以事上者：祝、史、射、御、醫、卜及百工。凡執技以事上者，不貳事，不移官。」（《十三經注疏》，頁一三四三）特定的官職掌握特定的技能，其中當然也包括禮儀或政治文體寫作的技能。如史官是專門從事各類文書寫作的官員，史官內部又有不同的分職，在文體寫作的分工上也有所區別：

動則左史書之，言則右史書之。（《禮記·玉藻》，《十三經注疏》，頁一四七三——一四七四）

書內令。（《周禮·天官·女史》，《十三經注疏》，頁六九〇）

凡命諸侯及孤卿大夫，則策命之。凡四方之事書，內史讀之。王制祿，則贊為之，以方出之。賞賜亦如之。內史掌書王命，遂貳之。（《周禮·春官·內史》，《十三經注疏》，頁八二〇）

掌書外令，掌四方之志，掌三皇五帝之書，掌達書名于四方。若以書使于四方，則書其令。（《周禮・春官・外史》，《十三經注疏》，頁八二〇）

掌邦國、都鄙及萬民之治令，以贊冢宰。凡治者受灋令焉。掌贊書。凡數從政者。（《周禮・春官・御史》，《十三經注疏》，頁八二二）

左史記事，右史記言；內史掌策命、賞賜和制祿的冊書；外史掌外令；女史掌王后之命；御史掌諸侯國、采邑、民眾治理的命令。這些都是對當時職官使用相關文體形態分工的規定或記錄。

占卜在商周時期是國家的大事，也涉及職官與文體形態、製作過程的分工：

【一】有證據顯示商代亦行世官制度，參考孫亞冰：〈從甲骨文看商代的世官制度——兼釋甲骨文「工」字〉，收入宋鎮豪主編：《甲骨文與殷商史》新四輯（上海：上海古籍出版社，二〇一四年）。

【二】參考朱鳳瀚：《商周家族形態研究》（增訂版）第二章第六節（天津：天津古籍出版社，二〇〇四年）；沈文倬：〈略論宗周王官之學〉，收入《蓟闇文存》（北京：商務印書館，二〇〇六年）頁四三六；楊寬：《西周史》第三章（上海：上海人民出版社，二〇〇三年）。

大夫之喪，大宗人相，小宗人命龜，卜人作龜。（《禮記．雜記上》，《十三經注疏》，頁一五五一）

以邦事作龜之八命……以八命者贊三兆、三易、三夢之占，以觀國家之吉凶，以詔救政。凡國大貞，卜立君，卜大封，則眡高作龜。大祭祀，則眡高命龜。凡小事，涖卜。國大遷、大師，則貞龜。凡旅，陳龜。凡喪事，命龜。（《周禮．春官．大卜》，《十三經注疏》，頁八〇三——八〇四）

卜人定龜，史定墨，君定體。（《禮記．玉藻》，《十三經注疏》，頁一四七五）

掌占龜，以八筮占八頌，以八卦占筮之八故，以眡吉凶。凡卜筮，君占體，大夫占色，史占墨，卜人占坼。凡卜筮既事，則繫幣以比其命。歲終，則計其占之中否。（《周禮．春官．占人》，《十三經注疏》，頁八〇五）

可見，在整個占卜過程中，國君、宗人、大卜、大夫、史、卜人等不同官職和階層在命龜、占龜等程序上有所分工，從而掌守命辭、占辭等卜辭文體的不同的形態。

在制度設置中，文體使用者是被特別指定的。這種由制度引發的觀念非常特殊，一般的文體觀念主要是對文體內容與形態的規定，而這種觀念則是對文體使用者的指定。這是中國早期文體學最為獨特的觀念之一，它真實地反映出早期文體與制度設置的密切關係。雖然，後來隨著社會的發展、制度的變化，文體特殊使用者的身份也有所變化，但實際上，歷代制度官職分工對某些文書的使用者身份仍有明確的規定。制度設置對文體使用者身份的要求、取得身份的途徑以及對文體書寫的影響，是一個制度史、政治史領域的課題，也是文體學的課題。它也給我們研究早期文學提供了一個獨特的角度：對文體使用者的身份考察。

先秦職官與文體之間並非都是一對一的關係。根據《周禮》，官府之治有「官聯」之法【一】，即行國家大事時，須多個職官聯動。比如祝、史的職守多有重合，皆涉及冊祝、誄諡、世系昭穆之書【二】等文體。而一些典籍材料之所以將職官與文體一一對應，反映出先秦人對文體分類的認知，來源於制度的職官設置以及由職官分工而衍生出來的分類意識。

中國早期文體譜系的建構與制度設置有密切關係。中國早期文體譜系觀念的發生是基於

【一】《周禮．天官．大宰》：「以八灋治官府，……三曰官聯，以會官治。」（《十三經注疏》，頁六四五）

【二】《國語．魯語上》：「故工史書世，宗祝書昭穆。」（徐元誥撰，王樹民、沈長雲點校：《國語集解》（北京：中華書局，二〇〇二年），頁一六五）《周禮．春官．小史》：「掌邦國之志，奠繫世，辨昭穆。」（《十三經注疏》，頁八一八。）

禮儀、政治及制度建構之上的，許多文體功能、文體類別是從文體使用者的身份與職責延伸而來的，與之共同構成文體譜系。《周禮》構建了先秦制度的理想化體系，其特色之一是對制度、典禮與官員職掌進行了非常規整的劃分，其中固然不乏主觀構擬，但在相當程度上亦反映出西周至戰國時期的史實。[一] 根據《周禮》等先秦文獻所記載的大量與文體相關的材料，我們可以大概構擬出一個以制度為綱的中國早期文體譜系。它主要包括了法典簿書、政令復逆、刑罰禁戒、祈祝、規諫類文體等系列。以下分別論之。

（一）**法典簿書類**。此類文體由大宰、小宰總管，在其屬下又由多種職官聯合而治。根據《周禮·天官·大宰》的描述，大宰是天官之長、六官之首，統理國政。他從總體上掌握國家的六典、八法、八則，作為治理國家、官府、地方的法典、規則與制度：

> 掌建邦之六典，以佐王治邦國。一曰治典，以經邦國，以治官府，以紀萬民。二曰教典，以安邦國，以教官府，以擾萬民。三曰禮典，以和邦國，以統百官，以諧萬民。四曰政典，以平邦國，以正百官，以均萬民。五曰刑典，以詰邦國，以刑百官，以糾萬民。六曰事典，以富邦國，以任百官，以生萬民。
>
> 以八灋治官府。一曰官屬，以舉邦治。二曰官職，以辨邦治。三曰官聯，以會官

治。四曰官常，以聽官治。五曰官成，以經邦治。六曰官灋，以正邦治。七曰官刑，以糾邦治。八曰官計，以弊邦治。

以八則治都鄙。一曰祭祀，以馭其神。二曰灋則，以馭其官。三曰廢置，以馭其吏。四曰祿位，以馭其士。五曰賦貢，以馭其用。六曰禮俗，以馭其民。七曰刑賞，以馭其威。八曰田役，以馭其眾。（《十三經注疏》，頁六四五——六四六）

所謂六典，即王統治邦國的六種法典；八法，即治理官府的八種法則；八則，即治理采邑的八種制度。而這些法典，又由多個職官藏有副本【二】，由此可知，典、法、則俱有成文，其副本由小宰、司會、司書、大史等官職掌管。由此，《周禮》以制度為基礎，以大宰

【一】關於《周禮》與西周至春秋時期官制的對比研究，有張亞初、劉雨：《西周金文官制研究》（北京：中華書局，一九八六年），沈文倬：〈略論宗周王官之學〉（收入《菿闇文存》），李晶：《春秋官制與〈周禮〉職官系統比較研究——以〈周禮〉成書年代的考察為目的》（河北師範大學二〇〇四年碩士論文）等。

【二】如《周禮．天官．小宰》：「掌邦之六典、八灋、八則之貳，以逆邦國、都鄙、官府之治。」（《十三經注疏》，頁六五三）《周禮．天官．司會》：「掌邦之六典、八灋、八則之貳，以逆邦國、都鄙、官府之治。」（頁六七九）《周禮．天官．司書》：「掌邦之六典、八灋、八則……」（頁六八二）《周禮．春官．大史》：「掌建邦之六典以逆邦國之治，掌灋以逆官府之治，掌則以逆都鄙之治。」（頁八一七）

為核心，對典、法、則諸種法典文書進行了系統的設置，形成了秩序儼然的譜系。大宰「八法」之下，有「五曰官成」，究其內涵，即官府辦事時可供作為稽校案驗之依據的相關文件，《周禮．天官．小宰》又將這些文件分為八種：

以官府之八成經邦治。一曰聽政役以比居，二曰聽師田以簡稽，三曰聽閭里以版圖，四曰聽稱責以傅別，五曰聽祿位以禮命，六曰聽取予以書契，七曰聽賣買以質劑，八曰聽出入以要會。（《十三經注疏》，頁六五四）

所謂比居，即登記人口數量及財產的簿書；簡稽，即登記士卒、兵器的簿冊；版圖，即戶籍與地圖；傅別為借貸的憑證；禮命，即冊封賞賜的冊命書；書契，即符券；質劑，即確定買賣關係的憑證；要會，即會計賬簿。因此「八成」是官府治理各種事務時用以稽校案驗的文件，由小宰加以統屬。「八成」的分野顯示出制度的設置者（或作為制度構擬者的《周禮》作者）對文獻及文體的分類意識，而分類的根據則是其背後所依據的制度、小宰的職掌，以及這些文件的用途。

（二）**政令復逆類**。這一類文體包括王下達的命令，以及諸侯、群吏、萬民對王的奏報文書。王的命令由內史、外史、御史等掌管。而王之命令的發佈，以及諸侯、群吏、萬民之復逆的轉達，則由太僕、小臣、御僕等掌管：

掌正王之服位，出入王之大命，掌諸侯之復逆。（《周禮．夏官．太僕》，《十三經注疏》，頁八五一）

掌王之小命，詔相王之小灋儀。掌三公及孤卿之復逆，正王之燕服位。（《周禮．夏官．小臣》，《十三經注疏》，頁八五二）

掌羣吏之逆，及庶民之復，與其弔勞。……掌王之燕令。（《周禮．夏官．御僕》，《十三經注疏》，頁八五二）

按：《周禮．天官．宰夫》「諸臣之復，萬民之逆」鄭注云：「復之言報也，反也。反報於王，謂於朝廷奏事。自下而上曰逆，逆謂上書。」（《十三經注疏》，頁六五五）事實上，復、逆互文，奏事、上書，其義相通。《周禮》多次將命令與復逆之屬並列而言，這意味著先秦已有較為完善的政令奏報文書譜系，而且制度的設置者已有將政令與復逆歸為同一文體譜系的意識。

（三）**刑罰禁戒類**。此類文體由管理刑獄的官員掌管，在《周禮》中，主要屬「秋官」系統。根據《周禮》的構擬，有刑書以及輔助刑罰的禁、戒。

> 掌建邦之三典，以佐王刑邦國、詰四方：一曰刑新國用輕典，二曰刑平國用中典，三曰刑亂國用重典。以五刑糾萬民：一曰野刑，上功糾力；二曰軍刑，上命糾守；三曰鄉刑，上德糾孝；四曰官刑，上能糾職；五曰國刑，上願糾暴【一】。……正月之吉，始和，布刑于邦國都鄙，乃縣刑象之灋于象魏，使萬民觀刑象，挾日而斂之。……凡諸侯之獄訟，以邦典定之。凡卿大夫之獄訟，以邦灋斷之。凡庶民之獄訟，以邦成弊之。（《周禮．秋官．大司寇》，《十三經注疏》，頁八七〇—八七一）

以上涉及「三典」、「五刑」，而這些刑典以書面形式懸掛於象魏以警戒萬民，即所謂「刑象之灋」，孫詒讓釋「刑象之灋」，云「即上三典五刑及《司刑》五刑二千五百條之屬」【二】，可知其乃寫有法律條文的刑書。

此外，根據《周禮．秋官．士師》職，又以禁、戒「左右」、「先後」即輔助刑罰：

掌國之五禁之灋，以左右刑罰：一曰宮禁，二曰官禁，三曰國禁，四曰野禁，五曰軍禁。皆以木鐸徇之于朝，書而縣于門閭。以五戒先後刑罰，毋使罪麗于民：一曰誓，用之于軍旅；二曰誥，用之于會同；三曰禁，用諸田役；四曰糾，用諸國中；五曰憲，用諸都鄙。（《十三經注疏》，頁八七四）

根據上述材料可知，禁、戒應有所不同。前者既然可以「書而縣于門閭」，故知其乃成文的、可以懸掛於特定地點的禁令；後者則一般訴諸口頭，以警戒官民遵守相關的禁令。《周禮》的刑典（包括三典、五刑等）、五禁、五戒，其掌守者既包括秋官之首大司寇，亦涉及具體的執行者如秋官系統的士師、鄉士、遂士、縣士、訝士等【三】，以及地官系統的

【一】按鄭注云：「暴，當為恭字之誤也。」

【二】孫詒讓著，汪少華整理：《周禮正義》（北京：中華書局，二〇一五年），頁三三二一。

【三】《周禮．秋官．鄉士》：「掌國中，各掌其鄉之民數而糾戒之。」（《十三經注疏》，頁八七五，以下出處皆是《十三經注疏》，不再一一標出）《周禮．秋官．遂士》：「掌四郊，各掌其遂之民數，而糾其戒令。」（頁八七六）《周禮．秋官．縣士》：「掌野，各掌其縣之民數，糾其戒令而聽其獄訟。」（頁八七六）《周禮．秋官．訝士》：「凡邦之大事聚衆庶，則讀其誓禁。」（頁八七七）

鄉師、鄉大夫、州長、黨正、族師、遂師、遂大夫等【二】，其施用對象涉及自上而下的階層，範圍上涵蓋了王宮、邦國、都鄙與鄉野，內容上包括刑罰及一般的行政戒令，形式上涉及書面與口頭，構成了完整的刑法禁戒文體譜系，其中反映出非常系統的分類觀。

（四）祈祝類。此類文體由大祝、小祝、喪祝、甸祝、詛祝等祝官實施，在《周禮》中，祝官屬掌管禮制、祭祀和曆法的春官系統。《周禮．春官．大祝》所敘「六祝」、「六祈」、「六辭」反映了《周禮》作者對於祝官文體分類的認識：

> 掌六祝之辭，以事鬼神示，祈福祥，求永貞。一曰順祝，二曰年祝，三曰吉祝，四曰化祝，五曰瑞祝，六曰筴祝。
>
> 掌六祈以同鬼神示，一曰類，二曰造，三曰禬，四曰禜，五曰攻，六曰說。
>
> 作六辭以通上下親疏遠近，一曰祠，二曰命，三曰誥，四曰會，五曰禱，六曰誄。」（《十三經注疏》，頁八〇八—八〇九）

從上述材料可知，大祝不僅掌管溝通人神的祭祀類文體的寫作，還寫作溝通「上下親疏遠近」的「六辭」。《周禮》對「六祝」、「六祈」、「六辭」的列舉和概括，系統地總結了兩周的祈祝類文體譜系。

（五）規諫類。在中國古代，規諫類文體非常重要，它起到補察王政的作用，頗受統治者重視。在《左傳》、《國語》、《周禮》等文獻中，有一組頗為相似的論述：

> 自王以下各有父兄子弟以補察其政。史為書，瞽為詩，工誦箴諫，大夫規誨，士傳言，庶人謗，商旅於市，百工獻藝。（《左傳・襄公十四年》，《十三經注疏》，頁一九五八）

> 故天子聽政，使公卿至於列士獻詩，瞽獻曲，史獻書，師箴，瞍賦，矇誦，百工

【一】《周禮・地官・鄉師》：「掌其戒令糾禁，聽其獄訟。」（頁七一三）《周禮・地官・鄉大夫》：「各掌其鄉之政教禁令。」（頁七一六）《周禮・地官・州長》：「若國作民而師田行役之事，則帥而致之，掌其戒令與其賞罰。歲終，則會其州之政令。正歲，則讀教灋如初。」（頁七一七—七一八）《周禮・地官・黨正》：「各掌其黨之政令教治。及四時之孟月吉日，則屬民而讀邦灋，以糾戒之。」（頁七一八）《周禮・地官・族師》：「各掌其族之戒令政事。……若作民而師田行役，則合其卒伍，簡其兵器，以鼓鐸旗物帥而至，掌其治令、戒禁、刑罰。」（頁七一八—七一九）《周禮・地官・遂師》：「各掌其遂之政令戒禁。」（頁七四一）《周禮・地官・遂大夫》：「掌其政令戒禁，聽其治訟。」（頁七四二）

諫，庶人傳語，近臣盡規，親戚補察，瞽史教誨，耆艾修之，而後王斟酌焉，是以事行而不悖。（《國語．周語上》）【一】

在輿有旅賁之規，位宁有官師之典，倚几有誦訓之諫，居寢有褻御之箴，臨事有瞽史之導，宴居有師工之誦，史不失書，矇不失誦，以訓御之，於是乎作《懿》詩以自儆也。（《國語．楚語上》）【二】

以上材料說法頗為相近，可看出其相互之間的聯繫相當密切，反映出時人對於該系列文體歸類的大致共識。在早期文體譜系中，規諫類是很特殊的。單獨地看，「列士獻詩，瞽獻曲，史獻書，師箴，瞍賦，矇誦，百工諫，庶人傳語」，某種文體與某種身份是有直接關係的；但是，規諫類文體與其他系列文體相比，具有明顯的獨特性，即它的開放性與靈活度：其使用者並沒有被特別指定為某一系統的官職所屬，甚至超出職官系統，瞽、史、師、瞍、矇、百工、庶人乃至近臣、親戚、公卿、列士，他們雖處於不同階層，但皆可使用規諫類文體。而規諫類文體所涵蓋的範圍亦相當廣泛，綜而言之，有書、詩、曲、箴、諫、規、誨、導、典、訓、謗、賦、誦、語等，其中既有屬於言說方式的（如諫、誨、導、訓、謗、賦、誦、語等），也有屬於具有成文的文體形態的（如書、詩、曲、箴、典等）。這裏所體現出來的社會各階層皆有責任使用各種規諫類文體來反映社會現實，或對政治提出批評與建議，以「補察王政」的文體觀念，也許正反映出早期政治制度設置中某種比較開明的精神，這種觀念此後也逐漸發展成諷喻和批判現實、政治的傳統。

中國早期的文體譜系，是政治制度的衍生物；或者說，早期的文體譜系是包涵在政治制度之中的。早期文體譜系所涉及的內容相當豐富複雜：從職官掌守到文體使用者的身份，從官守的職能延伸到文體的功能與文體的類別等等。這種文體譜系觀念與後世相差甚遠，但這也許恰恰體現了其初生之時的樸素與真實。

第三節　禮制與文體觀念的發生

禮制屬制度的重要組成部分，對文體觀念的影響尤為顯著，故列此節作專題探討。在先秦時期，文體的發生與禮制密切相關。從禮學的角度來看，古人講究行事、言語要「得體」，從文體學的角度來看，對言語「得體」的要求則是文體觀念的反映。《文心雕龍·宗

【一】徐元誥：《國語集解》（修訂本），頁一一一—一一二。
【二】徐元誥：《國語集解》（修訂本），頁五〇一—五〇二。

經》云：「《禮》以立體，據事制範；章條纖曲，執而後顯。」【一】指出了「禮」對「立體」的重要性。從禮學的「得事體」到文章學的「得文體」，是一種順理成章的延伸。【二】先秦時期評論某些作品的寫作是否合禮，即判斷其是否符合禮制對文體的規範和要求。《左傳．莊公十一年》記載了魯莊公派使者赴宋國弔災時雙方的辭令，對此，臧文仲評論道：「列國有凶，稱孤，禮也。言懼而名禮，其庶乎？」（《十三經注疏》，頁一七七〇）又如《左傳．哀公十六年》子贛論魯哀公誄孔子：「生不能用，死而誄之，非禮也。」（《十三經注疏》，頁二一七七）《禮記．曾子問》論誄：「賤不誄貴，幼不誄長，禮也。」（《十三經注疏》，頁一三九八）《左傳．襄公十九年》記載臧武仲論季武子作銘「非禮也」。（《十三經注疏》，頁一九六八）以上諸例，都以是否「合禮」為標準，評價文體的寫作是否合體。【三】不言而喻，這些文體觀念明顯受到禮制的影響。

禮制對文體寫作有許多規制，這些規制在一定程度上促成了文體觀念的發生。早期禮儀活動往往是口頭性的，在遣詞口宣之初，便具有主動適應禮儀要求的意識，這是初步的文體意識。經過長期使用與積累，對文體的自覺便逐漸成為一種集體意識，形成文辭創作的內在規則，文體觀念隨之發生。由於早期的文體寫作建立在禮儀的需要之上，具有強烈的實用性，禮制的規定也就成為文體寫作的重要標準，直接影響相關文體觀念的發生。舉要如下：

（一）文體特定的使用主體或施用對象。禮制強調尊卑有序、貴賤有別的社會秩序，這種規定直接體現在文體觀念上。如誄體的寫作，按照古制，只能為有爵位的人作謚，此後才擴大到無爵者。《禮記．郊特牲》云：「死而謚，今也；古者生無爵，死無謚。」（《十三經注疏》，頁一四五五）【四】而且也只能由位高者為位低者，或由年長者為年幼者作誄。《禮記．曾子問》云：「賤不誄貴，幼不誄長，禮也。唯天子稱天以誄之。諸侯相誄，非禮也。」（《十三經注疏》，頁一三九八）所以《禮記．曲禮下》云：「已孤暴貴，不為父作謚。」（《十三經注疏》，頁一二五七）意即父親死後，即便兒子顯貴，亦不可為父親作謚，應遵從「幼不誄長」的原則。

（二）文體特定的使用場合和功能。《禮記．曲禮下》：「諸侯未及期相見曰遇，相見

【一】劉勰著，范文瀾注：《文心雕龍注》（北京：人民文學出版社，一九五八年），頁二二。下引此書，隨文括注，不再說明。

【二】吳承學：《中國古代文體學研究．緒論》，頁七。

【三】參考李冠蘭：〈先秦禮學與文體批評〉，《南京大學學報》二〇一五年第四期。

【四】另《禮記．檀弓上》記錄了為士階層作誄的起始：「士之有誄，自此始也。」（《十三經注疏》，頁一二七七）這是魯莊公為縣賁父所作之誄。

於郤地曰會。諸侯使大夫問於諸侯曰聘，約信曰誓，涖牲曰盟。」（《十三經注疏》，頁一二六六）區分了誓、盟在功能上的差別。《左傳．昭公三年》：「昔文、襄之霸也，其務不煩諸侯，令諸侯三歲而聘，五歲而朝，有事而會，不協而盟。君薨，大夫弔，卿共葬事；夫人，士弔，大夫送葬。足以昭禮、命事、謀闕而已，無加命矣。」（《十三經注疏》，頁二〇三〇）禮制規定了盟、弔等文體運用的特定場合。《周禮．秋官．小行人》：「若國札喪，則令賻補之。若國凶荒，則令賙委之。若國師役，則令槁禬之。若國有福事，則令慶賀之。若國有禍烖，則令哀弔之。凡此五物者，治其事故。」（《十三經注疏》，頁八九四）【二】規定了在不同的情景下，相應地使用慶賀或哀弔之辭。對傷禮與弔禮及相應文體的運用情景，亦有嚴格的限定。《禮記．曲禮上》：「知生者弔，知死者傷。知生而不知死，弔而不傷；知死而不知生，傷而不弔。」（《十三經注疏》，頁一二四九）《禮記．檀弓上》：「死而不弔者三：畏、厭、溺。」（《十三經注疏》，頁一二七九）如果不按禮制而行弔禮，甚至會受到處罰，《禮記．文王世子》云：「五廟之孫，祖廟未毀，雖為庶人，冠，取妻，必告；死，必赴；練祥則告。族之相為也，宜弔不弔，宜免不免，有司罰之。」（《十三經注疏》，頁一四〇八）對於盟載的使用情景、具體程序，《周禮．秋官．司盟》的規定是：「凡邦國有疑會同，則〔司盟〕掌其盟約之載及其禮儀，北面詔明神，既盟，則貳之。盟萬民之犯命者，詛其不信者亦如之。凡民之有約劑者，其貳在司盟；有獄訟者，則使之盟詛。」（《十三經注疏》，頁八八一）指出當邦國因有疑而會同時，則訂立盟約。又規定民眾的約劑副本收藏在司盟處，當因契約的爭議而發生獄訟時，則進行盟詛儀式。

（三）**文體特定的表現內容**。如《禮記．禮運》：「祝以孝告，嘏以慈告。」（《十三經注疏》，頁一四一七）孫希旦《禮記集解》云：「祝，謂饗神之祝辭也。嘏，謂尸嘏主人之辭也。祭初饗神，祝辭以主人之孝告於鬼神；至主人酳尸，而主人事尸之事畢，則祝傳神意以嘏主人，言『承致多福無疆于女孝孫』，而致其慈愛之意也。」【二】以禮的規定區分祝辭與嘏辭的內容分別為「孝」、「慈」。《周禮．春官．詛祝》：「作盟詛之載辭，以叙國之信用，以質邦國之劑信。」（《十三經注疏》，頁八一六）規定了盟詛載辭的主要內容和精神在「信」。

（四）**文體獨特的措辭**。由於儀式性質的不同，祝辭的稱謂亦須作相應改變，《禮記．雜記上》云：「祭稱孝子孝孫，喪稱哀子哀孫。」（《十三經注疏》，頁一五五五）在祭祀儀式

【一】又見《大戴禮記．朝事》：「然後諸侯之國札喪則令賻補之，凶荒則令賙委之，師役則令槁禬之，有福事則令慶賀之，有禍災則令哀弔之。凡此五物者，治其事故。」（孔廣森撰，王豐先點校：《大戴禮記補注》（北京：中華書局，二〇一三年），頁二二九）

【二】孫希旦撰，沈嘯寰、王星賢點校：《禮記集解》（北京：中華書局，一九八九年），頁五九四。

中，祝辭所使用的稱謂須與主人的身份相適應。《禮記．曲禮下》云：「臨祭祀，內事曰『孝子某侯某』，外事曰『曾孫某侯某』。」（《十三經注疏》，頁一二六六）孫希旦云：「愚謂此皆祝辭所稱也。曰『孝子』者，謂祭禰廟也。……曰『曾孫』者，言己乃始祖之重孫，上本其得國之始而言。〈武成〉曰『惟有道曾孫周王發』，是也。此雖為祭外神之稱，其實內事自曾祖以上亦曰『曾孫』，言於所祭者為重孫也。〈郊特牲〉曰『稱曾孫某，謂國家也』，是也。若祭祖則曰『孝孫』。」【二】喪禮亦然，《禮記．曲禮下》云：「死曰『薨』，復曰『某甫復矣』。」（《十三經注疏》，頁一二六六）《禮記．雜記下》云：「祝稱卜葬、虞，子孫曰『哀』，夫曰『乃』，兄弟曰『某』，卜葬其兄弟曰『伯子某』。」（《十三經注疏》，頁一五六二）這是對祝在占卜致命辭時對主人的稱呼的規定。《禮記．雜記上》有諸侯相弔之禮：「弔者升自西階，東面，致命曰：『寡君聞君之喪，寡君使某，如何不淑。』」（《十三經注疏》，頁一五五七）更規定了弔辭的定式。

（五）文體特殊的載體。禮對一些文體載體的質地、形狀、大小等有明確規定。先秦以「笏」書寫對命。《禮記．玉藻》詳細闡述了不同身份的人使用不同材質的笏，並規定了笏的尺寸，還涉及「說笏」的特定情境等：「將適公所，宿齊戒，居外寢，沐浴。史進象笏，書思對命。」（《十三經注疏》，頁一四七五）「笏：天子以球玉；諸侯以象；大夫以魚須文竹；士竹本，象可也。見於天子與射，無說笏，入大廟說笏，非古也。小功不說笏，當事免則說之。既搢必盥，雖有執於朝，弗有盥矣。凡有指畫於君前，用笏造，受命於君前，則書於笏。笏畢用也，因飾焉。笏度二尺有六寸，其中博三寸，其殺六分而去一。」（《十三經注疏》，頁一四八〇）列國聘問有書信往來，根據篇幅大小，其書寫的載體亦有所不同，《儀禮．聘禮》云：「久無事則聘焉。若有故則卒聘，束帛加書將命。百名以上書於策，不及百名書於方，主人使人與客讀諸門外。」（《十三經注疏》，頁一〇七二）盟誓之約劑，邦國之約事重文繁，故銘刻於彝器；萬民之約事輕文約，故書寫於竹帛。《周禮．秋官．司約》云：「凡大約劑書於宗彝，小約劑書於丹圖。」（《十三經注疏》，頁八八一）

綜上所言，禮制對文體的使用主體與施用對象、使用場合與功能、表現內容、具體措辭與載體等規定，逐漸內化為人們寫作文體的常規。這些常規一旦成為人們意識中潛在的定式，便意味著相關文體觀念的發生。先秦時代常見的文體，如卜辭、銘、謚、誄、盟、誓、弔、祝、嘏等，已形成一套比較成熟的文體規範，而這些相關的文體觀念，無疑都是在禮制的直接影響下發生的。設若沒有先秦禮制，便沒有這些文體，也沒有這些文體觀念的發生。孔子說：「居上不寬，為禮不敬，臨喪不哀，吾何以觀之哉？」（《論語．八佾》，《十三經注

【一】孫希旦：《禮記集解》，頁一四二。

疏》，頁二四六九）中國古代禮學的精神就在於「敬」，「敬」則需要一系列相關的儀式。中國早期文體觀念的發生由於受到禮學的影響，非常強調儀式感和秩序感。面對人與神的雙重世界，受禮學影響的文體總是伴隨著具體而嚴格的程序與形式。因此，中國早期不少文體形成一種莊重、敬畏、虔誠甚至是神聖的特殊況味，這就是「敬」的精神，這也是早期中國文學的特色之一。

早期文字與文體觀念

文字與文體，看起來是兩個距離遙遠的領域。在當代學術研究中，兩者似乎也是風馬牛不相及的。我們把兩者結合起來研究，並不是為了標新立異、嘩眾取寵，而是出於學術內部的學理需求。劉師培《文章源始》曾說：「積字成句，積句成文，欲溯文章之緣起，先窮造字之源流。」[一]他認為，考察文章緣起應該從造字源流開始。中國文字是中國文體的存在方式。順理成章，研究文體與文體觀念的產生和發展，也有必要從文字溯源開始。

中國古人造字以象形、指事、會意和形聲等方法為基礎。古文字所包含的「形」、「意」與「事」比較形象直觀地記錄了初民對事物原始狀態的樸素認識。從一些古文字的構形與淵源流變入手，可以考察文體的原始狀態、形象與意義，考察古人對文體最為原始的感知與文體觀念，也可以看出古代文體形成、命名、分類乃至文體觀念演變的一些規律。

第一節　文字形態與文體內涵

中國古人既然依照一定的規則來造字，一些與文體相關的文字形態或許透露出文字的原始意義以及初民對早期文體本義的理解。

比如，「命」與「令」是中國古代兩種關係非常密切的文體，早期「命」與「令」通用，後來才漸有差別。徐師曾《文體明辨序說．命》說：

按朱子云：「命猶令也。」字書：「大曰命，小曰令。」此命、令之別也。上古王言同稱為命：或以命官，如《書·説命》、〈冏命〉是也；或以封爵，如《書·微子之命》、《蔡仲之命》也；或以飭職，如《書·畢命》是也；或以錫賚，如《書·文侯之命》是也；或傳遺詔，如《書·顧命》是也。秦并天下，改名曰制。漢唐而下，則以策書封爵制誥命官，而「命」之名亡矣。【二】

那麼「令」與「命」初始的意思是什麼呢？我們從「令」與「命」的構形及其演變可以看出初民對其特徵的理解。《説文解字》謂：「令，發號也。」【三】從文字學角度看，「命」、「令」同源，「命」字後起，是在「令」字基礎上加「口」而成的。據古文字學家所言，二字本為一字一義。羅振玉説：「古文『令』從『亼』『人』，集眾人而命令之，故古『令』與

【一】原載《國粹學報》第一年第五冊，收入郭紹虞主編：《中國歷代文論選》（上海：上海古籍出版社，一九八〇年），第四冊，頁三三一。

【二】徐師曾：《文體明辨序説》，頁一一一。

【三】許慎撰，段玉裁注：《説文解字注》（上海：上海古籍出版社，一九八八年），頁四三〇。下引此書，隨文括注，不再説明。

『命』為一字一誼。」【一】在甲骨文中，有「令」的內容數百事，而其中六十餘條屬「王令」，具有命令文體性質。甲骨文有「令」字無「命」字，直到金文才分化出「命」字，但在金文中二字幾乎可以通用。甲骨文的「令」，其字形為。羅振玉認為是「集眾人而命令之」的意思，而林義光《文源》謂「令」字「從口在人上，……象口發號，人跽伏以聽也。」【二】甲骨刻辭有「王令」辭例，一般是王命令祭祀、征伐、墾田這幾類內容。【三】殷代金文中，也有王命的記錄，如毓且丁卣云：「辛亥，王在廙，降令曰：歸福于我多高。」（《殷周金文集成》五三九六）【四】這是殷商時期王發佈命令的記載，這種命令最早的發佈，應該是口頭性的活動，後來才書於簡冊。秦始皇統一中國後，把命令改為制詔。司馬遷《史記·秦始皇本紀》：「臣等昧死上尊號，王為『泰皇』。『命』為『制』，『令』為『詔』。」【五】戴侗《六書故》第十一：「命者，令之物也。從口，從令。令出於口，成而不可易之謂命。《傳》曰：『君能制命為義。』」秦始皇始改令曰詔、命曰制，即詔與制，可以見命、令之分。」【六】

又如，「占」也是早期文體。黃佐在其文章總集《六藝流別》中說：

> 占者何也？《說文》：「視兆問也，從卜口。」謂卜人之口也。《書》曰：「三人占，則從二人之言。」則以龜人為主矣。然《易》筮亦必觀象玩占，則占者兼卜筮而言也。六爻變動占法，經傳甚明，觀者當自得之。【七】

黃佐把占辭作為「易藝」的一種古老文體。《六藝流別》收錄相關作品，如《左傳・昭公十二年》「魯南蒯筮叛坤占」、《左傳・閔公元年》「晉畢萬筮仕屯占」、《國語・周語下》「晉筮立成公乾占」。在甲骨文中，「占」字多數寫作「𡆥」從口，裘錫圭認為「𡆥」即「兆」之初文【八】，以口解說卜兆即表示占斷之義。《說文解字》「占」字屬「卜」部，古人用火灼龜甲、牛骨等，根據裂紋來預測吉凶，叫卜。而「卜」也是象形的。《說文解字》「卜部」：

【一】羅振玉：《增訂殷虛書契考釋》卷中，收入羅繼祖主編：《羅振玉學術論著集》第一集（上海：上海古籍出版社，二〇一〇年），頁二五〇。

【二】林義光：《文源》卷六（上海：中西書局，二〇一二年），頁二二二。

【三】朱岐祥：〈殷墟卜辭辭例流變考〉，收入《甲骨文研究——中國古文字與文化論稿》，頁二四二。

【四】中國社會科學院考古研究所編：《殷周金文集成》（北京：中華書局，一九八四年），第十冊，頁三一一二；中國社會科學院考古研究所編：《殷周金文集成釋文》卷四（香港：香港中文大學中國文化研究所，二〇〇一年），頁一四六。

【五】司馬遷：《史記》第一冊（北京：中華書局，二〇一四年），頁三〇四。

【六】戴侗撰，黨懷興、劉斌點校：《六書故》（北京：中華書局，二〇一二年），頁二二四。

【七】黃佐：《六藝流別》卷二十「易藝」之「占」，《四庫全書存目叢書》集部第三〇〇冊（齊魯書社，一九九七年），頁四九二。

【八】裘錫圭：〈從殷墟卜辭的「王占曰」說到上古漢語的宵談對轉〉，《裘錫圭學術文集・甲骨文卷》（上海：復旦大學出版社，二〇一二年），頁四八五—四八八。

「卜，灼剝龜也。象灸龜之形，一曰象龜兆之縱衡也。」（《說文解字注》，頁一二七）在甲骨文中，「卜」字為ㄚ或ㄥ等，徐中舒說：「卜，正象灼龜後兆璺縱橫斜出之狀。卜兆先有直坼，而後有斜出之裂紋，裂紋或向上，或向下，卜人據此以判吉凶。」【一】小篆的「占」字構形原理與甲骨文略同，只是把「兆」的初文「⿴囗卜」改作了「卜」而已，「卜」在這裏充當形符而非意符，表示的也是卜兆。甲骨文中還有作「⿴囗占」者，有學者認為，此字專門用於王親自卜問的情況，以示尊卑有別。【二】這是使用者對從事言說活動主體的區辨。

中國古代早期文體具有強烈的實用性，溝通人神關係就是其主要功用之一。比如「祝」體，據《周禮．春官．大祝》所記，「大祝掌六祝之辭，……一曰順祝，二曰年祝，三曰吉祝，四曰化祝，五曰瑞祝，六曰策祝。」（《十三經注疏》，頁八〇八）《尚書》有「祝冊」的記載。《尚書．洛誥》載：「王命作冊逸祝冊。」孔穎達疏曰：「王命有司作策書，乃使史官名逸者祝讀此策。」（《十三經注疏》，頁二一七）按：在甲骨文中，也有關於「祝冊」或「冊祝」的記錄。如《甲骨文合集》三二二八五：「丙午貞，酒人冊祝。」【三】《小屯南地甲骨》二四五九：「……卜奉祝冊……毓祖乙惟牡。」【四】「祝冊」或「冊祝」有製作簡冊、書寫祝辭、向神靈禱祝之意。按照《說文解字》的解釋：「祝，祭主贊詞者。從示，從兒口。」段注曰：「此以三字會意，謂以人口交神者也。」（《說文解字注》，頁六）《釋名》曰：「祝，屬也，以善惡之詞相屬著也。」【五】「祝」既為贊詞之人，也是祭告之詞。現存不少甲骨材料記錄了「祝」的使用情況，「祝」在當時已具有初步的文體意義。甲骨文的字形，並非完全如《說文解字》所說的「從示，從兒口。」而是或「從示」，或不「從示」。「示」表示神主。值得注意的是，無論其字形是否「從示」，其中都有一個象人跪於神主前有所禱告之形，形象地反映出「祝」的初始狀態：人虔誠地跪在神主之前，與神進行交流，這也是作為早期文體「祝」的本質特徵。

第二節　文字載體與文體命名

文體的命名方式是中國文體學研究的重要內容，它為我們理解古代文體之原始功能與體制提供了某種獨特的路徑。中國古代的文體眾多，有些文體對內容有相當嚴格的限定，有的

【一】徐中舒主編：《甲骨文字典》（成都：四川辭書出版社，二〇〇六年），頁三四九。
【二】商承祚說，見于省吾主編：《甲骨文字詁林》（北京：中華書局，一九九六年），頁二一七五。
【三】郭沫若主編：《甲骨文合集》，第十冊，頁三九三九。下引此書，隨文括注，不再說明。胡厚宣主編《甲骨文合集釋文》三二二八五號（北京：中國社會科學出版社，一九九九年）。
【四】中國社會科學院考古研究所編：《小屯南地甲骨》（北京：中華書局，一九八〇—一九八三年）。下引此書，隨文括注，不再說明。
【五】劉熙撰，畢沅疏證，王先謙補：《釋名疏證補》（北京：中華書局，二〇〇八年），頁一三二。

文體對其內容要求則比較寬鬆。造成這種現象的原因很多，但從其根源來看，與最早的文體命名方式之不同有很大的關係。

中國古代之文體命名方式頗為複雜，其中最主要是根據文體的行為方式或功能來命名。如：命、訓、誓、誥、禱、誄等，都是從一種行為、活動變成一種文體之名。郭英德先生認為，不少先秦文體產生於不同的「言說方式」，他指出：「中國古代文體的生成大都基於與特定場合相關的『言說』這種行為方式，這一點從早期文體名稱的確定多為動詞性詞語便不難看出。」因此，他將對行為方式的區別類分，作為中國古代文體分類原初的生成方式。【一】胡大雷先生總結說：「以行為動作本身來命名這些文體，這是早期文體命名的一般性方法。」【二】這種總結是有道理的。但是，早期文體命名除了一般性方法之外，也有其他特殊方法，比如以文字和文體載體來為文體命名。

王國維《簡牘檢署考》開篇說：「書契之用，自刻畫始。金石也，甲骨也，竹木也，三者不知孰為後先，而以竹木之用為最廣。」【三】甲骨文與金文是中國現存最早的文字，但是根據古文獻記載，除了甲骨與青銅器之外，同時代還有其他文字與文體之載體，如「簡」、「冊」、「篇」、「典」等，而且這些載體本身也成為文體的名稱。「簡」字見於兩周金文。西周晚期的簡𣪘蓋銘文說：「豐中次父其𤔲簡乍朕皇考益隮。」【四】器主名為「簡」，雖然用作人名，但字以竹為意符，很可能就是竹簡的「簡」。戰國時期的中山嚳方壺（《殷周金文集成》九七三五）有「載之簡策」一語。在傳世文獻中「簡」亦早有記載，如《詩·小雅·出車》：「畏此簡書。」孔穎達《正義》說：「古者無紙，有事書之於簡，謂之簡書。」（《十三經注疏》，頁四一六）《左傳·襄公二十五年》記載：「南史氏聞大史盡死，執簡以往。聞既書矣，乃還。」（《十三經注疏》，頁一九八四）甲骨文已有「冊」字。雖然未發現出土的商代簡策，但徐中舒認為，甲骨文已有冊的記載，故殷代除甲骨之外，亦應有簡策紀事，《尚書·多士》「惟殷先人，有冊有典」，典亦為簡策。只是年代久遠，竹木不易保存下來。【五】學者推測商代、西周便有竹簡【六】。從現在所見的出土簡牘材料來看，竹簡的使用最早可上溯到戰國早期（曾侯乙墓遺冊）。戰國時期簡牘文獻較甲骨文、銅器銘文數量增多，使用更

【一】郭英德：《中國古代文體學論稿》（北京：北京大學出版社，二〇〇五年），頁二九—三一。

【二】胡大雷：〈論中古時期文體命名與文體釋名〉，《中山大學學報》二〇一一年第四期。

【三】王國維著，胡平生、馬月華校注：《簡牘檢署考校注》（上海：上海古籍出版社，二〇〇四年），頁一一—一二。

【四】鍾柏生等編：《新收殷周青銅器銘文暨器影彙編》第七三六號（台北：藝文印書館，二〇〇六年），頁五三七。

【五】參考徐中舒主編：《甲骨文字典》卷二「冊」，頁二〇〇。

【六】參考錢存訓：《書於竹帛》（上海：上海書店出版社，二〇〇二年），頁七二；陳煒湛：〈戰國以前竹簡蠡測〉，《中山大學學報》一九八〇年第四期。

為頻繁，其類型更為多樣化，內容形式也更為成熟。只是由於甲骨與青銅器質地堅實而得以留傳下來，而其他一些載體則可能因為未能長遠保留而湮滅不見。

從甲骨文、金文中一些文字最初形狀在某種程度上可以了解與文體相關的事實與觀念。《說文解字》冊部：「冊，符命也，諸侯進受於王也。象其札一長一短，中有二編之形。凡冊之屬皆從冊。」（《說文解字注》，頁八五—八六）然漢墓所出土之簡冊形制，並非一長一短，皆由大小長短相同之簡札編成。甲骨文「冊」字象形，豎筆表示簡札，中間筆畫表兩道穿連竹簡的繩子。【一】至於簡札為何「一長一短」且與出土所見簡策不同，文字學家有許多解釋，尚未有共識，不少學者認為一長一短當為刻寫變化所致。姚孝遂《甲骨文字詁林》按語：「據出土戰國秦漢簡冊，皆有長有短。但成編之冊皆等長，長短不一之冊，無法編列。商代冊制目前僅見龜骨，尚未發現簡牘。卜辭屢見『爯冊』，即舉冊。國有大事，必有冊告。」【二】于省吾認為：「策、冊古籍同用。經傳言冊祝、祝冊、策告，其義一也。」【三】從職官制度來看，商代開始設置「作冊」一職，西周時也稱作冊內史、作命內史、內史。《尚書．洛誥》：「王命周公後，作冊逸誥。」（《十三經注疏》，頁二一七）可見「作冊」之職在於掌著作簡冊，奉行國王告命。這也可以看出「冊」在當時已具有文體意義了。【四】

簡與冊在文體上的特點與內涵，與其作為載體的本來特點也是直接相關的。簡與冊雖然可以並列或稱「簡冊」，但在具體使用中，簡與冊有所區別。杜預《春秋左氏經傳集解序》：

「諸侯亦各有國史，大事書之於策，小事簡牘而已。」孔穎達疏：「單執一札，謂之為簡；連編諸簡，乃名為策。」（《十三經注疏》，頁一七〇四）按：「策」本義為竹製的馬鞭。《說文解字》：「策，馬箠也。」（《說文解字注》，頁一九六）「策」為形聲字，假借為象形字之「冊」。馬王堆漢墓帛書《老子甲》「籌策」之「策」作「笧」，即「笧」字之異體。之所以有大事和小事之不同書寫，原因之一在其載體容量之不同。策的容量大而簡牘的容量小。郝經《續後漢書》謂：

> 「冊」者，辭、命、記、注之總稱。古者書于竹簡，一簡謂之簡，編簡謂之冊。事小辭略，一簡可書，則曰簡而已；事大辭多，一簡不容，必編眾簡而書之，則曰冊。故史官大事書之于冊，小事簡牘而已。其名始見于〈金縢〉之書，曰「史乃冊祝」。其後

【一】曾憲通、林志強謂：「象編簡之形，豎為簡，橫為編。」見曾憲通、林志強：《漢字源流》（廣州：中山大學出版社，二〇一一年），頁七七。

【二】于省吾主編：《甲骨文字詁林》第四冊，頁二九六三。

【三】于省吾：《雙劍誃殷契駢枝　雙劍誃殷契駢枝續編　雙劍誃殷契駢枝三編》（北京：中華書局，二〇〇九年），頁一六六。

【四】參見孫詒讓：《周禮正義》卷五二「內史」（北京：中華書局，二〇一五年）；王國維：〈書作冊詩尹氏說〉，載《觀堂別集》卷一（北京：中華書局，一九五九年），頁一一二二—一一二四。

納冊、作冊、祝冊、冊命，凡告廟、命官、封建皆用之。漢因周制，尊太上皇、皇太后，立皇后、皇太子，封建諸侯王，拜免三公，皆用冊。郊祀天地，謁告宗廟，封禪泰山，亦用冊。至於特拜郡守，述其政績，亦用冊。古者尚質，惟用竹。秦漢則泥金檢玉，號為玉冊，示其侈也。（原注：蔡邕曰：冊者，簡也，其制長二尺，短者半之。其次一長一短兩編下附。許慎《說文》：冊者，符命也，諸侯進受于王者也，象其札一長一短中有二編之形。《漢書》：武帝元狩六年，廟立皇子閎為齊王，旦為燕王，胥為廣陵王，初作冊。）其於國恤有哀冊、謚冊，于是高文大冊，為漢帝制，禮文盛矣，後世皆遵用之。【一】

從古文字來看，「冊」是早期文字的載體，後來逐漸被視為文體，而且在中國古代是使用時代相當長的實用性行政文體。除了冊、典之外，還有其他以載體命名的文體，其載體與竹簡相關，有些字在現存甲骨文與金文中未見，但《說文解字》收錄了，如篇、箋等【二】，這些都具有文體意義。

古代以木作為載體的文體也應該很常見。王國維《簡牘檢署考》說：「用木書者曰『方』。……曰版。……曰牘。……竹木通謂之『牒』，亦謂之『札』。」【三】《儀禮．聘禮》謂：「百名以上書於策，不及百名書於方。」鄭玄注：「名，書文也，今謂之字。策，簡也。

方，板也。」（《十三經注疏》，頁一〇七二）「策」是竹簡之編連，故容量大；「方」是單獨的木片，故容量小。所以字數多者（百字以外）載於竹簡，字數少者（百字以內）載於木方。以木為載體類文體，以「木」為部首的有「檄」、「概」、「案」、「札」、「檢」等字。另外，「牘」、「牒」的部首為「片」，《說文解字》說：「片，判木也。從半木，凡片之屬皆從片。」（《說文解字注》，頁三一八）究其義，就是木片。所以「牘」、「牒」也可以視為以木質載體來命名的文體。

從文字的角度看，古代絲帛製品與文體亦有密切關係，如：緒、經、統、紀、絕、續、結、終、組、纂、綱、編等文體或著述形態，數量也相當大，其中或有以絲帛為載體者。

還有以石頭為載體的文體，這類文體的內容多崇高神聖，作者希望藉以傳之長久。如「碑」，《說文解字．石部》說：「碑，豎石也。」（《說文解字注》，頁四五〇）碑早期指豎立在宮、廟門前用以識日影的石頭。另外，古代用以引棺木入墓穴的木柱，後專用石，也叫碑。《禮記．檀弓下》說：「公室視豐碑。」鄭玄注：「豐碑，斲大木為之，形如石碑。於槨

【一】郝經：《續後漢書》卷六六上上，《二十五別史》第八冊（濟南：齊魯書社，二〇〇〇年），頁八五四。

【二】任昉：《文章緣起》：「篇，漢司馬相如作〈凡將篇〉。」收入王水照主編：《歷代文話》第三冊（上海：復旦大學出版社，二〇〇七年），頁二五三七。

【三】王國維著，胡平生、馬月華校注：《簡牘檢署考校注》，頁六—八。

前後四角樹之，穿中於間為鹿盧，下棺以繂繞。」（《十三經注疏》，頁一三一〇）碑可以鐫刻圖案或文字，可以記載死者生平功德。秦時稱為刻石，漢代以後稱碑，成為古代最為常用而重要的文體之一。劉勰《文心雕龍．誄碑》謂：「夫屬碑之體，資乎史才。其序則傳，其文則銘，標序盛德，必見清風之華；昭紀鴻懿，必見峻偉之烈；此碑之制也。」（《文心雕龍注》，頁二一四）

還有一種特殊現象，即同一文體由於載體不同，而出現不同命名。如「碣」與「楬」兩字就是同屬一體的。晚清王兆芳《文章釋》說：「碣者，與『楬』通，特立之石，藉為表楬也。石方曰碑，圓曰碣。趙歧曰：『可立一圓石于墓前。』洪适曰：『似闕非闕，似碑非碑。』隋唐之制，五品以上立碑，七品以上立碣。主于表揚功德，與碑相通。源出周宣石鼓為石碣。」[一] 此前，唐代封演《封氏聞見記》已從文字學的角度解釋說：「物有標榜，皆謂之楬。……其字本從木，後人以石為墓楬，因變為碣。《說文》云：『碣，特立石也。』據此則從木從石，兩體皆通。」[二]《周禮．秋官．蜡氏》謂：「若有死於道路者，則令埋而置楬焉。」鄭玄注引鄭司農曰：「楬，欲令其識取之，今時揭櫫是也。」（《十三經注疏》，頁八八五）故可見以特立標識之義立名的文體，以木質則為「楬」，以石質則為「碣」。

中國古代的文字載體頗為多樣。《墨子．非命下》說：「書之竹帛，鏤之金石，琢之盤盂，傳遺後世子孫。」[三] 錢存訓《書於竹帛》一書將之歸為「甲骨文」、「金文和陶文」、

「玉石刻辭」、「竹簡和木牘」、「帛書」、「紙卷」諸類。【四】但是，以竹木、絲帛為載體的文體用字最多，其他載體則較少。推其故，可能相比其他載體，竹帛容量更大且更方便使用和傳播，故為著述者首選載體。

從以上例證可以看出，以文字與文體載體命名，也是中國古代文體命名的主要方式之一。如果僅僅揭示出這個現象，意義也許不大。重要的是，由此現象我們可以進而思考其豐富的文體學意義。以載體來命名的文體和以行為方式來命名的文體是有差異的。以行為方式來命名，如：命、訓、誓、誥、禱、誄等文體，這些名稱直接地揭示了文體的內容和功能：不同的實際用途、實施對象與操作程序。而以文字載體來命名的文體，載體對文體的內容和功能不一定直接限定，它的實施對象與實際用途比較靈活，也沒有什麼操作程序。比如「碣」本身只是指石頭而已。《說文解字．石部》謂：「碣，特立之石也。」（《說文解字注》，頁四四九）作為文體的「碣」，石頭是其載體，其所載內容一般比較重要和崇高，可以傳之

【一】王兆芳：《文章釋》「碣」，收入王水照主編：《歷代文話》，第七冊，頁六二九四。

【二】封演撰，趙貞信校注：《封氏聞見記校注》卷六「碑碣」（北京：中華書局，二〇〇五年），頁五七—五八。

【三】吳毓江：《墨子校注》，頁四一七。

【四】錢存訓：《書於竹帛》，二〇〇二年。

久遠的，但具體內容卻可能有很大差異，既可以記載名勝，可以歌功頌德，可以是界碑，也可以是墓文。又如「簡」，唐代蘇鶚《蘇氏演義》卷下謂：

《急就篇》曰：以竹為書牒，謂之簡。《釋名》云：簡者，編也。可編錄記事而已。又曰：簡者，略也。言竹牒之單者，將以簡略其事。蓋平板之類耳。【一】

「簡」原以竹之載體為名，作為書信類文體，是後來文體學對它的約定俗成，就其本義而言，就是以竹簡記事，而所記載的內容則比較寬泛而無單一嚴格的限定。文體在發展的初始階段，其命名可能與其載體有關，但名稱與體制形成之後，便形成一種文體傳統，此後有些載體發生變化，而其文體體制依舊沿用。吳訥《文章辨體序說・冊》說：

《說文》云：「冊者，符命也。諸侯進受於王，象其札一長一短，中有二編之形。」當作冊，古文作笧。蓋冊、策二字通用。至唐宋後不用竹簡，以金玉為冊，故專謂之冊也。若其文辭體制，則相祖述云。【二】

雖然初始階段文體可能以其文字載體來命名，但文體之名固定以後，便不再受文體載體變化的影響，即使文體載體變化，其「文辭體制」祖述不變，文體之名亦相與沿用。

第三節　文字意符與文體類別

部首之說，始於東漢。然作為文字結構之意符則古已有之。許慎《說文解字．敘》認為，漢字的構造有六種，稱為「六書」，即指事、象形、形聲、會意、轉注、假借。多數漢字是形聲字，形聲字由表示意義的「形符」與表示發音的「聲符」組成。形聲字以「形符」為部首，部首原則上是表示一組文字的共通意義。部首的意義既是建立在客觀事實上，也是一種約定俗成的集體認同。所以部首的歸屬，反映出人們對文字原始意義在類別上的理解。從文體學角度看，同屬一形（意）符或部首的文體用字，也反映出某種共通的文體特性。

許慎開創了字書的部首檢索即「建首」方式。《說文解字》將所收字按形體結構歸類，共分為五百四十部，其中大量的部首是象形字。許慎《說文解字．敘》說：「其建首也，立

【一】蘇鶚撰，吳企明點校：《蘇氏演義（外三種）》（北京：中華書局，二〇一二年），頁二九。
【二】吳訥：《文章辨體序說》（北京：人民文學出版社，一九六二年），頁三五—三六。

一為耑。方巳類聚，物巳羣分。同條牽屬，共理相貫。襍而不越，據形系聯。引而申之，巳究萬原。畢終於亥，知化窮冥。」（《說文解字注》，頁七八一－七八二）可見他具有非常強烈而清晰的分類意識：以「類」、「羣」、「條」、「理」對文字進行分類。分類，反映出人類對事物複雜屬性的認識，通過比較，揭示出事物間的同異之處。「建首」就是將字形上具有共通處的字置於一類，而部首往往具有獨特的字義。同屬一部的文字在意義上可能就具有某種同一性。中國古代有許多文體名稱的用字有其規律，即使用相同的形（意）符。

以文體功能來給文體歸類是中國古代文體學一般的分類方法，但從文字的形（意）符或部首來考察古代眾多文體的屬性，也可視為一種特殊的文體分類。這一獨特角度的意義在於探究早期文字構造中所反映出來的更為原始的文體學意義。

首先，「口」部文字反映出文體發展初始階段的口頭形態。「口」是象形字，象人口之形。《說文解字》口部：「口，人所巳言、食也，象形。凡口之屬皆從口。」（《說文解字注》，頁五四）口的功能就是言語與飲食。在《說文解字》中，與口部相關的文體有：名（後來為「銘」）【一】、命、召、諮、問、唱、和、吟、嘆、唁等。

在《說文解字》所有部首中，「言」部存在著最多可用於文體名稱的文字。從文字流變的字形而論，「言」與「口」有密切關係。【二】許慎《說文解字》卷三上：「言，直言曰言，論難曰語。從口辛聲，凡言之屬皆從言。」（《說文解字注》，頁八九）按照這種說法，「言」

是個從口辛聲的形聲字，以「口」為意符。在古文字中，「言」字是在「舌」字上加一橫而成，表示「言」由口舌發出，並不從「辛」得聲。不過「舌」字本身也有「口」旁，因此無論如何，「言」與「口」有密切關係。在《說文解字》中，從屬「言」部首且具有文體意義的文字有：

語、詩、讖、諷、誦、訓、諭、謨、論、議、識、訊、誡、誥、誓、詁、諫、謠、說、話、記、謳、詠、諺、講、譏、誹、謗、詛、訟、訶、訴、譴、讓、誄、討、謚、詸、譯……

這麼大的數量確實給我們以強烈的印象，這一現象蘊含了豐富的文體學意義。它們屬同

【一】「銘」字較「名」字晚出。《釋名疏證》卷四畢沅曰：「銘，《說文》無『銘』字，鄭康成注《儀禮·士喪禮》曰：『今文銘為名。』又注《周禮·小祝》云：『銘，今書或作名。』然則『銘』乃古文『名』也。」（劉熙撰，畢沅疏證，王先謙補：《釋名疏證補》，頁一一四。）《說文解字》尚未收入「銘」字。段玉裁《說文解字注》口部：「凡經傳，銘字皆當作名矣。」（《說文解字注》，頁五六。）

【二】古文字學家認為，從字源學角度看，「言」應當是在「舌」字上部加區別符號「一」而成的指事字。見李學勤主編：《字源》（天津：天津古籍出版社，二〇一二年），頁一六七。

一個部首，正表示古人認為這些文字具有一定的共性，這共性就是與「言」相關，即皆具有口頭性。

「號」部也與口頭性有關。《說文解字》「号」部：「号，痛聲也。從口在丂上。凡号之屬皆從号。」（《說文解字注》，頁二〇四）我們在討論中國古代早期文體的口頭性時，應該把這些考慮進來。

《說文解字》認為，「辡」部也與語言有關：「辡，辠人相與訟也。從二辛。凡辡之屬皆從辡。」此部首即有以言語相訟之意。如「辯」字：「辯，治也。從言在辡之間。」（《說文解字注》，頁七四二）「辯」是中國古代最常用的論說文體之一。黃佐《六藝流別》解釋「辯」之體：「辯者何也？治也，從言在辡中。察言以治之，加辯，罪人相訟也。」[二] 他對此文體的解釋，完全採用了《說文解字》對「辡」、「辯」的釋義。

若從文字部首來看，在所有文體之中，屬「口」、「言」等部，與言語相關的文字佔了壓倒性分量。這種特殊現象不僅揭示了這些文字的原始意義，還反映出中國早期文體形態是以語辭即口頭形態為主的。口頭性、言語性，正是早期辭命文體形態的基本特點之一。因此我們可以得出這樣的結論：言辭活動在中國早期社會活動中至為重要，是文體產生之主要源頭。雖然以上所列屬「言」等部首的各種文體後來皆可以用文章形態來書寫，但溯其原始語境，卻離不開言辭。

另外一個值得注意、富有文體學意義的部首是「示」，分屬示部的文體用字也比較多。《說文解字》「示部」：示，天垂象，見吉凶，所㠯示人也。從二（引者按：古文『上』）。三垂，日月星也。觀乎天文，㠯察時變。示，神事也。凡示之屬皆從示。」（《說文解字注》，頁二）按其解釋示這個部首是由兩部分組成的：其上的「二」是古文字的「上」字，示下的三垂，表示日、月、星。「示」這個部首的含義表示「神事」，凡與「神事」有關的字，都用這個部首。按：由於許慎未見地下出土的古文字，他對「示」字字形的解釋不一定妥當。現代有不少學者對此提出新見。如唐蘭《懷鉛隨錄（續）釋示宗及主》、陳夢家《殷虛卜辭綜述》、何琳儀《戰國古文字典》都以為「示」、「主」同字。【二】「示」就是祭祀的神主。在甲骨文中，它最早的字形、、，「示」象神主形。【三】

在中國古代屬「示部」的文體就有：祭、祠、祝、祈、禬、禱、禜、禳、禁等，這些文體都是與祭祀的神主有關係的。以《周禮．春官．大祝》所論及的「六祝」、「六祈」、「六辭」

【一】黃佐：《六藝流別》卷十九「春秋藝下」，《四庫全書存目叢書》集部第三〇〇冊，頁四七五。

【二】唐蘭：《唐蘭全集》第二冊（上海：上海古籍出版社，二〇一五年），頁五七九—五八一；陳夢家：《殷虛卜辭綜述》（北京：中華書局，一九八八年），頁四四〇；何琳儀：《戰國古文字典——戰國文字聲系》（北京：中華書局，一九九八年），頁三五六。

【三】參考季旭昇：《說文新證》（台北：藝文印書館，二〇一四年），頁四八—四九。

為例：

大祝掌六祝之辭，以事鬼神示，祈福祥，求永貞。一曰順祝，二曰年祝，三曰吉祝，四曰化祝，五曰瑞祝，六曰筴祝。掌六祈，以同鬼神示，一曰類，二曰造，三曰禬，四曰禜，五曰攻，六曰說。作六辭，以通上下親疏遠近，一曰祠，二曰命，三曰誥，四曰會，五曰禱，六曰誄。（《十三經注疏》，頁八〇八——八〇九）

這裏的「祝」、「祈」、「禬」、「禜」、「祠」、「禱」皆為「示」部文字。而其功能「以事鬼神示」、「以同鬼神示」、「以通上下親疏遠近」又皆與人神溝通相關。劉師培〈文學出於巫祝之官說〉謂：

蓋古代文詞恆施於祈祀，故巫祝之職文詞特工。今即《周禮》祝官職掌考之，若「六祝」、「六祠」之屬，文章各體，多出於斯。又頌以成功告神明，銘以功烈揚先祖，亦與祠祀相聯。是則韻語之文，雖匪一體，綜其大要，恆由祀禮而生。欲攷文章流別者，曷溯源於清廟之守乎？【一】

劉師培之意，並非謂所有文學皆出於巫祝之官，而是認為早期文章各體，多與巫祝之官相關。以上這些文字之例，也可為劉師培的說法提供某些佐證。如果說，「言」部（包括口部）的眾多文體反映出早期文體的口頭性和言語性特點，那麼，「示」部的眾多文體，則反映出一些早期文體所具有的宗教性特點。

通過對中國古代文體用字部首之考察，可以看出：早期的文體體系以巫祝——辭命為核心，以語辭為主要形態，文字多是對語辭的記錄，並以天人鬼神為主要對象，具有強烈的實用性色彩。隨著歷史發展，語辭式文體才逐漸發展為篇章式文體。

第四節　文字聲符與文體特徵

裘錫圭先生指出，春秋戰國時代，隨著漢字象形程度的不斷降低，形聲字成為造字的主要方式。【二】從漢代的聲訓，如劉熙《釋名》，到宋代王聖美的「右文説」，至清代王念孫著

【一】劉師培：《左庵集》卷八，收入《劉申叔遺書》下冊（南京：江蘇古籍出版社，一九九七年），頁一二八三。

【二】裘錫圭：《文字學概要》（修訂本）（北京：商務印書館，二〇一三年），頁三六—四四。

《廣雅疏證》、郝懿行著《爾雅義疏》等，將以聲求義的原則貫串於訓詁之中，從而形成一種傳統。段玉裁說：「聲與義同原，故龤聲之偏旁多與字義相近，此會意、形聲兩兼之字致多也。」（《說文解字注》「禛」條，頁二）雖然聲旁表義並不是造字的普通規律，但確是值得注意的現象。【一】文字的聲音與其意義有著密切聯繫。語言學家認為，一開始，音、義的結合具有偶然性，而經過社會成員的約定俗成，音、義關係也就具有了某種規定性。「由於社會的『約定』，本無必然聯繫的音義關係便對自身所處的語言系統產生反作用，使語言發展接受其已有的音義關係的影響制約，即早起的音義關係對後起的音義關係產生『回授』作用。」【二】這是「以聲求義」的理論基礎。

以聲求義的傳統也影響到文章學的研究。劉師培《文章源始》在談到文章起源時，就引黃承吉（春谷）語指出字的聲旁可以表義：

> 凡字義皆起於右旁之聲，任舉一字，聞其聲即知其義。凡同聲之字，但舉右旁之聲，不必舉左旁之迹，皆可通用。

然後「由黃氏之例推之」曰：

蓋古代之字，只有右旁之聲，而未有左旁之形。後世恐無以區別也，乃加以左旁之形，以為區別。故右旁之聲，綱也；左旁之形，目也。【三】

劉師培認為中國文字的這種特點直接影響了中國文章的形成。

楊樹達先生對以聲求義現象進行了一系列的研究。【四】這些成果雖然不是直接研究文體，但對文體學研究顯然具有啟示作用。楊樹達先生所研究的一些文字，也是文體之名。比如，「說」是中國古代最重要的說理文體之一。《說文解字》云：「說，說釋也。從言，兑聲。一曰談說。」（《說文解字注》，頁九三）《文心雕龍．論說》謂：「說者，悅也；兑為口舌，故言咨（鈴木云疑作資）悅懌。」（《文心雕龍注》，頁三二八）而楊樹達先生則從以聲求

【一】此問題可參考曾昭聰：《形聲字聲符示源功能述論》（合肥：黃山書社，二〇〇二年）。

【二】許威漢：《訓詁學教程》第三版（北京：北京大學出版社，二〇一三年），頁五一。

【三】《國粹學報》第一年第五冊，收入郭紹虞主編：《中國歷代文論選》，第四冊（上海：上海古籍出版社，一九八〇年），頁三三一。

【四】如〈形聲字聲中有義略證〉、〈字義同緣於語源同例證〉等，載楊樹達：《積微居小學金石論叢》（增訂本）（北京：科學出版社，一九五五年）；〈造字時有通借證〉、〈文字孳乳之一斑〉、〈字義同源於語源同續證〉、〈文字初義不屬初形屬後起字考〉、〈文字中的加旁字〉等，載楊樹達：《積微居小學述林全編》（上海：上海古籍出版社，二〇一三年）；以及《論叢》、《述林》中多篇文字考證文章。

義的角度指出，「說」字「兑」聲，其義與「兑」相關。他說：「兑者銳也。」「蓋言之銳利者謂之說。」認為「說」的原意就是使用鋒芒銳利的語言，「悅懌」則是引申義。【一】又如「論」，《說文解字》謂：「論，議也。從言，侖聲。」（《說文解字注》，頁九一—九二）而「侖」就有條理之意。《說文解字》說：「侖，思也。」又說：「侖，理也。」（分見《說文解字注》「侖」條、「侖」條，頁二二三、八五）故楊樹達說：「論從言從侖，謂言之剖析事理者也。」【二】即以為論字侖聲，故「論」的原意就是剖析事理之言。又如「議」字，《說文解字》說：「議，語也。從言，義聲。」（《說文解字注》，頁九二）《禮記．中庸》曰：「義者，宜也。」（《十三經注疏》，頁一六二九）楊樹達說：「議從言從義，謂言之說明事宜者也。」【三】又如「贈」字，楊樹達認為：「『曾，益也。』贈從曾聲，故有增益之義。」「曾有益義，故從曾聲之字多含加益之義，不惟贈字為然也。」【四】又如「禱」字。《說文解字》謂：「禱，告事求福也。從示，壽聲。」（《說文解字注》，頁六）楊樹達認為：「禱從示壽聲，蓋謂求延年之福於神，許君泛訓為告事求福，殆非始義也。」【五】以上諸釋，或非文字學之定論，然而諸字都是文體名稱，所以從文體學角度來看，則皆可說明文字的聲旁反映了文體的獨特性。

中國古代確實有些文體可以從聲符求義。除了楊樹達所舉之例外，又如「講」是形聲字，從言，冓聲。「冓」有遇到、相會之義，在「講」中當兼表溝通義。從言、冓，會和解意。《說文解字》謂：「講，和解也。」引申出論說、評論、商討等義。《廣雅．釋詁二》謂：「講，論也。」如「詠」，從言，永聲，永兼表意。「永」字有水勢長流之意，故「詠」有長聲而歌、曼聲長吟之意，所謂「歌永言」是也。又如「誡」，從言，戒聲。誡也是形聲兼會意字。【六】

下面重點從以聲求義的角度，談談「詩」這種中國古代最重要的文體。雖然詩歌作為文學體裁古已有之，而且是最早成熟的文體之一，但目前最早的「詩」字僅見於楚簡，甲骨文、金文尚未見。在戰國中晚期的楚簡中，「詩」字對應多種字形，如「寺」、「時」、「詩」、

【一】楊樹達：《積微居小學金石論叢》（增訂本），頁三七－三八。古代注疏一般訓「說」為「解」，其語源有「開釋」、「釋放」、「解釋」等意思，其同源詞有「敓」、「悅」等。「銳」雖然與「說」聲旁相同，但不一定是同源詞。

【二】楊樹達：《積微居小學金石論叢》（增訂本），頁三七－三八。

【三】楊樹達：《積微居小學金石論叢》（增訂本），頁三七－三八。

【四】楊樹達：《積微居小學金石論叢》（增訂本），頁三－四。

【五】楊樹達：《積微居小學金石論叢》（增訂本），頁一六。

【六】以上數例，參考李學勤主編：《字源》（天津：天津古籍出版社，二〇一二年），頁一七五、一八二－一八四。

「訔」、「告」、「志」、「時」、「陼」等【一】，例如：

《寺（詩）》員（云）：「成王之孚，下土之弋（式）。」（《緇衣》一三）【二】

（孔子）曰：「善才（哉）！商也牆（將）夅時（詩）矣。」（《民之父母》八）【三】

《詩》所以會古含（今）之恃也者。（郭店《語叢一》三八——三九）【四】

《訔（詩）》、《箸（書）》、《豊（禮）》、《樂》，丌（其）司（始）出也，並生於〔人〕。（《性情論》八）【五】

《告（詩）》員（云）：「埶（儀）型文王，萬（萬）邦复（作）艮。」（《紂衣》一）【六】

子昰（夏）曰：「亡（無）聖（聲）之樂，亡（無）體（體）之豊（禮），亡（無）備（服）之喪（喪），可（何）志（詩）〔是迡？〕」（《民之父母》七——八）【七】

時（詩），又（有）為為之也。（《性自命出》一六）【八】

《吳（虞）時（詩）》曰：「大明不出，完（萬）勿（物）膚（皆）訇（揞）。」（《唐虞之道》二七）【九】

【一】參考陳斯鵬：〈楚系簡帛中字形與音義關係研究〉（北京：中國社會科學出版社，二〇一一年），頁二四—二五。高華平：〈論先秦詩歌的基本特點及其演進歷程——由楚簡文字所作的新探討〉，《學術月刊》二〇一四年第七期；俞瓊穎：〈「詩」字淵源初探〉，鄭章應主編：《學行堂語言文字論叢》第四輯（成都：四川大學出版社，二〇一四年）；滕壬生：《楚系簡帛文字編》（武漢：湖北教育出版社，二〇〇八年）；李守奎、曲冰、孫偉龍編著：《上海博物館藏戰國楚竹書（一—五）文字編》（北京：作家出版社，二〇〇七年）。

【二】荊門市博物館編：《郭店楚墓竹簡》（北京：文物出版社，一九九八年），頁一二九。

【三】馬承源主編：《上海博物館藏戰國楚竹書》（二）（上海：上海古籍出版社，二〇〇二年），頁一六六。

【四】《郭店楚墓竹簡》，頁一九四。

【五】馬承源主編：《上海博物館藏戰國楚竹書》（一）（上海：上海古籍出版社，二〇〇一年），頁二三〇。

【六】《上海博物館藏戰國楚竹書》（一），頁一七四。

【七】《上海博物館藏戰國楚竹書》（二），頁一六四—一六五。

【八】《郭店楚墓竹簡》，頁一七九。

【九】《郭店楚墓竹簡》，頁一五八；並參劉釗：《郭店楚簡校釋》（福州：福建人民出版社，二〇〇五年），頁一五〇。

「詩」雖有多個字形，但這些字都有一個共同點，或從「寺」，或從「止」。「寺」、「止」為詩字聲符，與「志」音近而且意義有密切聯繫。這個聲符準確地揭示了古代詩體的特質與內涵。《說文解字》謂：「詩，志也。從言，寺聲。」（《說文解字注》，頁九〇）「寺聲」也有表意作用，就是「志」。楊樹達先生指出：「『志』字從心㞢聲，『寺』字亦從㞢聲，㞢、志、寺古音無二。古文從言㞢，言㞢即言志也。」【一】「詩言志」作為一種文體觀念，可見於多處文獻，如《尚書．舜典》謂「詩言志」，《左傳．襄公二十七年》謂「詩以言志」（分見《十三經注疏》，頁一三一、一九九七），等等。可見「詩」字本身正表達了「言志」的文體內涵。

從文體學角度來看，文字部首提示了文體的類別區分，這是同類文體的共性；而那些具有意義的文字聲旁，則在一定意義上提示了文體的獨特內涵，這是文體的個性。

第五節　文字規範與文體認同

明末清初學者閔齊伋認為，文字與社會一樣，都處於不斷發展變化之中。他在《六書通》中說：「世與世禪，字亦與字禪，不有損益，不足以成其禪」，「一代之同文即為一代之變體，變變相尋，充塞宇宙」。【二】中國古代文字有部分的初始義即與文體相關，但多數文體意義是後起的，它們從初始義引申、假借而來，從而引起文字的分化或合併現象。中國文字的發展經過一個漫長的演變與規範化的歷史過程，此過程也包含古人對文字內涵與文體特性的集體認同。

《說文解字》所收許多文字的字形和甲骨文、金文已有相當大的差別。早期文字多用同音假借，其後為了更好記錄語詞和分化同音字，而增益意符或形符。到了許慎才把這些同一形符或意符的字歸屬一類，建立了部首概念。在許多漢代人所認定屬某部首的文字，在早期文字中並沒有意符或形符，是後來才增益的。或者這些意符或形符在當時並不穩定和規範。這種增加與統一意符或形符的現象，體現了對文字性質類別的理解。而從文體學角度來考察，這種文字的演變與規範化可以體現出古人對這類文字所蘊含的文體屬性的強調和統一，也反映出一種約定俗成的觀念。

例如，「誥」是中國古代非常重要的下行文體，《尚書》六體「典、謨、訓、誥、誓、命」之一。甲骨文中，雖然無「誥」字，但有很多「告」字的用例卻含有「誥」的文體意義。饒宗頤《殷代貞卜人物通考》認為：「『告』即『誥』。」【三】屈萬里《殷虛文字甲編考釋》謂：

【一】楊樹達：〈釋詩〉，《積微居小學金石論叢》（增訂本），頁二五—二六。

【二】閔齊伋：〈六書通序〉，見閔齊伋輯，畢弘述篆訂：《訂正六書通》（上海：上海古籍書店，一九八一年）。

【三】饒宗頤：《殷代貞卜人物通考》（香港：香港大學出版社，一九五九年），頁一五七。

「告，讀為誥。」【一】而姚孝遂、肖丁則認為，甲骨文的告，其中一義為臣屬的報告，其內容多為「有關田獵之情報及敵警等」【二】。金文雖未見「誥」字字形，但已見有「誥」一詞，如⿰犭可尊（《殷周金文集成》六〇一四）：「𢍰（誥）宗小子于京室。」【三】金文中的「誥」寫作「」，隸定為「𢍰」，「𢍰」為會意字，象由上告下，雙手捧「言」，既形象地體現出「誥」為下行文體的意義，又突出對來自上方之「言」的敬畏之意。【四】在戰國楚簡中，「𢍰」字沿用：

《康𢍰（誥）》曰……（《成之聞之》三八）【五】

《尹𢍰（誥）》云……（《緇衣》五）【六】

《康𢍰（誥）》云……（《緇衣》二八）【七】

《尹𢍰（誥）》云……（《紂衣》三）【八】

《康𢍰（誥）》云……（《紂衣》一五）【九】

在時代相近的包山楚簡中，則出現了「誥」字：「僕以誥告子鄗公。」（《包山楚簡》一三三）此字原整理者釋為「詰」字【一〇】，然學者多改釋為「誥」，如陳偉指出：「此字右部與隨後及其他『告』字相同，而與卜筮簡常見的『吉』迥異，因而改釋。『誥』從言從告，可能專指訴狀而言。」【一一】或可說明戰國時期雖有「誥」這一字形，但尚未表示下行文體之

【一】屈萬里：《殷虛文字甲編考釋》，收入《屈萬里全集》七（台北：聯經出版事業公司，一九八四年），頁六四八。

【二】姚孝遂、肖丁：《小屯南地甲骨考釋》（北京：中華書局，一九八五年），頁一五八。

【三】中國社會科學院考古研究所：《殷周金文集成釋文》卷四，頁二七五。

【四】容庚編著，張振林、馬國權摹補：《金文編》收「𢍰」（北京：中華書局，一九八五年），頁一六三。董蓮池：《新金文編》僅有三例（北京：作家出版社，二〇一一年），頁二五八。陳斯鵬等：《新見金文字編》收入「誥」字，作𢍰（福州：福建人民出版社，二〇一二年），頁七三。參考陳初生編纂，曾憲通審校：《金文常用字典》（西安：陝西人民出版社，二〇〇四年），頁二五一。

【五】《郭店楚墓竹簡》，頁一六八。

【六】《郭店楚墓竹簡》，頁一二九。

【七】《郭店楚墓竹簡》，頁一三〇。

【八】《上海博物館藏戰國楚竹書》（一），頁一七七。

【九】《上海博物館藏戰國楚竹書》（一），頁一九一。

【一〇】湖北省荊沙鐵路考古隊：《包山楚簡》（北京：文物出版社，一九九一年），頁二六。

【一一】陳偉：《楚簡冊概論》（武漢：湖北教育出版社，二〇一二年），頁二〇二。

意義。「誥」是在「告」字基礎上增加「言」符而成的。這種增加也是強調「誥」的言語性質。秦文字中尚未發現「𢍌」、「誥」二字，而《說文解字》云：「誥，告也。從言告聲。，古文誥。」（《說文解字注》，頁九二）「」與「𢍌」形近，有學者認為《說文解字》古文左旁的「月」為誤抄【一】。因此，「誥」取代「𢍌」以表示下行文體之「誥」，應在秦漢以後。「誥」字右旁為聲符，兼表意，事實上更能體現「誥」這一下行文體的源流（甲骨文中的「告」）。因此，以「誥」取代「𢍌」不僅體現了文字規範與統一的趨勢，也反映了文體觀念的進一步成熟與統一。

又比如「論」是古代最為常用的文體之一，但此字最早並沒有「言」這一意符。章太炎《國故論衡．文學總論》說：

> 論者，古但作侖。比竹成冊，各就次第，是之謂侖。籥亦比竹為之，故龠字從侖。引伸則樂音有秩亦曰侖，「於論鼓鐘」是也；言說有序亦曰侖，「坐而論道」是也。《論語》為師弟問答，乃亦略記舊聞，散為各條，編次成帙，斯侖語。【二】

此字在甲骨文中未見。在金文中，已有「侖」字【三】，然未有「言」意符。按章太炎的說法，此字的原始意義是將竹片按次序編成冊，就是「侖」，其含義就是有理有序之言。郭店楚簡《性自命出》一六—一七：「聖人比其頪（類）而侖（論）會之。」【四】仍未加「言」，其中「論」正用倫次比類之義。但在《說文解字．言部》「論」作「䜳」，已加上意符「言」。這種意符的增加，可以理解為對「論」字的口頭性的認定和強調。《說文解字》云：「論，議也。」（《說文解字注》，頁九一）從文體學的角度看，這是在「論」的條理性基礎上，又強調「論」之主於議論性質。

「祭」是中國古代一種常用文體，祭文是一種祭祀或祭奠時表示哀悼或禱祝的文章。《文心雕龍．祝盟》說：「若乃禮之祭祀（一作祝），事止告饗；而中代祭文，兼讚言行，祭而兼讚，蓋引神（一作伸）而作也。……凡群言發華，而降神務實，修辭立誠，在於無媿。祈禱之式，必誠以敬；祭奠之楷，宜恭且哀：此其大較也。」（《文心雕龍注》，頁一七七）黃佐《六藝流別》卷十四「祭」：「祭者何也？祀且薦也。血祭而埋瘞之，為文以薦于神靈

【一】王貴元：〈《說文》古文與楚簡文字合證〉，收入臧克和主編：《中國文字研究》，第二輯（鄭州：大象出版社，二〇〇八年），頁一八二。

【二】《國故論衡疏證》，頁二六八。

【三】如中山王䥅鼎（《殷周金文集成》二八四〇），文例為「侖（論）其德，省其行，亡不順道」，見《殷周金文集成釋文》卷二，頁四二一。

【四】《郭店楚墓竹簡》，頁一七九。

也。」【一】祭文可以視為人與鬼神交流的文體。「祭」字字形也有個演變過程。《說文解字》謂：「祭，祭祀也。從示，以手持肉。」（《說文解字注》，頁三）但是在甲骨文中，「祭」字並不從示，「示」是後來才加的意符。甲骨文的「祭」字作「」、「」等，或以手持肉，或以數量不等的點象血點之形，以會祭祀之意。【二】「祭」字的本義是殺牲以帶血滴的牲肉獻於鬼神，是一種向神靈奉獻供品的行為。而在金文中，「祭」字都加上了意符「示」。【三】在保持原來意義基礎上，加上意符「示」，以明確表示「祭」與神鬼之關係。這個意符在文字上起了統一與強調的作用，代表人們對這個字義更為清晰和統一的理解。在文體學上，則反映出「祭」之本義具有溝通人神之意義。

從總體上看，先秦時代文字的「形」與「義」複雜多樣，其與文體之關係也比較空泛與含糊。經過秦代的「書同文字」與漢代的「隸古定」之後，文字與文體的關係才變得比較清晰和統一。比如，從楚簡所見，戰國中晚期的「詩」還有多種不同寫法，直到秦漢以後，才統一為「詩」【四】，這反映了文體觀念的進一步固定，也說明文字與文體的關係是隨著歷史發展而推進的。

漢字的發展，經歷了從古文字向今文字演變的過程。秦代的「書同文」以及由秦漢的篆隸走向今文字的隸書，不但在文字發展史上有標誌性的意義，在文體學史上也具有重要意義，它反映出文體思想與文字規範統一的制度有著密切關係。

以上，筆者從幾個方面探討文字與文體之間的關係，這些考察對中國文體學研究有啟迪意義。但是，從文字的角度來研究文體觀念這一方式明顯存在一些困難和不確定因素。首先，由於現存的甲骨文與金文只是古文字的遺存部分，尚有大量的材料已亡佚。有些很重要的文體概念和相關信息，在甲骨文與金文中卻沒有遺存，這給我們理解一些重要文體的原始字形與字義造成了障礙。其次，古文字處於不斷發展變化之中。同一個字在不同時期、不同載體中，可能有不同字形，同一時期的字形也可能多種多樣，這就增加了闡釋的複雜性與困難。再次，從古文字來看古人對文體的感知，固然有實物可以憑藉，但是對其闡釋也可能存在後人各種望文生義、以今例古的主觀想像。對同一個字的字形，可能有許多見仁見智的解釋，其中難免包含一些推測與猜想的成分。【五】所以通過字形來考察文體的意義，就可能出現選擇性闡釋甚至郢書燕說之病。不過，無論如何，從古文字與文體之關係看古人對文體的

【一】黃佐：《六藝流別》卷十四「禮藝下」，《四庫全書存目叢書》集部第三〇〇冊，頁三六一。

【二】參考徐中舒主編：《甲骨文字典》，頁一八。

【三】參考容庚編著，張振林、馬國權摹補：《金文編》，頁一一；董蓮池：《新金文編》，頁二五。

【四】參考俞瓊穎：〈「詩」字淵源初探〉。

【五】如「史」字，《說文解字》謂：「史，記事者也。從又持中；中，正也。」「中」具體為何物，有釋為筆者，有釋為簿書者，有釋為簡冊者，有釋為盛算籌之器者，有釋為狩獵工具者等等，可謂眾說紛紜。參考曾憲通、林志強：《漢字源流》，頁二一三。

感知和理解以及早期文體的實際情況，仍然是值得嘗試的方式。因為這在某種程度上可以反映出中國文體學的獨特性：它是基於中國人獨特的語言文字與獨特的思維方式之上的。

早期文辭稱引與文體觀念的發生

文體觀念是在文體發展基礎之上產生的。隨著文體的發生與發展，相應的文體觀念也在各個方面開始呈現出來並逐漸變得清晰。研究文體觀念的發生有多種途徑，早期文獻的文辭稱引是其重要路徑之一。所謂稱引，是指對各類文辭的稱舉與引用。人們在敘述（記錄）事物或說明道理的過程中，通常會涉及一些文獻或者話語。這些話語，或者是敘述內容的有機部分，或者起了加強說理的作用。在上古時期，人們的言辭或各類文獻有相當一部分是通過稱引的方式而保存下來的。對文辭的稱引，往往由一個提示詞（也可稱「提示語」）引起。所謂提示詞，乃指領起稱引內容的標誌性詞語。在文體學上，稱引提示詞揭示了人們對被稱引內容性質的研判，涉及對於文體性質的集體認同。

文體的發生與文體觀念的發生是兩個不同的問題。對前者的研究聚焦於文體的客觀存在之發生，而對後者的研究則是在觀念層面的追本溯源。獨立的文體觀念的發生往往晚於相關文體的發生。稱引作為文獻中一種常見的話語方式，其中關涉到文體學的內容，是人們文體認知外顯的一種現象，為研究文體觀念的發生提供了一個可靠的角度。

第一節　早期稱引提示詞與文體意識的萌芽

稱引文獻的提示詞與所引文獻的文體性質的關聯，有一個發展過程。從現有文獻看，一開始兩者的關係較為疏離，並沒有必然的關係。隨著時間的推移與相關文體的發展，人們對於文體的觀念愈明晰，兩者間關係就愈密切。

早期對文獻材料的稱引，往往採用「某某曰」的形式，它只是直接引述相關言論，對言論的性質不加判斷。這在殷商甲骨文中相當普遍，如：

戊戌卜，㱿貞，王曰：「侯虎毋歸。」（《甲骨文合集》三二九七正）

戊戌卜，㱿貞，王曰：「侯虎，㞷，余不棘其合，氏乃事歸。」（《甲骨文合集》三二九七正）

以上皆以「曰」為提示詞，直接引述「王」之話語。

又有對傳言的直接稱引，如：

癸巳卜，爭貞：旬〔亡𡆥〕。甲午㞢聞曰：「戊史舂復，七月在〔壴〕死」。（《甲骨文合集》一七〇七八正）

此例是以「聞曰」為提示詞，引述傳聞之語。這種直接稱引人物言論的方式到後世仍被沿用。在《尚書》「周初八誥」等早期的篇什中，常見以「王若曰」、「王曰」、「某某曰」等提示詞引起人物言論，這是《尚書》最主要的稱引方式之一。另外，還有對古語的引用，如《尚書．牧誓》：「王曰：『古人有言曰：『牝雞無晨；牝雞之晨，惟家之索。』」（《十三經注疏》，頁一八三）《尚書．康誥》：「我聞曰：『怨不在大，亦不在小；惠不惠，懋不懋。』」（《十三經注疏》，頁二〇三）《左傳．昭公七年》：「古人有言曰：『其父析薪，其子弗克負荷。』」（《十三經注疏》，頁二〇四九）由於這種簡單的直接稱引，其提示詞對稱引內容的性質並不加判斷，所以其文體學意義尚未顯示出來。

值得注意的是，早期文獻中還有一種以表示言說行為的動詞用作提示詞的稱引方式，該提示詞已包含對所稱引內容的功能或性質的判斷。在殷商甲骨卜辭中，已有相當多用例，以某個提示詞來描述、區辨所引文辭的性質。一條完整的占卜記錄，可以分為前辭、命辭、占辭和驗辭四部分。在記錄命辭與占辭之前，往往以「貞」或「卜」等標誌性的提示詞引起命辭，以「占」引起占辭。

《說文解字》云：「貞，卜問也。」（《說文解字注》，頁一二七）「貞」字往往引起卜問的內容，如：「甲戌卜，穷貞：翌乙亥　于祖乙。用。五月。」（《甲骨文合集》六）多數情況下，「貞」字後一般不以「曰」引起貞問的內容，但亦有一些用例以「貞曰」引起命辭，這揭示出「貞」具有稱引提示詞的性質，而不僅僅表示占卜的動作：

辛丑卜，爭貞曰：舌方凡于土……其章。允其章。四月。（《甲骨文合集》六三五四正）

另外，亦有以「卜曰」引起命辭的，如：

□□〔卜〕，□貞，卜曰：「隹……其受又（佑）。」（《甲骨文合集》二一八四一）

甲子，王卜曰：「翌乙丑其酒翌于唐，不雨。」（《甲骨文合集》二二七五一）

值得注意的是，在某些成組的占卜記錄中，「貞」、「占卜」都可以引起命辭，如《甲骨文合集》九〇〇正反面的三條卜辭：

丁酉卜，殸貞：我受圃耤在娟年。三月。（《甲骨文合集》九〇〇正五）

丁酉卜，殼貞：我弗其受圃耤在始〔年〕。（《甲骨文合集》九〇〇正六）

王固卜曰：「我其田甫耤在始年。」（《甲骨文合集》九〇〇反三）

由此可見，「占卜」與「貞」作為動詞可以引起命辭，都具有提示詞的性質。占辭是王或其他占卜者根據卜兆而作出的占斷。《說文解字》云：「占，視兆問也。」（《說文解字注》，頁一二七）在一條卜辭中，往往以「占」引起占辭【二】，如：

王占曰：「吉。」（《甲骨文合集》一四反）

辛丑卜，亘貞，王占曰：「好其㞢（有）子。卲。」（《甲骨文合集》九四正）

王占曰：「吉，其來。其隹（唯）乙出，吉。其隹（唯）癸出，㞢（有）希（咎）。」（《甲骨文合集》一一三反甲）

乙未卜，子其往于阣，隻（獲）。子占曰：「其隻（獲）。用。隻（獲）三鹿。」（《殷

墟花園莊東地甲骨》二八八）【二】

癸酉貞：旬亡囚（憂）。王占曰：「茲咒……」（《小屯南地甲骨》二四三九）

由於殷商時期的占卜程序與甲骨卜辭的結構都較為固定，因此，以「貞曰」、「卜曰」、「占曰」等提示詞引起命辭與占辭的情況也最為常見，這顯示出最初步的分類意識，反映出商代人對卜辭的結構以及其中命辭與占辭的文體性質的區分已相當明晰了。

在甲骨刻辭中，還出現以表示各種言語活動的動詞用作提示詞，以領起言語行為內容的現象。如：

【一】「占」，甲骨文寫作「固」、「𠰥」、「𡆧」等形，或又假借「兆」字的初文「囚」字為之。

【二】中國社會科學院考古研究所編：《殷墟花園莊東地甲骨》（昆明：雲南人民出版社，二〇〇三年），頁一六七九。下引此書，隨文括注，不再說明。

（一）告

四日庚申亦㞢（有）來艱自北，子𡡓告曰：「昔甲辰方正（征）于蚁，俘（俘）人十㞢（又）五人。五日戊申方亦征，俘（俘）人十㞢（又）六人。」六月，在〔𩫏〕。（《甲骨文合集》一三七反）

貞：大告曰：「方出。」允其出。（《東京大學東洋文化研究所藏甲骨文字》一一五）【一】

沚𢦔告曰：「土方征于我東啚，〔𢦏〕二邑。𢀛方亦帰我西啚田。」（《甲骨文合集》六〇五七正）

（二）呼

貞：乎（呼）帚（婦）好曰……（《甲骨文合集》二六四八）

（三）呼告

……壬辰亦㞢（有）來自〔西〕，〔亩乎（呼）告曰：「吾方〕征我奠，𢦏四〔邑〕。」（《甲骨文合集》五八四反甲）

……〔㞢（有）〕來艱……乎（呼）告曰：「……豊。」七月。（《甲骨文合集》七一五一正）

（四）祝

乙未夕，丙申方祝曰：「在白。」（《甲骨文合集》二〇九五二）

辛未，歲且（祖）乙黑牡一，衩鬯一，子祝曰：「毓（戚）且（祖）非曰云兕正，且

【一】曹錦炎、沈建華：《東京大學東洋文化研究所藏甲骨文字》（上海：上海辭書出版社，二〇〇六年）。

（祖）隹（唯）曰彔⿰口夭不□（又－有？釀（擾？）。」（《殷墟花園莊東地甲骨》一六一）【一】

甲午卜，叀子祝曰：「非夸（？）隹（唯）痨（疾？）。」（《殷墟花園莊東地甲骨》三七二）

以上例子表明，殷商時期已經出現了「言說方式＋曰」式的稱引形式，而且在多個例子中，表示言說方式的提示詞與其所引起的內容的性質具有相對的一致性和穩定性，並非隨機採用。比如「告曰」所引起的都是報告之辭，「祝曰」所引起的都是祭祀活動中的祝辭。早期人們對文體的初步感知，基本是源於對言說行為性質的判斷和認識。而且，以上甲骨文材料顯示，在殷商時期，人們稱引文辭時所使用的提示詞都是動詞，如貞、卜、占、告、祝、呼等。這些提示詞揭示了所引言辭的言說方式、功能和性質，具有一定的文體意義。這說明了早在商代，甲骨刻辭對文辭的引述，在一定程度上表現出對言語行為的文體性質的認同。

以動詞為提示詞這一稱引模式在西周至春秋時期得以延續和擴大，並成為最常見的模式之一。作為稱引提示詞的動詞範圍更大，也更多樣化了。而且，這些稱引提示詞往往被後人視為文體。試舉幾個較為典型的例子：

（一）諫

春，公將如棠觀魚者。臧僖伯諫曰……（《左傳・隱公五年》，《十三經注疏》，頁一七二六）

按：後人以諫為古文體。吳訥《文章辨體》有「論諫」之目，謂：「古者諫無專官，自公卿大夫以至百工技藝，皆得進諫。隆古盛時，君臣同德，其都俞吁咈，見於語言問答之際者，考之《書》可見。」【二】賀復徵編《文章辨體彙選》卷五十二「論諫」，其中所收的「諫」體，不少是《國語》、《左傳》等文獻中以「諫」這一稱引提示詞所引起的內容。

【一】此條卜辭釋文參考姚萱：《殷墟花園莊東地甲骨卜辭的初步研究》（北京：線裝書局，二〇〇六年），頁四五—四六，頁二七三。《殷墟花園莊東地甲骨釋文》認為「曰」字後表示三段占辭，「可能對卜問之事，有三種判斷」，姚萱認為「子祝」後面一段「曰」「更像是在祭祀時『子』所說的『祝辭』，當劃歸命辭部分」（頁四六）。陳煒湛〈花東卜辭「子祝」說〉認同此說，見李雪山等主編：《甲骨學一一〇年：回顧與展望——王宇信教授師友國際學術研討會論文集》（北京：中國社會科學出版社，二〇〇九年）。

【二】吳訥：《文章辨體序說》，頁三八。

（二）戒

其妻必戒之曰：「盜憎主人，民惡其上，子好直言，必及於難。」（《左傳·成公十五年》，《十三經注疏》，頁一九一五）

按：《文章緣起》有戒體。《文體明辨序說》「戒」：「按字書云：『戒者，警敕之辭，字本作誡。』文既有箴，而又有戒，則戒者，箴之別名歟？」【一】

（三）對

冬，懷公執狐突，曰：「子來則免。」對曰：「子之能仕，父教之忠，古之制也。策名、委質，貳乃辟也。今臣之子，名在重耳，有年數矣。若又召之，教之貳也。父教子貳，何以事君？刑之不濫，君之明也，臣之願也。淫刑以逞，誰則無罪？臣聞命矣。」（《左傳·僖公二十三年》，《十三經注疏》，頁一八一四——一八一五）

《左傳》、《國語》中類似的例子甚多。陳騤《文則》歸納的《左氏》「八體」有「對」，其中所舉《左傳》中的例子便是以「對」作為提示詞而加以稱引的。[二]黃佐《六藝流別．書藝六》有「對」，云：「對者何也？對之為言，應也。人有所訊而應無方也。」[三]

（四）禱

衛大子禱曰：「曾孫蒯聵，敢昭告皇祖文王、烈祖康叔、文祖襄公：鄭勝亂從，晉午在難，不能治亂，使鞅討之。蒯聵不敢自佚，備持矛焉。敢告無絕筋，無折骨，無面傷，以集大事，無作三祖羞。大命不敢請，佩玉不敢愛。」（《左傳．哀公二年》，《十三經注疏》，頁二一五七）

按：後人以禱為一種向鬼神表達求福之意的哀祭文體。《六藝流別．禮藝下》：「禱者何

【一】徐師曾：《文體明辨序說》，頁一四一。
【二】陳騤：《文則》，收入王水照編：《歷代文話》第一冊（上海：復旦大學出版社，二〇〇九年），頁一八一。
【三】黃佐：《六藝流別》卷十一，《四庫全書存目叢書》集部第三〇〇冊，頁二八二。

也?《說文》曰:『告事求福也。從示,壽聲。』其始如商湯桑林之禱乎?誠敬之心至矣。」【一】

第二節　兼類稱引提示詞與文體認知的發展

西周至春秋是文體學發展的重要階段。這個時期,稱引提示詞出現兼類現象,這是一個重要變化。語言學研究把兼有不同詞性的詞稱為「兼類詞」。兼類詞是由於詞的活用趨於經常化而固定下來的。甲骨文已出現兼類詞,比如「雨」字,據姚孝遂主編《殷墟甲骨刻辭類纂》,用作動詞的有三百多條,用作名詞的有一百多條。【二】借用語言文字學的術語,中國古代文體學也有「兼類詞」。它們既表示一種言語活動,又指稱一種言語形式。以兼類詞作稱引提示詞,這是相當重要的提示詞類型。

郭英德先生曾指出,在早期的文體生成中,存在一個從「言說行為(動詞)」到「言辭樣式(名詞)」的過程。【三】一般來說,人們對文體的認識與區辨,最早始於對相關的言語行為性質的指認,在這個基礎上,逐步形成相對固定的文體形式。然而,「言說行為(動詞)」與「言辭樣式(名詞)」之間,並不是簡單的線性發展過程,還有混而言之的現象。一些文字在造字之初,本身並不能確定是名詞還是動詞。正如趙誠先生所指出的:「用作漢語的詞的字在造字之初並沒有考慮到是為了作為名詞用,還是為了作為動詞用。……在創造之初,祇是為了人們思想交流的需要，按照上古漢語詞義系統的要求，為某種意義創造某個形體，並沒有考慮在名詞的意義上用這個詞義和在動詞的意義上用這個詞義有什麼不同。……不管是漢字的創造者或是使用者，在上古，人們頭腦裡所儲存的能夠認識到的，或在交際中大家共同能遵守的，在運用中相互能理解並接受的，祇是字或詞所包含的詞滙意義，根本沒有語法意義的影子。」【四】這種說法有助於我們理解早期文字詞性的複雜性。在我們看來，有些文字本身並沒有名詞、動詞之分，當然也可以說先天地兼有動詞與名詞的性質。後來，在實際的反覆使用過程中，才確定其詞性。從語言學的角度來看，先民在語言的實際運用過程中，往往受其語言和思維習慣制約，不自覺地將某個詞用成了名詞，將某個詞用成了動詞。從文

【一】黃佐：《六藝流別》卷十四，頁三六〇。

【二】參考姚孝遂主編《殷墟甲骨刻辭類纂》（北京：中華書局，一九八九年），頁四五〇—四五六；向光忠：《文字學芻論》（北京：商務印書館，二〇一二年），頁三八九—三九〇。

【三】郭英德：「人們在特定的交際場合中，為了達到某種社會功能而採取了特定的言說行為，這種特定的言說行為派生出相應的言辭樣式，於是人們就用這種言說行為（動詞）指稱相應的言辭樣式（名詞），久而久之，便約定俗成地生成了特定的文體。」（氏著：《中國古代文體學論稿》（北京：北京大學出版社，二〇〇五年），頁二九）

【四】趙誠：〈甲骨文動詞探索（三）——關於動詞和名詞〉，收入氏著《古代文字音韻論文集》（北京：中華書局，一九九一年），頁一四七。

體學的角度來看，名動兼類的文體稱引提示詞的出現和使用，是因為人們對於某些文體的認識和指認，是就言語行為與文體形式混而言之的。這體現了文體觀念在確立以前的一種「半混沌」的狀態。舉例如下：

令（**命**）。【一】在甲骨文中，令字寫作。林義光《文源》謂令字「從口在人上，……象口發號，人跽伏以聽也。」【二】令作為稱引提示詞，在甲骨文中皆用作動詞：

……〔王〕大令众人曰：「劦田。」其〔受〕年。十一月。（《甲骨文合集》一）

癸巳卜，𠂤，隹（唯）王令曰：「妿。」（《甲骨文合集》二一〇七〇）

辛亥卜，子曰：「余丙疐（速）。」丁令子曰：「往，㞢（往）眔帚（婦）好于（叀）麥。」子疐（速）。（《殷墟花園莊東地甲骨》四七五）

商代晚期，出現了「令」用作名詞的用例：

辛亥，王才（在）廙。降令曰：歸福于我多高……（《毓且丁卣》，《殷周金文集成》

五三九六）

西周以後，令（命）兼用作名、動詞的情況更為普遍：

隹（唯）三月，王令𤆍（榮）眔內史曰：「蓋（介）井（邢）侯服，賜臣三品：州人、重人，章（庸）人。」拜𩒨首，魯天子復氒（厥）瀕福，克奔走上下，帝無終令（命）于有周，追考對，不敢㒸（墜），卲（昭）朕福盟，朕臣天子，用典王命，乍（作）周公彝。（《井侯簋》，《殷周金文集成》四二四一）

王命申伯：「式是南邦。因是謝人，以作爾庸。」王命召伯：「徹申伯土田。」王命傅御：「遷其私人。」（《詩．大雅．崧高》，《十三經注疏》，頁五六六）

【一】在金文中，令字加口旁成命字，兩者通用，至後世才分化為兩個詞。

【二】林義光：《文源》卷六（上海：中西書局，二〇一二年），頁二二二。

王乃命有司大徇於軍曰：「有父母耆老而無昆弟者，以告。」（《國語．吳語》）【一】

昔先王之命曰：「王后無適，則擇立長，年鈞以德，德鈞以卜。」（《左傳．昭公二十六年》，《十三經注疏》，頁二一一五）

西周以後，隨著人們的言語活動變得更為頻繁、多樣化，人們對文體的認知亦出現了轉變，開始將其看作一種抽象的、有意味的形式，稱引提示詞兼類現象由此出現。「令（命）」作為提示詞，既可以用作動詞，表示一種言語活動，又可以用作名詞，指稱一種言語活動的「形式」或「結果」，其內涵接近於「文體」。如上舉首例《井侯𣪘》：「王令𤇾（榮）眔內史曰……用典王命……」，其中出現兩個「令（命）」字，第一個「令（命）」為動詞，表示言語行為；第二個「令（命）」為名詞，表示一種具體的文體形式。

誥字作為稱引提示詞，其使用情況的變化過程亦值得探究。誥字後起，西周金文作「𢍏」，從字形來看，「𢍏」是會意字，象雙手捧言，表示尊崇。【二】《㹫尊銘》記載：「王𢍏（誥）宗小子于京室，曰：……」（《殷周金文集成》六〇一四）又見於《史䛘簋》（《殷周金文集成》四〇三〇）。這些有限的例證初步證明其最早用作動詞。根據古文字材料的證據，最晚在戰國以後，又以「誥」字表示「𢍏」之義。在西周早期的傳世文獻中，誥亦作動詞：

王若曰：「明大命于妹邦。乃穆考文王肇國在西土。厥誥毖庶邦庶士，越少正、御事，朝夕曰：……」（《尚書・酒誥》，《十三經注疏》，頁二〇五—二〇六）

拜手稽首，旅王若公，誥告庶殷，越自乃御事：……（《尚書・召誥》，《十三經注疏》，頁二一一—二一二）【三】

春秋以後的文獻可見誥字兼類名詞的情況：

盤庚之誥曰：……（《左傳・哀公十一年》，《十三經注疏》，頁二一六七）

由此推測，人們將誥理解為一種具有具體文字形式的文體，應是春秋戰國後之事，同時

【一】徐元誥：《國語集解》（修訂本），頁五五九。

【二】唐蘭：〈史䛢簋銘考釋〉，《考古》一九六六年第五期。

【三】按照文獻學的觀點，文獻一般成篇在前，命篇在後。《尚書》篇題為後人所定，從現存文獻對《尚書》篇題的引述來看，其出現可以上溯到戰國早期，比成篇時代要晚。因此，〈酒誥〉、〈召誥〉等篇題中的「誥」的含義雖有文體形式的性質，但比正文中用作動詞的「誥」出現的時代要晚。

還出現以誥命篇的現象。需要說明的是，春秋戰國以後的典籍文獻中，誥用作名詞比用作動詞的比例要大得多，究其原因，應是隨著《尚書》的經典化以及命篇的過程，誥已經成為人們公認的一種獨立的文體。

以上所舉的令（命）、享（誥）二字，其本字都是會意字，較為古老，其作為稱引提示詞的使用，都經歷了從動詞到兼類詞的過程。西周以後，隨著新文體的出現和形聲字開始佔據主流，人們往往以形聲字指稱這些新文體。【一】由於這個時期人們的文體認知較商代又有了發展：與文體相關的言語活動，又可以是具有具體形態的文辭體式。因此新出現的文體稱引提示詞往往從一開始便是兼類詞。這些文體命名既可以表示言語行為，也可以表示抽象的文體形式。如歌、誓、誦、謠、誄等形聲字的使用一開始便是名動兼類的，顯示了人們對這些文體性質的判定持兩可的態度：

（一）歌

《說文解字》：「歌，詠也，從欠哥聲。謌，歌或從言。」（《說文解字注》，頁四一一）歌乃形聲字，古文字材料最早見於春秋時期，作「謌」，如〈儠兒鐘〉「飲食謌（歌）舞」（《殷周金文集成》一八三）、〈宋公戌鎛〉「謌鐘」（《殷周金文集成》八）等。【二】西周以後的傳世文獻中，「歌」字動、名兼類的情況非常普遍：

帝庸作歌，曰：「勑天之命，惟時惟幾。」乃歌曰：「股肱喜哉！元首起哉！百工熙哉！」皋陶拜手稽首，颺言曰：「念哉！率作興事，慎乃憲，欽哉！屢省乃成，欽哉！」乃賡載歌曰：「元首明哉，股肱良哉，庶事康哉！」又歌曰：「元首叢脞哉，股肱惰哉，萬事墮哉！」（《尚書．皋陶謨》，《十三經注疏》，頁一四四）【三】

楚狂接輿歌而過孔子曰：「鳳兮！鳳兮！何德之衰？往者不可諫，來者猶可追。已

【一】形聲字的出現意味著人們抽象思維概括能力的進一步發展。形聲字中有不少可以表示抽象的關係或概念，如以言為形旁的，往往代表其與言語活動相關。隨著言語活動的進一步豐富，文體的發展也趨向多樣化。人們便開始以表示抽象意義的形聲字去指稱這些言語活動。

【二】甲骨文有「□」（《殷虛書契前編》六．三五．六），葉玉森認為：「卜辭有舞字，未見歌字，此疑即歌之初文。從□象人跽形。從□象鼓嚨胡形。內一小直點表示歌聲在中。從□，口外之□表示出口之歌聲。先哲造字之例，口外小點或象出氣，或象出聲，卜辭蕩字作□，予亦疑□象出口之歌聲。本辭蓋因有御祭之事而命作歌也。」（古文字詁林編纂委員會編纂：《古文字詁林》（上海：上海教育出版社，一九九九年），頁七九八）又季旭昇認為甲骨文、金文中都有歌字，從人負荷而張口，勞者歌其事。（季旭昇：《說文新證》（台北：藝文印書館，二〇一四年），頁六九六）然皆未有定論。

【三】按：此段原屬〈皋陶謨〉，東晉僞古文《尚書》截取「帝曰來禹汝亦昌言」以下作為〈益稷〉篇，以足五十八篇之數。學者一般仍將後半段歸屬〈皋陶謨〉，參考顧頡剛、劉起釪：《尚書校釋譯論》（北京：中華書局，二〇〇五年），頁五一九—五二〇。

而，已而！今之從政者殆而！」（《論語・微子》，《十三經注疏》，頁二五二九）

野人歌之曰：「既定爾婁豬，盍歸吾艾豭。」（《左傳・定公十四年》，《十三經注疏》，頁二一五一）

其小歌曰：「念彼遠方，何其塞矣！仁人絀約，暴人衍矣。忠臣危殆，讒人服矣。」（《荀子・賦篇》）【一】

女乃作歌，歌曰：「候人兮猗。」（《呂氏春秋・音初》）【二】

（二）誓

形聲字，從言，折聲，表「以言約束」之義。《說文解字》：「誓，約束也。」（《說文解字注》，頁九二）誓大致可分兩種，一為戒誓，用於軍旅；一為約誓，用於彼此取信。

伯揚父迺成貸曰：「……今女亦既又（有）御誓……」伯揚父迺或使牧牛誓曰：「自今余敢擾乃小大事。」……（儹匜，西周晚期，《殷周金文集成》一〇二八五）

世有盟誓，以相信也，曰：「爾無我叛，我無強賈，毋或匄奪，爾有利市寶賄，我勿與知。」恃此質誓，故能相保，以至于今。（《左傳・昭公十六年》，《十三經注疏》，頁二〇八〇）

（三）謠

謠字後起，未見於先秦古文字，僅見於傳世文獻。《説文解字》有「䚻」字，訓為「徒歌」（《説文解字注》，頁九三），也就是「歌謠」的「謠」字。西周金文有「繇」字，一般認為就是「歌謠」的「謠」字，不過在具體文例中尚未見用為「謠」的例子。《殷周金文集成》中，春秋中期吳國的《者減鐘》有「鵅鐘」一詞，讀為「謠鐘」，與金文屢見的「歌鐘」類似，「鵅」即「鷂」之異體，假借為「謠」。戰國楚簡「謠」字寫作「詸」，見《郭店楚墓竹簡・性自命出》第二十四簡和《上海博物館藏戰國楚竹書（五）・君子為禮》第五簡，前者為名詞，後者為動詞。在傳世典籍中，「謠」是兼類詞，用例如下：

【一】王先謙撰，沈嘯寰、王星賢點校：《荀子集解》卷十八（北京：中華書局，二〇一三年），頁五七〇。

【二】呂不韋編，許維遹集釋：《呂氏春秋集釋》卷六（北京：中華書局，二〇〇九年），頁一四〇。

童謠云：「丙之晨，龍尾伏辰，均服振振，取虢之旂。鶉之賁賁，天策焞焞，火中成軍，虢公其奔。」（《左傳．僖公五年》，《十三經注疏》，頁一七九五）

西王母為天子謠，曰：「白雲在天，山隨自出。道里悠遠，山川間之。將子無死，尚能復來？」（《穆天子傳》）【一】

齊嬰兒謠曰：「大冠若箕，脩劍拄頤，攻狄不下，壘於梧丘。」（《戰國策．齊策》）【二】

齊嬰兒謠之曰：「大冠如箕，長劍柱頤，攻翟不能下，壘於梧邱。」（《說苑．指武》）【三】

《戰國策》、《說苑》等材料較晚，然而《詩．魏風．園有桃》有云：「心之憂矣，我歌且謠。」（《十三經注疏》，頁三五七）可見謠作動詞的用法亦較早，在春秋時期謠已是兼類詞。

（四）誦

誦訓「諷」之義，見於西周晚期以後的典籍文獻【四】，而作為稱引提示詞兼作名、動詞的用例如：

聽輿人之誦曰：「原田每每，舍其舊而新是謀。」（《左傳・僖公二十八年》，《十三經注疏》，頁一八二五）

輿人誦之曰：「取我衣冠而褚之，取我田疇而伍之，孰殺子產，吾其與之。」及三年，又誦之曰：「我有子弟，子產誨之。我有田疇，子產殖之。子產而死，誰其嗣之。」（《左傳・襄公三十年》，《十三經注疏》，頁二〇一四）

【一】王貽樑、陳建敏：《穆天子傳匯校集釋》卷三（上海：華東師範大學出版社，一九九四年），頁一六一。

【二】諸祖耿：《戰國策集注匯考》（增補本）（南京：鳳凰出版社，二〇〇八年），頁六九〇。

【三】劉向撰，向宗魯校證：《說苑校證》（北京：中華書局，一九八七年），頁三七一。

【四】《詩・大雅・桑柔》：「誦言如醉。」《詩・大雅・崧高》：「吉甫作誦。」

（五）誄

《說文解字》云：「誄，謚也。」（《說文解字注》，頁一〇一）作稱引提示詞時亦兼類名動：

> 夏，四月，己丑，孔丘卒，公誄之曰：「旻天不弔，不慭遺一老，俾屏余一人以在位，煢煢余在疚。嗚呼哀哉！尼父，無自律。」（《左傳．哀公十六年》，《十三經注疏》，頁二一七七）

> 為誄曰：「夫子之不伐，夫子之不謁，謚宜為『惠』。」（《說苑》佚文）【一】

《說苑》成書時代較晚，但多採用先秦材料，又《禮記．檀弓上》云：「遂誄之。士之有誄，自此始也。」（《十三經注疏》，頁一二七七）可見誄字名動兼類不會晚於戰國時期。

（六）箴

箴的例子比較特殊，其本義為縫衣用的工具，即針，引申為規勸、告誡之義。箴作引申義時名、動兼類：

無或敢伏小人之攸箴。（《尚書·盤庚上》，《十三經注疏》，頁一六九）【二】

箴之曰：「民生在勤，勤則不匱，不可謂驕。」（《左傳·宣公十二年》，《十三經注疏》，頁一八八〇）

命百官，官箴王闕，於虞人之箴曰：「芒芒禹迹，畫為九州，經啓九道。民有寢廟，獸有茂草，各有攸處，德用不擾。在帝夷羿，冒于原獸，忘其國恤，而思其麀牡。武不可重，用不恢于夏家，獸臣司原，敢告僕夫。」《虞箴》如是，可不懲乎？（《左傳·襄公四年》，《十三經注疏》，頁一九三三）

【一】劉向撰，向宗魯校證：《說苑校證》，頁五四六。

【二】關於《尚書·盤庚》的年代，有一定爭議。舊說認為是殷代作品，然而現代學者一般認為它的寫成雖有商代底本為據，但大部分文本已經後人改寫潤飾，所以不能完全算商代文獻，一般將其年代定於西周之後。參見顧頡剛、劉起釪《尚書校釋譯論》、張西堂《尚書引論》（西安：陝西人民出版社，一九五八年，頁一九八——一九九）、裘錫圭《地下材料在先秦秦漢古籍整理工作中的作用》（載楊牧之主編：《古籍整理與出版專家論古籍整理與出版》（南京：鳳凰出版社，二〇〇八年），頁三九〇）。另屈萬里認為其為殷末人或西周人追述之作，參見氏著《尚書集釋》（上海：中西書局，二〇一四年），頁八二。另一方面，從「箴」字的源流來看，商代文獻便出現「箴」這一形聲字，並使用其引申義的可能性並不大。

兼類詞現象表面上是一種語言現象，在深層則反映了人們的思維方式。語言是一種認知活動。從文體學的角度來看，兼類稱引提示詞的出現也是人們文體認知發展的結果。它從一個側面反映了文體的發展、人們對文體的認知以及人們認識文體的思維方式。在殷商時期，人們對文體所持的是一種單一的認知，將之看成是一種言語行為。西周以後，人們對文體的認識趨向開放豐富，開始將其理解為一種具有具體可見的形式的言語活動。在這個階段，人們對文體性質的研判處於一種混而未明的狀態，即既可能認為所稱引的文辭是某種言語行為，也可能認為是一種具體的文字形式。

第三節　單一性稱引提示詞與文體觀念的獨立

春秋時期，出現了純粹用作名詞的稱引提示詞，筆者稱之為「單一性稱引提示詞」。這分為兩種情況：

第一種情況，是以文體的特殊載體或者特殊書寫形態作為文體名稱。中國古代有不少用特殊載體來命名的文體，如「簡」、「冊」、「篇」、「典」等，即是「書之竹帛」的載體。在先秦也有以文體的特殊書寫形態作為稱引提示詞的用例，如：

（一）載書

晉士莊子為**載書**曰：「自今日既盟之後，鄭國而不唯晉命是聽，而或有異志者，有如此盟。」（《左傳．襄公九年》，《十三經注疏》，頁一九四三）

乃盟，**載書**曰：「凡我同盟，毋薀年，毋壅利，毋保姦，毋留慝，救災患，恤禍亂，同好惡，奬王室。或間茲命，司慎司盟，名山名川，羣神羣祀，先王先公，七姓十二國之祖，明神殛之，俾失其民，隊命亡氏，踣其國家。」（《左傳．襄公十一年》，《十三經注疏》，頁一九五〇）

按：載書即盟書，是古代會盟時所訂的誓約文件。《周禮．秋官．司盟》「掌盟載之灋」鄭玄注：「載，盟辭也。盟者書其辭於策，殺牲取血，坎其牲，加書於上而埋之，謂之載書。」（《十三經注疏》，頁八八一）《周禮．春官．詛祝》「作盟詛之載辭」鄭玄注：「載辭，為辭而載之於策。」賈疏：「言『為辭而載之于策』者，若然，則策載此辭謂之載。」（《十三經注疏》，頁八一六）「載書」之「載」的含義，揭示了在一套會盟時特殊的儀式之中，文體的特殊書寫形態。

（二）銘

讒鼎之銘曰：「昧旦丕顯，後世猶怠。」（《左傳．昭公三年》，《十三經注疏》，頁二〇三一）

故其鼎銘云：「一命而僂，再命而傴，三命而俯，循牆而走，亦莫余敢侮。饘於是，鬻於是，以餬余口。」（《左傳．昭公七年》《十三經注疏》，頁二〇五一）

按：銘，即鏤刻。《國語．魯語下》：「故銘其栝曰『肅慎氏之貢矢』。」韋昭注：「刻曰銘。」[二]從文體學的角度看，「銘」即刻寫在器物上的文辭。無論文體的載體，還是其書寫形式，都有明顯的特殊性。

（三）璽書

公還及方城，季武子取卞，使公治問，璽書追而與之，曰……（《左傳．襄公二十九年》，《十三經注疏》，頁二〇〇五）

按：杜預注：「璽，印也。」《國語．魯語下》：「季武子取卞，使季冶逆，追而予之璽書。」韋昭注：「璽書，印封書也。」【二】則以璽書為泥封加印的文書。以泥封加印就是「璽書」獨特的形態。

以上幾類文體已經具有比較固定的載體或書寫形態，這是文體成型的重要標誌之一。如載書，現出土的東周盟書可以提供有力的證明。至於銘體，西周以來的青銅銘文之結構體式基本呈現程式化的形態。換言之，這些文體的載體或者特殊書寫形態因具有鮮明的標誌性，已成為該體的重要特徵之一，而人們以之稱謂該種文體，說明他們已準確把握了這一文體的標誌性特徵。

第二種情況，提示詞明確地表示特定的文體名稱，具有單一的詞性和內涵。如：

（一）詩

《詩》云：「如切如磋，如琢如磨。」其斯之謂與？（《論語．學而》，《十三經注疏》，

【一】徐元誥：《國語集解》，頁二〇四。
【二】徐元誥：《國語集解》，頁一八六。

頁二四五八）

對曰：「臣嘗問焉，昔穆王欲肆其心，周行天下，將皆必有車轍馬跡焉。祭公謀父作《祈招》之**詩**，以止王心，王是以獲沒於祇宮。臣問其**詩**而不知也。若問遠焉，其焉能知之？」王曰：「子能乎？」對曰：「能。其**詩**曰：『祈招之愔愔，式昭德音。思我王度，式如玉，式如金。形民之力，而無醉飽之心。』」（《左傳·昭公十二年》，《十三經注疏》，頁二〇六四）

（二）頌

周文公之**《頌》**曰：「載戢干戈，載櫜弓矢。我求懿德，肆於時夏，允王保之。」（《國語·周語上》）【一】

武王克商，作**《頌》**曰：……（《左傳·宣公十二年》，《十三經注疏》，頁一八八二）

（三）諺

周諺有之曰：「山有木，工則度之，賓有禮，主則擇之。」（《左傳・隱公十一年》，《十三經注疏》，頁一七三五）

諺所謂「輔車相依，脣亡齒寒」者，其虞虢之謂也。（《左傳・僖公五年》，《十三經注疏》，頁一七九五）

夏諺曰：「吾王不遊，吾何以休？吾王不豫，吾何以助？一遊一豫，為諸侯度。」（《孟子・梁惠王下》）【二】

故諺有之曰：「人莫知其子之惡，莫知其苗之碩。」（《禮記・大學》，《十三經注疏》，頁一六七四）

【一】徐元誥：《國語集解》（修訂本），頁二。

【二】焦循撰，沈文倬點校：《孟子正義》（北京：中華書局，一九八七年），頁一二二。

魯哀公問於孔子曰：「鄙諺曰：莫衆而迷。今寡人舉事與羣臣慮之，而國愈亂，其故何也？」（《韓非子・內儲説上》）【一】

（四）繇

且其繇曰：「專之渝，攘公之羭，一熏一蕕，十年尚猶有臭。」（《左傳・僖公四年》，《十三經注疏》，頁一七九三）

其繇曰：「士封羊，亦無衁也。女承筐，亦無貺也。西鄰責言，不可償也。歸妹之睽，猶無相也。」（《左傳・僖公十五年》，《十三經注疏》，頁一八〇七）

以上所舉諸例中，詩歌作為一種文學體裁古已有之，而且是先秦最早成熟的文體之一。《詩》三百篇在孔子時代已經得到較為系統的編纂，其文體無疑已非常成熟。但目前最早的「詩」字僅見於楚簡，甲骨文、金文尚未見。在戰國中晚期的楚簡中，「詩」字對應多種字形，如「寺」、「時」、「詩」、「旹」、「呰」、「志」、「時」、「時」等。【二】至於頌體，《詩》之《周頌》首作於西周時期，到了春秋時期，經過《商頌》、《魯頌》之纂成，其體已經相當完備。

繇辭的來源相當古老，是通過整理早期卜筮活動中的占驗之辭而形成的韻語。《易》正是由繇辭編纂而成的，繇辭在西周已經成為一種較為典型的文體。諺體的形成也很早，《左傳》、《國語》已引有大量的諺，其體式亦比較固定。在這個背景之下，「詩」、「頌」、「諺」、「繇」之字，其所「凸顯」的典型意義便是文體的形式本身，而沒有經歷從動作轉指形式的歷史過程。這一稱引方式，正是在文體形態充分成熟的基礎上所進行的文體集體認同。

再者，單一性稱引提示詞的稱引方式也顯示了稱引提示詞與所稱引內容的聯繫呈現出更高的一致性。在言語活動比較簡單的商代，除了記錄占卜活動的貞、卜、占等提示詞，稱引提示詞只有最為簡單的告、呼、呼告、令、祝等。從甲骨文的稱引用例看來，這些提示詞所引起的內容並不能算是真正的文體，不具有獨立的文體形態，而僅僅是不同方式、不同功能的言語活動的內容而已。當然，從先秦文體學史的角度來看，言語活動的方式、功能是構成一種文體的要素之一，甚至是重要的要素。因此，可以說，商代以來，人們對言語活動的最早認識，是從其方式、功能開始展開的，然而卻不怎麼關注言語活動的內容、形式方面的規律性。春秋以後，隨著單一性稱引提示詞的出現，一方面，人們對文體的認知突破了行為、

【一】王先慎撰，鍾哲點校：《韓非子集解》（北京：中華書局，一九九八年），頁二一七。
【二】詳見本書第三章第四節。

功能的範疇；另一方面，稱引提示詞與所稱引的內容的聯繫亦更為一致了，如上文所列舉的載書、銘、璽書、詩、頌、諺、繇諸體，在稱引內容上，各體都具有較為明確而固定的文體特徵，顯示人們對其文體認同趨向一致。

總之，春秋以後，出現了單一性文體提示詞，它或以特殊載體、特殊書寫形態指稱文體，或直接明確地以特定的文體名稱指稱之，這一現象具有豐富的文體學意義。它意味著，人們在稱引、命名文體時，已完全突破了早期從「行為」到「形式」轉變的範式，直截了當地把握住具有特殊性的文體名稱。這種新型的文體提示詞明顯反映出當時文體觀念與此前不同的某種獨立性與唯一性，這是文體學觀念發生的關鍵標誌。

文體觀念是在漫長的歷史過程中，在人們的思想、言語活動中有意無意地建構起來的。先秦時期幾乎沒有明確的文體論，文體觀念的形成更多地是一種無意的建構。對此，我們只能從側面去了解，如從人們的稱引活動中尋繹辨體、識體、文體分類的蛛絲馬跡。從文辭稱引這一角度看，中國古代文體觀念的發生過程，有幾個比較重要的節點。在殷商甲骨卜辭中，已經出現相當多的表示言說行為的提示詞，出現「言說方式＋曰」式的稱引方式，這反映出商代人對卜辭的結構及相關部分的文體性質的認識已相當明晰。從認識論看，這類提示詞的使用，是人們已認識到所稱引事物內容的特殊性。從文體學看，則反映了稱引人的文體觀念，故此類稱引具有一定的文體學意義。如果說「言說行為」是文體存在的前期形式，那麼這種稱引方式則是文體觀念的萌芽，也是此後明晰的文體觀念發生的基礎。西周以後，兼有動詞和名詞性質的兼類稱引提示詞的出現，標誌著人們對於某些文體的認識和指認，進入了言語行為與文體形式混而言之的階段。春秋以後的文獻，又出現了新的稱引方式，即直接以名詞作為稱述的提示詞。這是文體學觀念發生的標誌，一方面意味著文體的特殊內容、特殊載體與特殊書寫形態進入了文體認知的範疇；另一方面也說明，隨著文體發展和成熟，人們對其體認亦趨向一致，並取得獨立的意識。從文辭稱引的形式發展來看，西周至春秋是中國文體觀念發生的關鍵時期。

早期文章的命篇與命體

人們對「篇章」從無意識到有意識，在理論上有重要意義。獨立成篇的文獻出現之後，該文獻便需要有個名稱以便於使用。早期的文獻從無篇名至有篇名，篇名的出現從偶爾到普遍，經過了一個相當漫長的過程。為文獻加上標題具有強烈的文獻整理、儲存與傳播目的，它不僅體現了命篇者對文獻的獨立性和結構的完整性的認識，也反映其對文獻的內容、性質乃至文體的認定。對篇章的命名，是文章學與文體學發展的重要標誌。

雖然研究文體觀念發生有多種重要途徑，但以篇章與命體的角度入手，在語言形式內部考察文體觀念的發生，是最佳途徑。「篇」是文體最基本的文意單位，有篇章，始有文體，文體意識始於篇章意識。篇章的出現是文體學與文章學產生的基礎，而篇章意識之出現則可以視為文體學與文章學觀念之萌芽。從這個角度來看，中國古代文體觀念的發生主要建立在篇章之上。筆者試圖從先秦至兩漢之篇章形態與篇章意識的形成、對篇章的命名以及文體認定的角度，考察中國古代文體觀念的產生與發展。由於傳世文獻經過歷代的傳寫與改寫，在文獻的斷代與書籍格式的真實性上，有時難以得到確證。因此，出土文獻尤其是簡帛文獻為文體觀念發生的研究提供了非常必要與確切的佐證。〔一〕通過先秦兩漢大量的傳世與出土文獻，觀念發生史這種「惚兮恍兮，其中有象」的玄虛、抽象的問題可以實證的方式展示出來。

第一節　篇章形態與篇章意識的形成

篇章的出現是文體學與文章學產生的基礎，而篇章意識之出現則可以視為文章學觀念之萌芽。人們對「篇章」從無意識到有意識，在理論上有重要意義。

先秦以來的文字記錄，經歷了從零星、片段的記載進化為有一定文意單位的篇章的發展過程。中國古人很早就有區分文意單位的意識，而篇章形態的形成又在篇章意識出現之前，它源於自然而無意識的創作或相關行為。早期的創作或相關行為，可以分為兩大類：一，純儀式性與口頭性的行為；二，訴諸特定載體的文字記錄。

先說純儀式性與口頭性的行為。早期的創作往往具有強烈的實用性與儀式性，是在特定場合出於特定目的而產生的。如盟誓、祭祀活動，歌舞、詠詩之會，它們有起始有結束，有時間長度，是一個過程或階段，其在內容、形式與時間上具有獨立性、特殊性與完整性。這

【一】筆者力求以實證的方式，論證命篇與命體的問題。我們對文獻的甄別原則是基於這樣的認識：在漫長的文獻流傳歲月中，古書在不斷地改寫、補充、編集的過程中，逐漸層累成現今的面貌。先秦古書的體貌與劉向校書以後的面貌肯定是大異其趣的。筆者論述先秦文獻的命篇與命體主要通過兩種途徑：一是出土文獻，一是比較可靠的先秦文獻所引述的篇題。比如考察《尚書》在先秦的命篇情況，是以比較可靠的先秦傳世文獻所徵引的《尚書》篇題為材料，而非傳世《尚書》標題。

些是「篇章」隱在的客觀基礎。若有人將之記錄下來，就具有篇章性質了。

再說訴諸特定載體的文字記錄。一些文獻本來是出於某些特定目的而單獨撰寫的，如甲骨卜辭用於記錄占卜，青銅器銘文用於記錄典禮儀式、征伐戰功、先祖功德、賞賜錫命、訓誥群臣等內容，等等。這些早期的文字記錄往往是為了記載特定的活動、儀式等，因此，內容上的完整性是必然要求。而對內容和結構的完整性的要求，則是篇章意識形成的基礎，從而使這些文字記錄先天地具有「篇章」的意味。需要注意的是，對儀式性與口頭性的行為和文字記錄的分類只是相對而言的，二者並不能截然分開，往往可以相互轉化。如《尚書》的訓、誥、命等篇什和青銅器銘文便有明顯的記言性質；而儀式性、口頭性的行為往往會通過書於竹帛或琢於盤銘的方式保存下來。

商代甲骨卜辭的刻寫形態便呈現出最原始的對文意單位的區辨。甲骨卜辭是對占卜的記錄，每占一事，自成一條。一條完整的卜辭，可以包含前辭、命辭、占辭、驗辭四個部分，雖然結構如此完整的不多，但一般都包含前辭和命辭，因為它們是一條卜辭的主體內容。對這些占卜中的要點記錄完畢，一條卜辭便自成一個文意單位。若在同一塊龜甲上有多條卜辭，其契刻則遵循一定的規律，以便於各條卜辭之間相互區別，這體現在以下三方面。第一，甲骨卜辭的刻寫行款有特定的走向。董作賓總結道：「沿中縫而刻辭者向外，在右右行，在左左行，沿首尾之兩邊者而刻辭者，向內，在右左行，在左右行。如是而已。」【一】

甲骨卜辭的刻寫行款體現了殷人對於各條獨立的卜辭的區分意識。如《乙編》六三八五中有兩條單行橫列的對貞卜辭，以千里路為界，在右的從左往右刻，在左的從右往左刻，兩條卜辭對稱相背而行，非常易於區分。第二，界線。在甲骨卜辭中，為了便於分辨同一塊甲骨上不同的卜辭，有時候會在兩辭之間加刻一條線以為界線，這樣的例子很常見。【二】第三，位置佈局。這是很直觀的一種方式，即通過安排各條卜辭所書刻的位置以區分彼此。如《甲編》二九〇五為一大胛骨，一共刻有七條卜辭，每辭都遵循單行直下的文例，在此基礎上，一辭契刻完畢，則另起一行刻第二條；又如《殷虛書契前編》四．六．三關於王入衣的兩條卜辭，每條從上往下契刻，從右往左分為三行，兩條卜辭高低位置不同、中間有一定空間間

【一】董作賓：〈商代龜卜之推測〉，收入《董作賓先生全集甲編》（台北：藝文印書館，一九七七年），頁八七二—八二三。甲骨文例的定義，應該包括了書刻在甲骨上的卜辭行文形式、位置、次序、分佈規律、行款走向的常制與特例，還包括字體寫刻習慣等，參見宋鎮豪為李旼姈《甲骨文例研究》所作的序（李旼姈：《甲骨文例研究》（台北：台灣古籍出版有限公司，二〇〇三年），頁一）。經過幾代研究者的研究，現在對於甲骨文例的研究已更為細緻和科學。筆者關注點在於甲骨卜辭的刻寫規律所反映的殷人對於卜辭獨立性的認識，因此，筆者以為董作賓先生的概括，雖然很早，而且比較簡括，但較為準確地總結出甲骨卜辭行款的規律，故未有引用其他後來的研究成果。下文所提出的卜辭在甲骨中的位置佈局，著眼點在於各條獨立的卜辭之間的區辨，與現有甲骨文例「定位法」研究有所不同，故不包含在關於甲骨文例的論述中。

【二】陳煒湛：《甲骨文簡論》（上海：上海古籍出版社，一九八七年），頁五一。

隔以區辨。【一】

青銅器銘文的創作，同樣在內容的完整性上有所要求。特別是西周以後，青銅器銘文的篇幅變長，並有了相對固定和完整的結構，其中以冊命銘文最為突出，其格式主要包括時間、地點、受冊命者、冊命辭、稱揚辭、作器、祝願辭等內容。【二】可以說，這些銅器銘文，是較早的篇幅較長、文意獨立、結構完整的文獻材料，初步具有「篇」的性質。

甲骨卜辭與青銅器銘文都有其特定的刻寫載體，所以其文本的呈現先天地受到材料的限制。刻寫者為保持文本的完整性，會設法克服這一限制，這體現出潛在的「完篇」的意識。如一些刻寫在胛骨上的卜辭，往往因為篇幅較長，正面刻不完便轉至反面，只有正反面接續才能通讀。【三】有學者注意到西周中期的〈史墻盤銘〉，其銘文分鑄為對稱的兩組，字距勻稱，但最後一行比其他行多鑄入五個字【四】，這是鑄工在彝器篇幅的限制下，在銘刻總體的對稱美觀與銘文內容完整性之間的權宜之舉。

春秋時代是文獻典籍整理活動開始興起的時代。在文體觀念發生過程中，口頭文體的書面化與篇籍的編纂是一個關鍵環節。上述這些早期的純儀式性與口頭性的行為以及文字記錄可能具有「篇章」性質，並初步具有原始的篇章意識。當簡牘成為文獻流傳的主要載體，這些數量較以往大增、類型較以往更為多樣的文獻以單篇的形態大量流傳，甚至人們把原本孤立的「篇章」記錄、編排、彙集在一起，並對不同篇章予以區別，具體「篇章」成為文獻整體的一部分時，「篇章」意識才進一步成熟。

從語義學來看，「篇」與簡的關係非常密切，其原意便是簡冊上的文字撰作。《說文解字》曰：「篇，書也。」又曰：「書，箸也。」〈說文解字敘〉曰：「箸於竹帛謂之書。」（《說文解字注》，頁一九〇、一一七、七五四）則將帛書也包含在內。章學誠說：「著之於書，則有簡策。標其起訖，是曰篇章。」【五】學者推測商代、西周便有竹簡，從現在所見的出土簡牘材料來看，竹簡的使用最早可上溯到戰國早期（曾侯乙墓遣冊）。戰國時期簡牘文獻的數量、規模、類型都較甲骨文、銅器銘文有明顯發展，內容形式也更為成熟。同時，起碼上溯至戰國時期，「篇」已作為獨立的文意單位來使用。《國語・魯語下》：「昔正考父校商之名

【一】文中所舉卜辭的例子多參考陳煒湛：《甲骨文簡論》，第三章第三節。袁暉等將甲骨文語言層次的表達方式分為「使用符號」（包括豎線號、橫線號、曲線號和折線號）和「留空」兩種情況，與筆者所舉的第二、三點相似，參見袁暉、管錫華、岳方遂著：《漢語標點符號流變史》（武漢：湖北教育出版社，二〇〇二年），頁二三一—二三二。

【二】馬承源主編：《中國青銅器》（修訂本）（上海：上海古籍出版社，二〇〇三年），頁三五三。

【三】參考《甲骨文簡論》，頁五〇。

【四】孫康宜、宇文所安主編：《劍橋中國文學史》上冊（北京：生活・讀書・新知三聯書店，二〇一三年），頁四〇。

【五】章學誠著，葉瑛校注：《文史通義校注》，頁三〇五。

《頌》十二篇於周大師，以《那》為首。」【一】《墨子．明鬼下》曰：「故先王之書，聖人一尺之帛，一篇之書，語數鬼神之有也，重有重之。」《墨子．貴義》又曰：「昔者周公旦朝讀書百篇，夕見漆十士。」【二】而且，先秦的簡牘文獻大部分是以單篇的形態流傳的，這表明時人已很自然地按照文意單位來抄寫、傳播這些材料。【三】

從單篇流傳到對單篇的文獻加以彙集、編排，是篇章意識進一步明晰的體現。單篇文獻的彙集和編次，是促成命篇的重要條件，也是探討文章學甚至文體學觀念何以萌芽的重要基點。傳世文獻所記載的最早文獻編集整理，應是上文所引《國語．魯語下》所載西周宣王時宋國的大夫正考父校《商頌》的活動。在春秋戰國時期，對文獻的編集活動逐漸多了起來。春秋後期以後，一些官書已經過編集整理，如《論語》記載了孔子談論《周南》、《召南》【四】，且孔子多次言及「詩三百」，可見其時《詩》已編集成書。《左傳．昭公二年》記載韓宣子「觀書於大史氏，見《易象》與魯《春秋》。」（《十三經注疏》，頁二〇二九）可見《象傳》及《春秋》在其時已有流傳。又如《尚書》，在《左傳》、《國語》、《孟子》等書中已見「虞書」、「夏書」、「商書」、「周書」等稱謂，這或可認為是《尚書》諸篇分類成集的證明。【五】戰國以後，私人著述盛行，這些著作的撰寫雖然並不系統，但在後期應該都經過整理編撰的過程，成書或由作者自己手定，或經後人遞相整理。

伴隨著文獻的彙集整理，篇章意識也趨於自覺和成熟，這首先體現在以「篇」為單位來區辨彙集在一處的文獻。根據現已出土的先秦簡帛形態，它們一般通過留白提行來分篇，更有以符號分篇的例子，這與甲骨卜辭中使用線號區分文意單位的方法是一脈相承的。如湖北荊門郭店〈成之聞之〉、〈六德〉、《老子》甲等諸篇末尾有鈎識號，大致表示分篇。〈太一生水〉、〈窮達以時〉、〈魯穆公問子思〉、〈唐虞之道〉等篇末尾有扁黑方框以示分篇。【六】另外上博簡也有以鈎識號分篇的用例，如〈性情論〉。〈緇衣〉、〈魯邦大旱〉、〈子羔〉等則在篇

【一】徐元誥：《國語集解》（修訂本），頁二〇五。

【二】孫詒讓撰，孫啟治點校：《墨子閒詁》（北京：中華書局，二〇〇一年），頁二三八、四四五。

【三】關於這一點，余嘉錫、張舜徽等文獻學家及李零等研究出土文獻的學者已多有述及。

【四】《論語．陽貨》云：「子謂伯魚曰：『女為《周南》、《召南》矣乎？人而不為《周南》、《召南》，其猶正牆面而立也與。』」（《十三經注疏》，頁二五二五）

【五】其他材料如《左傳．昭公十二年》：「能讀《三墳》、《五典》、《八索》、《九丘》。」（《十三經注疏》，頁二〇六四）《國語．楚語上》：「教之《春秋》，而為之聳善而抑惡焉，以戒勸其心；教之《世》，而為之昭明德而廢幽昏焉，以休懼其動；教之《詩》，而為之導廣顯德，以耀明其志；教之禮，使知上下之則；教之樂，以疏其穢而鎮其浮；教之令，使訪物官；教之語，使明其德，而知先王之務，用明德於民也；教之《故志》，使知廢興者而戒懼焉；教之《訓典》，使知族類，行比義焉。」（《國語集解》（修訂本），頁四八五）不一一列舉。

【六】參黃人二：〈郭店竹簡小墨釘點之一作用（上）——兼論簡本《老子》甲之文本復原〉，見簡帛研究網 http://www.bamboosilk.org/Wssf/2002/huangrener06.htm。

末以一長黑方號表示全篇結束。【一】秦漢時期，還可以看到更多以大方墨塊、圓點、三角號等符號區分篇目的用例，使用更為普遍。【二】此外，先秦簡帛文獻以各種符號來分章的現象也比較多見，如郭店楚簡〈緇衣〉用小方點間隔章，長沙子彈庫楚帛書用朱色填實長方號來分章，等等。【三】以符號分篇、分章，是文獻整理的結果，因為只有文獻歸併在一處的情況下，才有必要加以區分。辨別篇章是文獻整理的必然訴求和必然結果。

春秋戰國時代文獻編集活動促進了篇章意識的成立，但是從總體而言，先秦的文獻仍多以單篇的形態流傳，有些聚合一處的文獻，往往也只是不系統的雜鈔性質，篇目也呈現出此入彼的情況，這從傳世文獻和已出土的戰國簡冊都可證明。如在《逸周書》中，還保存著未編入現存《尚書》的一些逸篇。近年出土的清華簡中也發現有《尚書》、《逸周書》的單篇。又如同一批出土的戰國簡冊，往往都是單獨的篇。若幾篇合為一卷竹簡的，往往只是雜鈔，彼此並無關聯。【四】其中的原因是多方面的。比如，大量的簡冊不便於集中攜帶，像《尚書》在官府中可整書保存，但春秋戰國以後，隨著社會階層以及文獻的流動性增加，保存者往往只能從整書中析出他們認為有用的單篇或幾篇流傳。又如諸子著作，其撰寫、修訂往往歷經數代，其師承、傳抄又每每不同，故難有完整而系統的定本。

因此，從先秦至於漢初，雖然也有不少文獻整理的活動，但古書流傳的總體面貌一直以較為分散、錯雜的狀態持續著。劉向校書以前，中秘藏書有很多重複錯雜的篇章。同一本書中的篇章，並不是系統地編纂在一起的，可能只是經過簡單的歸類、儲存。【五】劉向校書，使分合不定、次第訛亂的篇章得到了整理和定型，並成為書籍中有系統的一部分，更奠定了校理文獻的規範。這不僅僅是「篇章」意識成熟和定型的里程碑，更促使「著述」成為一種

【一】參見蔣莉：《楚秦漢簡牘標點符號初探》，（四川師範大學文學院碩士學位論文，二〇〇四年），頁三一—三二。

【二】茲舉數例：（一）大方墨塊與長方墨塊：馬王堆漢墓帛書《老子》乙本及卷前古佚書四種，用長方墨塊提行，書於行首並高於正文文字，以區分不同書籍；同一書內，各篇之間不提行，用大方墨塊分開。《經法》、《經》等用墨塊分篇。（二）圓點：馬王堆漢墓帛書《老子》甲本及卷後古佚書四種，在每段或每章、每篇前用小圓點分隔。《德經》、《道經》分章不提行，每章用圓點分隔。還用圓點分隔〈德經〉、〈道經〉、〈五行〉、〈九主〉、〈明君〉、〈德聖〉諸篇。（三）三角號：表示一篇或一章開始。如武威漢簡《儀禮甲本・燕禮》第一枚簡的首端書三角號。以上據張顯成《簡帛文獻學通論》第三章第三節「題記與符號」（北京：中華書局，二〇〇四年）所舉例概括而成。

【三】袁暉等：《漢語標點符號流變史》，頁四八。

【四】李零：《上博楚簡三篇校讀記》（北京：中國人民大學出版社，二〇〇七年），頁八注一。

【五】劉向《別錄》對此多有說明，如《晏子書錄》云「凡中外書三十篇，為八百三十八章。除複重二十二篇六百三十八章，定著八篇二百一十五章。」〔吳則虞編著：《晏子春秋集釋》（增訂本）（北京：國家圖書館出版社，二〇一一年），頁二二〕可見其中重複的篇章所佔比例很大。又如《戰國策書錄》云「所校中《戰國策》書，中書餘卷，錯亂相糅莒。」〔《劉向書錄》，劉向集錄、范祥雍箋證、范邦瑾協校：《戰國策箋證》（上海：上海古籍出版社，二〇〇六年），頁一。〕

規範、固有的文獻形態。這種形態的定型，也是文章能得以區別於著述而獨立出來、特別是文章觀念得以獨立出來的前提之一。

文章作為一種獨立的、區別於著述的製作從先秦以來對文獻的含混認識中分化出來，經歷了一個過程。按照漢初人的理解，單篇的製作既可以指「著述」中的單篇，也可以指賦、頌、書、奏等後世所理解的一篇篇「文章」。從觀念而言，司馬遷將包括賦等文體在內的個人寫作都稱為「書」。如《史記·司馬相如列傳》云：「相如口吃而善著書。」【二】《史記·屈原賈生列傳》云：「賈生……以能誦詩屬書聞於郡中」（《史記》，頁二四九一）。從創作、流傳而言，著述和文章都始於單篇製作，此乃繼承先秦以來的文獻單篇創作、流傳的特點。如《史記·酈生陸賈列傳》云：「陸生迺粗述存亡之徵，凡著十二篇。每奏一篇，高帝未嘗不稱善，左右呼萬歲，號其書曰《新語》。」（《史記》，頁二六九九）陸賈所奏有「上書」的性質，都是寫成一篇便上奏一篇，最後才將諸篇編訂成書，並得高祖賜書名為《新語》。司馬相如的著述和文章甚至在其生前都未整理過，都是每寫成一篇便被取去。據《史記·司馬相如列傳》記載，相如「時時著書，人又取去，即空居」，所以其臨死時為書一卷，叮囑其妻，若有使者來取則奏之。除此之外，其家「無他書」。（《史記》，頁三〇六三）又如賈誼《新書》的〈保傅〉篇，又載於《大戴禮記》，定縣八角廊竹簡中亦發現有單行的《保傅》，可見其作為單篇傳播甚廣。而《漢書》所載賈誼的〈治安策〉，乃剪裁《新書》的〈保傅〉

等篇什而成。余嘉錫先生更詳論《新書》中的篇什與上疏的關係【二】，可見著述與上疏之文可相互轉化。從編纂而言，直至劉向校書，雖特設「詩賦」一略，但其他的文類大部分仍與著述之文收錄在一書之中。如《漢志》「諸子略」有「董仲舒百二十三篇」【三】，其中內容可從《漢書．董仲舒傳》證之：「仲舒所著，皆明經術之意，及上疏條教，凡百二十三篇。」（《漢書》，頁二五二五）可見包括上疏條教等單篇文章都被收入個人的著述中。又如「諸子略」又有「揚雄所序三十八篇。」班固注：「《太玄》十九、《法言》十三、《樂》四、《箴》二。」（《漢書》，頁一七二七）將《太玄》、《法言》等著述與箴等文體合為一書。又如《漢志》有「《東方朔》二十篇。」（《漢書》，頁一七四一）按《漢書．東方朔傳》云：「朔之文辭，此二篇（引者按：指〈客難〉及〈非有先生之論〉）最善。其餘有〈封泰山〉，〈責和氏璧〉及〈皇太子生禖〉，〈屏風〉，〈殿上柏柱〉，〈平樂觀賦獵〉，八言、七言上下，〈從公孫弘借車〉，凡向所錄朔書具是矣。」顏師古注：「劉向《別錄》所載。」（《漢書》，頁二八七三）顏師古時《別錄》未亡，所言《別錄》內容，應該可信。因此劉向所校《東方朔》之書應收

【一】司馬遷撰，裴駰集解，司馬貞索隱，張守節正義：《史記》（北京：中華書局，一九八二年），頁三〇五三。

【二】余嘉錫：《目錄學發微　古書通例》（北京：中華書局，二〇〇七年），頁二三五——二三六。

【三】班固撰，顏師古注：《漢書》（北京：中華書局，一九六二年），頁一七二七。

有〈封泰山〉等單篇製作。

到了東漢，王充則有意識地區分著述與文章。《論衡．案書》云：「廣陵陳子迴、顏方，今尚書郎班固，蘭臺令楊終、傅毅之徒，雖無篇章，賦頌記奏，文辭斐炳，賦象屈原、賈生，奏象唐林、谷永，並比以觀好，其美一也。」【二】這裏的「篇章」乃指著述，與賦、頌、記、奏明確區分開來。《論衡．超奇》云：「采掇傳書以上書奏記者為文人，能精思著文連結篇章者為鴻儒。」（《論衡校釋》，頁六〇七）《論衡．佚文》又云：「文人宜遵五經六藝為文，諸子傳書為文，造論著說為文，上書奏記為文，文德之操為文。立五文在世，皆當賢也。造論著說之文，尤宜勞焉。」（《論衡校釋》，頁八六七）可見王充認為著述是需要精心構思、連接篇章的，比「上書奏記」之文更有價值，「尤宜勞焉」。而且王充所認為的理想著述是有系統的製作，這便與先秦以至漢初的著述先著單篇，然後整理成書甚至由後人整理有明顯的不同。「著述」觀念的明晰，也是與文章觀念的成型同步發展的。

由此可見，從先秦至於漢初，本無著述與文章製作之分際，文獻皆以單篇形態創作、流傳。到了漢代，一方面，著述成為一種系統的撰作，另一方面，隨著賦頌記奏等寫作的繁盛，它們成為單篇製作的主流，而文章的觀念亦逐漸明晰。在漢人看來，文章與著述成為兩種性質不同的撰作模式。這種區分，既出於對「單篇」還是「連結篇章」這種形式上的區別的體察，更源於對其本質的認識，是文章觀念史的進步。

篇章的獨立以及隨之而來的篇翰意識，是漢代文體學的重要基礎。「篇」是當時人們對於文章創作的計量單位。這種情況可以在《後漢書》對傳主著作的著錄中看出來：馮衍「所著賦、誄、銘、說、〈問交〉、〈德誥〉、〈慎情〉、書記說、自序、官錄說、策五十篇。」【二】班固「所著〈典引〉、〈賓戲〉、〈應譏〉、詩、賦、銘、誄、頌、書、文、記、論、議、六言，在者凡四十一篇。」（《後漢書》，頁一三八六）崔駰「所著詩、賦、銘、頌、書、記、表、〈七依〉、〈婚禮結言〉、〈達旨〉、〈酒警〉合二十一篇。」（《後漢書》，頁一七二二）傅毅「著詩、賦、誄、頌、祝文、〈七激〉、連珠凡二十八篇。」（《後漢書》，頁二六一三）《後漢書》著錄傳主著作都有固定的體例，即詳載各種文體，最後統計篇數。《後漢書》作者雖是六朝人，這些材料應該來自《東觀漢記》之類漢代的史料，尤其是對作品篇名、篇數的記錄與統計，所據應是漢人的文獻，應該比較真實、客觀地反映出漢代文人寫作的篇籍情況。

漢人對於作為古代文獻中完整獨立的文意單位的「篇」，有了理論高度的概括。王充不僅區分著述之篇章與文章之製作，更對文章結構有了細緻的分析。《論衡·正說》云：「故聖

【一】王充著，黃暉撰：《論衡校釋》（北京：中華書局，一九九〇年），頁一一七四。
【二】范曄撰，李賢等注：《後漢書》（北京：中華書局，一九六五年），頁一〇〇三。

人作經，賢者作書，義窮禮竟，文辭備足，則為篇矣。其立篇也，種類相從，科條相附。」（《論衡校釋》，頁一一三二）這是對「篇」之內容及其文辭完整性、構思條理性的概括。《正說》又云：「夫經之有篇也，猶（同『由』）有章句也。有章句，猶有文字也。文字有意以立句，句有數以連章，章有體以成篇。篇則章句之大者也。」（《論衡校釋》，頁一一二九）這反映了對字、句、章、篇的文章結構的認識，明確體現了文章學的篇翰意識，在文體學與文章學發展史上都具有重要意義和影響。【二】後來劉勰《文心雕龍．章句》所說「積句而成章，積章而成篇」（《文心雕龍注》，頁五七〇），所論即基於此。

第二節　篇章之命名及形態

獨立成篇的文獻出現之後，需要有個名稱以便於使用。早期的文獻從無篇名至有篇名，篇名的出現從偶爾到普遍，經過一個相當漫長的過程。在先秦時期，文獻一般是成篇在前，命篇在後，且命篇的主體以文獻的整理者、編撰者甚至抄寫者為主。命篇首先要對該文獻結構的完整性有比較清楚的認識，或者理解每一段文獻的獨立性、有將某一段文獻標誌出來或區分彼此的需要，才能為有獨立文意的文獻加上標題。標題設置在文獻上標誌了篇的獨立性，也反映了時人對篇的內容、結構等方面的認識。對篇章的命名，也是文體認定與命體的前提，所以命篇是文章學與文體學發生的基礎。至漢代，更出現了書籍目錄編纂，這種系統、規範、有意識的命篇行為，對後世以《文選》為代表的文集命篇、以至於「以體命篇」有著深遠的影響。

標題的製作乃出於日常的交流、文獻的整理、積累與傳播等現實之需求。在春秋戰國時代，隨著文獻的日益繁雜與文化交流的頻繁，人們在切磋學問、研習經典、賦詩言志，甚至是外交聘問的時候，經常要稱引文獻與經典，故有必要給這些文獻特別是經典篇什加上一個較為固定和統一的稱謂。在戰國時期，簡牘文獻作為當時文字資料的主要載體所體現的篇章意識已比較明確。簡牘文獻的材料和形制特點使標題制定不僅有可能而且有必要。簡牘文獻是將竹簡連綴成冊的，由於文獻篇幅長短不一，可能一冊一篇，也可能一冊多篇，或多冊一篇，這樣便有加上標題以便區分其文意單位的需要。另外，竹簡是一冊冊捲起來保存的，為了便於歸檔和查檢，有人便在卷冊露在外面的竹簡上寫上標題。由此，人們對區分篇章和總括文意的意識愈加成熟。

古書的命篇及形態情況比較複雜，要考慮文獻經過歷代改寫等情況。我們可以通過出土文獻與先秦傳世文獻之徵引內容來了解先秦文獻命篇的大致情況，以期從一個側面研究先秦

【一】參吳承學：〈從章句之學到文章之學〉，《中國古代文體學研究》，頁二八二—二八三。

文章觀念的發生與發展歷程。

先談命篇的形態與原則。現代以來，有不少學者對文獻的標題做過研究。【一】他們關於標題命名原則的歸納各有詳略甚至互有出入，總的來說，余嘉錫的概括較為精審。他將古人為篇章命題的原則歸納為「以事與義題篇」與「摘其首簡之數字以題篇」兩種【二】，當然「以事與義題篇」還可能包括「以體題篇」，這是下文我們要重點論述的。「以事與義題篇」的命題方式，體現了命題者對這些文字材料的內容、性質的判斷，故更具有文體學研究之意義。

「摘其首簡之數字以題篇」的命題方式，因其簡單直觀，「技術含量」不高，其出現可能比「以事與義題篇」的方式更早。在傳世文獻中，《詩》的標題絕大部分都是取篇首的數字，其出現較早。《論語》已引用了《詩》的標題。《論語．八佾》云：「子曰：『〈關雎〉樂而不淫，哀而不傷。』」（《十三經注疏》，頁二四六八）〈八佾〉：「三家者以〈雍〉徹，子曰：『「相維辟公，天子穆穆」，奚取於三家之堂？』」（《十三經注疏》，頁二四六五）在出土文獻中，甲骨文、金文文獻皆未見篇題，篇題是在簡牘文獻中開始出現的。據專家考定為戰國早期的曾侯乙墓遣冊，是最早有標題的出土簡冊。其第一簡背面寫有「右令建馭大旆」，此為標題。簡正面有「右令建所乘大旆」語，故此標題乃取自篇首文字。【三】這種命篇方式雖然較為簡單，但由於其製作出於徵引或文獻整理的需要，所以已反映出命篇者對文意單位的辨別意識。

「以事與義題篇」的命篇方式，其出現可能稍微晚一點。《尚書》的篇題，大部分遵循此原則。《論語》引《尚書》一共八次，但均未標出篇名，有的地方只引作「《書》」。【四】對比《論語》引《詩》篇名的情況，可推測孔子所據的《尚書》可能尚無篇題，《詩》的篇題形成要比《尚書》早。而被認為是戰國早期寫成的《左傳》則引用了不少《尚書》篇題。比較多學者認為是子思子所作的《禮記．緇衣》所引《尚書》篇題的例子非常多。因此，《尚書》

【一】包括傳世文獻與出土文獻標題的研究，前者以余嘉錫《目錄學發微》、《古書通例》影響最大，後世學者多援引之，也有不少研究出土文獻的學者以出土文獻來印證、修正、發展余先生的學說。張舜徽《廣校讎略》與余先生的著作成書時間相距不遠，其中也多有卓見。出土文獻方面的研究，有張顯成《簡帛標題初探》，收入謝維揚、朱淵清編：《新出土文獻與古代文明研究》（上海：上海大學出版社，二〇〇四年），頁二九九—三〇七。張先生後來寫有《簡帛書籍標題研究》，收入氏著《簡帛文獻論集》（成都：巴蜀書社，二〇〇八年），頁四五七—五一三。林清源著有《睡虎地秦簡標題格式析論》（《中央研究院歷史語言研究所集刊》第七十三本，第四分冊，二〇〇二年），其《簡牘帛書標題格式研究》（台北：藝文印書館，二〇〇四年）是對簡牘文獻的標題進行全面細緻研究的著作。此外，還有駢宇騫〈出土簡帛書籍題記述略〉（《文史》總第六十五輯（北京：中華書局，二〇〇三年））等。

【二】余嘉錫：《目錄學發微　古書通例》，頁三四。

【三】湖北省博物館編：《曾侯乙墓》（北京：文物出版社，一九八九年），頁四九〇。

【四】據劉起釪：《尚書學史》（北京：中華書局，一九八九年），頁六四。

的篇題形成時間應在戰國早期之前。此後，《孟子》、《國語》、《墨子》、《禮記》、《荀子》、《韓非子》、《呂氏春秋》等先秦文獻對《尚書》的篇題也多有引述。【一】正是由於流播廣泛、經常被稱引等原因，相比其他文獻，《詩》、《書》等篇什的命題相對地更為固定。而且，《尚書》作為儒家傳習的經典，以其為代表的命篇方式對漢代以後文獻的命篇方式以至於文體認定的影響是直接而深遠的。戰國時期，諸子著述有不少以事與義題篇的，如《墨子》的〈尚賢〉、〈尚同〉、〈兼愛〉、〈非攻〉，《鄒衍子》的〈主運〉，《韓非子》的〈孤憤〉、〈五蠹〉、〈説林〉、〈説難〉等等，體現了對篇章主旨的準確把握與精心概括。《楚辭》諸篇的制題如〈離騷〉、〈天問〉等，以其高度的概括性和藝術性，在詩歌制題史上超乎尋常地成熟，似亦受到諸子著述的影響。【二】

再談先秦文獻的命篇主體。先秦文獻主要是由文獻的整理者、編撰者甚至書寫者命篇的，而非作者自命。先説傳世文獻。可以比較確定的是，《詩》篇的標題基本都取詩的首二字或四字，結合詩的性質及其編集的過程，其標題應該是採詩者或者編者所加。《尚書》諸篇在寫作之初，應無篇題。上文已論及孔子所見的《尚書》可能尚無篇題。且對同一篇《尚書》文獻，不同的先秦典籍所引的篇題又有一定差異，可能由於時間推移、輾轉抄寫、師承各有出入等原因；也可能因為整理者對文獻的理解不同，導致命題有所不同。至於諸子之文，情況則較為複雜。如《論語》、《孟子》等由後學整理成書的著作，其篇題應為編者所定，這一點應無異義。而如《鄒衍子》、《韓非子》等著作，囿於文獻的局限，只能通過間接的證據來推測其屬先秦，究竟是否作者自命，亦難以確定。《墨子》的部分篇題似為墨子自命，但該書又有一些篇目是後人所撰，故不可一概而論。總的來說，我們認為先秦諸子之文的篇題多由編者所命。

【一】先秦文獻所引《尚書》篇題，前人研究甚多，筆者主要採用陳夢家《尚書通論》（北京：中華書局，二〇〇五年）、劉起釪《尚書學史》、程元敏《尚書學史》（台北：五南書局，二〇〇八年）、許錟輝《先秦典籍引〈尚書〉考》（台北：花木蘭文化出版社，二〇〇九年）等著作的成果，下文如非特別情況不再一一說明。

【二】見吳承學：〈論古詩制題制序史〉，《中國古代文體形態研究》（北京：北京大學出版社，二〇一三年），頁一一九。雖然這些先秦諸子著述的篇題的形成時間難以確證，但作於秦漢以前的可能性較大。《墨子．魯問》曰：「子墨子曰：『凡入國，必擇務而從事焉。國家昏亂，則語之尚賢、尚同；國家貧，則語之節用、節葬；國家憙音湛湎，則語之非樂、非命；國家淫僻無禮，則語之尊天、事鬼；國家務奪侵凌，即語之兼愛、非攻，故曰擇務而從事焉。』」（《墨子閒詁》，頁四七五—四七六）此乃墨子後人追述墨子言論，其中可見「尚賢」、「尚同」、「兼愛」、「非攻」等語，除了「尊天」、「事鬼」以外，皆與今本《墨子》篇題相同。按：原文所舉未必即是《墨子》篇題，但因其與今本篇題高度吻合，至少可推知，當時對於墨子的理念已有較為系統的總結，將之擬為篇題的可能性非常大，更有可能是墨子自擬。又如《莊子．天下》云：「墨翟、禽滑釐聞其風而說之，為之大過，已之大循。作為《非樂》，命之曰《節用》。」（《莊子集釋》，頁一〇七二）又《史記》中多可見先秦諸子之文的篇題，如韓非的〈孤憤〉、〈五蠹〉、〈說林〉、〈說難〉（《史記．老子韓非列傳》），又如《楚辭》的〈離騷〉、〈懷沙〉、〈天問〉、〈招魂〉、〈哀郢〉（《史記．屈原賈生列傳》）等等，這些篇題恐非史遷自撰，而是對當時流傳文獻的記錄。

再看出土文獻。有一些研究者發現，某些先秦簡冊的內容和標題是由不同的人所寫成的。如有學者經過對比，發現上博簡〈曹沫之陣〉的標題與內文的字形明顯不同，因而推斷兩者並非出於同一個寫手。【一】又有人認為〈容成氏〉篇題與內文不是一次書寫完成。【二】清華簡第三輯有〈周公之琴舞〉與〈芮良夫毖〉兩篇，其形制、字跡相同，應為同時書寫的。而〈芮良夫毖〉首簡有刮削過的篇題「周公之頌志（詩）」，與正文沒有關係，而與〈周公之琴舞〉內容相關。故整理者疑乃書手或書籍管理者據〈周公之琴舞〉的內容概括為題，誤寫於這裏。可見這是後人為了便於查檢，便總括簡冊文意，進而命題。由此證明，有一些材料是同一個寫手同時抄寫標題和正文，也有一些可能是一位寫手抄寫了內文以後，再由另外一位在簡背補寫上標題，以便查檢。此外，出土簡冊所抄寫的篇題，可能跟傳世文獻的篇題不同，甚至有很大不同，可證其命題並不一定出於一人之手。如清華簡第一輯有〈周武王有疾周公所自以代王之志〉，篇題寫於第十四支簡背下端，簡文與今傳《尚書·金縢》大致相合，故推測為〈金縢〉的戰國寫本，然篇題與今題完全不同。【三】

由此可見，先秦時代的篇題大多數不是來自原作者，而是由文獻整理編纂者甚至是抄寫者所製作的，是他們基於對文獻結構與內容的理解而「賦予」篇章的題目，這種行為反映了一種樸素的文體觀念。

從傳世文獻的徵引內容以及出土文獻看來，除了《詩》、《書》等廣為傳誦的經典文獻，先秦文獻中篇題的使用並不算多，也不很統一和規範。從秦代至於漢代，命篇又有新的發展，篇籍規範的風氣漸起，從而顯現出新的文章觀念。

在文體學史研究上，秦代是一個不應該被忽視的朝代。由於大一統王朝的建立，政治、經濟、文化都需要體制化和規範化，即所謂「書同文，車同軌」。這種統一與規範的風氣在文體學上也有所反映，只是以比較隱秘的方式存在。秦代出土文獻便在標題上顯出某種嚴謹與規範化的趨勢。比如在《睡虎地秦墓竹簡》中，就出現比較規範的標題。[四]《語書》是秦始皇時代的文書，是對官吏進行「法律令」方面的教誡訓告，標題書在最後一支簡的背面上端。《封診式》是一部法律文書與案例，全書的標題也寫在最後一支簡的背面上端。全書共有〈治獄〉、〈有鞫〉、〈封守〉等二十五節文字，皆各自獨立，標題寫在每一節第一支簡之簡首上。《封診式》的標題設置有兩個層次，在秦以前的出土簡牘中鮮見。此外，《日書》乙

【一】高佑仁：《〈上海博物館藏戰國楚竹書（四）．曹沫之陣〉研究（下）》（台北：花木蘭文化出版社，二〇〇八年），頁三九一──三九三。

【二】趙平安：《楚竹書〈容成氏〉的篇名及其性質》，趙平安著：《新出簡帛與古文字古文獻研究》（北京：商務印書館，二〇〇九年），頁二四九。

【三】清華大學出土文獻研究與保護中心編：《清華大學藏戰國竹簡（一）》（上海：中西書局，二〇一〇年），頁一五七。

【四】睡虎地秦墓竹簡整理小組：《睡虎地秦墓竹簡》（北京：文物出版社，一九九〇年）。

種也設有總標題和子標題。另有《秦律十八種》收入《田律》、《廄苑律》、《倉律》、《金布律》、《關市》等十八種秦代法律，每種法律之下各收入數量不等的法條，並在每條獨立的律文後標明律名，如《田律》每一條律文後都標明「田律」。因為一種法律下有多條律文，所以在重複時往往採取簡省的方法，如律名為「均工」的可簡稱為「均」，律名為「倉律」的可簡稱為「倉」，等等。【一】格式上非常嚴謹，律文之間不致混淆。從睡虎地秦簡看來，秦代文書在標題的製作上確是比較嚴謹和規範了，與先秦簡牘的單篇流傳並僅設置篇題相比，更具系統性，某種意義上說，已開篇籍規範之風氣。

漢代承秦而來，隨著典籍整理活動的興起，篇籍形態的規範又有了較大發展。漢初以後，統治者廣為搜集書籍，並加以初步整理，先秦文獻單篇流傳的狀況開始改變。司馬遷編撰《史記》時，已經讀到眾多已成書的先秦典籍，且多有稱引其篇目，或曰某書多少篇，可見這些文獻在那時已得到一定程度的整理。【二】

篇籍形態的規範，最突出的體現是目錄的編纂。漢初已有目錄，銀雀山出土的《孫子兵法》，據推測寫於西漢文帝、景帝至武帝初期這段時期內。【三】諸篇有篇題，且各篇篇題還另外抄寫在木牘上，最後用繩子捆紮在簡冊上，木牘所載，類似書籍目錄性質。【四】西漢末，劉向理校群書、整理篇章，圖書的編纂走向規範，其中最重要的一個方面便是目錄的編訂。《漢志》記載劉向等校書時「每一書已，向輒條其篇目，撮其旨意，錄而奏之。」（《漢書》，頁一七〇一）根據劉向所撰寫的《孫卿新書》、《晏子》等書的敘錄可知，劉向校理群書，程序往往是：去掉重複篇目、定著後加以詳細對校、寫定正本、撰寫該書的書錄並詳列目錄、上奏皇帝。《漢志》所說的「條其篇目」，就是定著並詳列目錄。目錄的撰寫體現出一種系統思維。在剛開始，撰寫目錄可能只是對一書中已有篇題的簡單抄錄，但如果是在文獻整理工作的基礎之上撰寫目錄，面對錯雜重複的篇章，有時需要對整部著作的內容加以全面觀照並重新建立結構合理的系統，這時目錄的釐定、篇題的撰寫也隨之呈現出一定條理性。

如劉向為《晏子》篇、章的命題。《史記·管晏列傳》云：「吾讀管氏〈牧民〉、〈山高〉、〈乘馬〉、〈輕重〉、〈九府〉及《晏子春秋》，詳哉其言之也。」（《史記》，頁二一三六）對比可見，當時《管子》可能只是單篇流傳，尚未成書，而《晏子春秋》已經成書了。但是根據劉向所撰寫的《晏子敘錄》的說明，劉向對其篇章結構做了較大的改動，主要是分內、

【一】林清源：《簡牘帛書標題格式研究》（台北：藝文印書館，二〇〇四年），頁一一〇—一一二。

【二】具見金德建：《司馬遷所見書考》（上海：上海人民出版社，一九六三年）。

【三】吳九龍釋：《銀雀山漢簡釋文》（北京：文物出版社，一九八五年），頁一三。

【四】《銀雀山漢簡釋文》，頁一一—一二。

外篇，內篇分諫、問、雜三類，外篇則收入諸篇中重複而不合經術者【一】，條理十分清晰。其中內篇諫上、下各章的標題都非常整飭，如《莊公矜勇力不顧行義晏子諫第一》、《景公飲酒酣願諸大夫無為禮晏子諫第二》、《景公飲酒酲三日而後發晏子諫第三》等，每章都是晏子的「諫」。內篇問上、下各章的標題，則如《莊公問威當世服天下時耶晏子對以行也第一》、《莊公問伐晉晏子對以不可若不濟國之福第二》等，一問一對，亦有定式。劉向所擬篇題分別為「諫」、「問」，是對各章內容和體制的概括，每篇都是對同一類材料的類編。四篇中的各章，內容完整，且行文和章名都有定式，可以看作獨立的文章。劉向所校《晏子》的章題，與先秦古書篇章的題目迥異，基本可以確定為劉向所定，余嘉錫對此有過論證【二】。古書為章命名的做法鮮見，劉向所命名的章題，體現了他對每章材料的內容、體制的概括，也反映出他的文體觀念。

當然，劉向在校理群書時，並不是對每本書都作如此大的改動。有一些著作，特別是經部和一些先秦諸子之書，劉向可能只是定著篇章、校讎字句。【三】然而，根據出土文獻的狀況我們可以知道，在先秦的簡冊中，無篇題的文獻所佔比例是很可觀的。而且據劉向所述，中秘的藏書存在著「錯亂相糅莒」（《戰國策敘錄》）、「章亂布在諸篇中」（《列子敘錄》）等情況。因此，根據劉向校書的體例，出於編寫目錄的需要，他應該做過不少整理、完善篇題甚至為無篇題的文獻命題的工作，而且經過編目、定題的文獻數目應該是很龐大的，工作的規模肯定也是非常巨大的。文獻的命篇是整理文獻的客觀需求和必然結果。因此，這些校書活動無疑進一步促成了文獻的命篇，並使命篇的方式逐步規範化。

在漢代，除了圖書典籍，對單篇文章、文書檔案進行收集整理時，也有編訂目錄、擬

【一】根據《晏子敘錄》，劉向取中外書三十篇，除複重二十二篇，餘八篇。但現存八篇中的兩篇外篇是取諸篇中重複及不合經術者而成的，可知劉向已對原書結構作了很大的改動，余嘉錫先生《古書通例》論之甚詳。該書經其編次後目錄為：「內篇諫上第一，凡二十五章。內篇諫下第二，凡二十五章。內篇問上第三，凡三十章。內篇問下第四，凡三十章。內篇雜上第五，凡三十章。內篇雜下第六，凡三十章。外篇重而異者第七，凡二十七章。外篇不合經術者第八，凡十八章。」（劉向、劉歆撰，姚振宗輯錄，鄧駿捷校補：《七略別錄佚文　七略佚文》（澳門：澳門大學二〇〇七年出版），頁三四。）

【二】余嘉錫認為現存《晏子春秋》的篇題、章題皆是劉向所為：「全書二百十五章，皆有章名，輒至一二十字，……與他書之但有篇名無章名者迥異，亦向編次時之所為。……是已解散其篇第，離析其章句，分者合之，合者分之，非復原書之本來面目矣。既已別加編次，則舊本篇名皆不可用，故重為定著之如此。……向所校定，未有詳於此書者。」見《目錄學發微　古書通例》，頁二八三。

【三】以《筦子》（即《管子》）為例，司馬遷《史記》已云：「吾讀管氏〈牧民〉、〈山高〉、〈乘馬〉、〈輕重〉、〈九府〉，及《晏子春秋》，詳哉其言之也。」（《史記．管晏列傳》，頁二一三六）劉向《管子敘錄》引《史記》之文，又曰：「《九府》書民間無有，〈山高〉一名〈形勢〉。」（劉向敘錄，黎翔鳳撰、梁運華整理：《管子校注》（北京：中華書局，二〇〇四年），頁四）審其語，該篇題在劉向之前已存在，非其所加。考之《史記》，記載這些諸子著作篇目的材料每每可見，如《韓非子》的篇目等，此不詳述，可見金德建：《司馬遷所見書考》。

定篇題。詔策等政事之文在寫成以後便進入上下級之間、政府機構之間的流通進程，一般沒有標題，這從居延漢簡等出土簡牘以及《史記》、《漢書》等史書的引用狀況中都可以證實。由於數量較多，在歸檔整理的時候，命篇甚至撰寫目錄便很有必要。《居延漢簡甲編》中二五五一簡，據陳夢家考證，其內容為詔書目錄。【一】簡文為：「縣置三老二、行水兼興舩十二、置孝弟力田廿二、徵吏二千石以符卌二、郡國調列侯兵卌二、年八十及孕未需頌毄五十二。」【二】其中每個條目都是詔書的篇題，條目前半部分的文字是對詔書的概括性文句，後面的數字是詔書的編號。在傳世文獻中也可以見到詔書有類似的命篇方式。如《漢志》有「《高祖傳》十三篇」。班固注：「高祖與大臣述古語及詔策也。」（《漢書》，頁一七二六）對照《漢書．魏相丙吉傳》記載：「高皇帝所述書《天子所服第八》曰……」（《漢書》，頁三一三九），如淳注曰：「第八，天子衣服之制也，於施行詔書第八。」（《漢書》，頁三一四一）《天子所服第八》是這篇詔書的題目，而且它處於「施行詔書」的第八篇，可知這些詔書已被編集在一處，「施行詔書」或可理解為詔書冊之總名，「第八」則表示具體的詔書的編號或位置。在漢代，詔、令有分別，也有混同之處。【三】天子的詔書可編定為令，此後便具有法律效力。在編定的過程中，便有命題的必要。如武威漢簡的「王杖詔令冊」收有五個詔書令文件，部分詔令後有「蘭台令卌三」、「令在蘭台第卌三」的說明，最後一簡寫有「右王杖詔書令在蘭台第卌三」【四】，既是對詔書令內容和性質的總括，也表明了其收藏處與篇目。《後漢書·律曆志》的「《令甲》第六《常符漏品》」（《後漢書》，頁三〇三二）也是類似的例子。這反映了整理者在詔書冊或詔書目錄中為諸篇詔令命題的情況，而且命題的方式都比較統一和規範。由此我們也可以了解詔令文書在漢代真實的政治生活中的命篇，與後世《文選》等文集中類似文體的命篇方式並不相同，從中可以窺見命篇方式的發展脈絡。

總之，資料彙編與目錄編制進一步促進了文獻命題的規範和自覺。此後在以《文章流別集》、《文選》為代表的總集以及別集的編撰中，由於編目的需要，文章命題成為文集編纂的必要步驟。在此基礎上，隨著文體種類的日益繁茂、辨體意識的日益明晰，以體命題的原則逐漸佔據了主流。故從歷史的角度來看，以劉向為代表的漢代文獻整理者，是別集、總集編纂的先導，也是有目的地、規範地對文獻進行命題的重要推動者。

以上所論，都是整理者為文獻命題，然篇題亦有作者自命者，只是此風較為晚起。余嘉

【一】陳夢家：〈西漢施行詔書目錄〉，《漢簡綴述》（北京：中華書局，一九八〇年），頁二七五—二八四。

【二】中國社會科學院考古研究所編：《居延漢簡甲乙編》（北京：中華書局，一九八〇年），上冊甲圖版壹捌壹，下冊釋文頁三。

【三】陳夢家：《漢簡綴述》，頁二七八。

【四】武威縣博物館：《武威新出王杖詔令冊》，甘肅省文物工作隊編：《漢簡研究文集》（蘭州：甘肅人民出版社，一九八四年），頁三五—三七。

錫先生的《古書通例》已指出：「古人之著書作文，亦因事物之需要，而發乎不得不然，未有先命題，而強其情與意曲折以赴之者。故《詩》、《書》之篇名，皆後人所題。諸子之文，成於手著者，往往一意相承，自具首尾，文成之後，或取篇中旨意，標為題目。」【一】余先生認為作者自為標題，始於成於手著的諸子之文。余先生的推測，在現有文獻中不易找到實質的證據。我們認為最早可以確定為作者有意識自製篇題的諸子之文是成書於秦代的《呂氏春秋》。其〈序意〉曰：「凡《十二紀》者，所以紀治亂存亡也，所以知壽夭吉凶也。」【二】既然明確言及「十二紀」，那麼至少「孟春紀」、「仲春紀」等篇題，應是作者自題。秦漢以後，著書時自為篇題，成為比較普遍的趨向。如劉安的《淮南子．要略》云：「故著二十篇，有〈原道〉，有〈俶真〉，有〈天文〉……」【三】可見劉安的著作是自己為諸篇命題的。司馬遷的《史記》也是如此，〈太史公自序〉已明確說明《史記》的篇目結構。至於詩賦創作更是如此。《史記．司馬相如列傳》：「相如見上好僊道，因曰：『……臣嘗為〈大人賦〉，未就，請具而奏之。』」（《史記》，頁三〇五六）〈大人賦〉應為司馬相如所自擬之題。

第三節　從命篇到命體

雖然先秦時代文體與文體觀念尚未成熟與定型，命體的情況相當複雜，但卻標誌著早期文體觀念的發生，這在文體學史上具有重要意義。對於文獻整理而言，從命篇到命體乃是順理成章之事。篇章的命題是整理者對該文獻的內容、創作目的、體式等性質的研判和概括，故「命篇」是一種隱在的文章學「批評」。再深入一步看，一些命篇即含有命體因素，題目含有對該文獻的文體認定，這種命篇與命體，又顯現古人的文體學觀念。如《尚書》一部分篇目的命題，已帶有一些文體認定的意味。

在先秦文獻中，有些篇題中直接出現文體之名，體現了當時人們的文體意識，對後世的辨體意識產生了很大的影響。古人往往根據文章篇題來辨體，如根據《尚書》諸篇的題目來辨體。成於漢代的《尚書大傳》有云：「六誓可以觀義，五誥可以觀仁，〈甫刑〉可以觀誡，〈洪範〉可以觀度，〈禹貢〉可以觀事，〈皋陶謨〉可以觀治，〈堯典〉可以觀美。」【四】基於《尚書》的篇題，初步歸納出誓、誥二體。而且值得注意的是，《大傳》對文獻的列舉方式與

【一】《目錄學發微　古書通例》，頁二一一—二一二。

【二】呂不韋編，許維遹集釋，梁運華整理：《呂氏春秋集釋》（北京：中華書局，二〇〇九年），頁二七四。

【三】劉安編，劉文典撰，馮逸等點校：《淮南鴻烈集解》（北京：中華書局，一九八九年），頁七〇〇。

【四】《尚書大傳》是秦漢時伏生所傳，漢代時由其弟子整理其學說所撰，劉向曾奏此書目錄，後鄭玄重新詮次並為其作注。《大傳》在宋代便有殘缺，並亡於元明之際，清人有輯佚本。此段文字來自《困學紀聞》卷二所引《尚書大傳》，可據，見王應麟著：《困學紀聞》（上海：上海古籍出版社，二〇〇八年），頁二六二。

《後漢書》對文章的著錄方式有著明顯的相通之處，即對於有明顯文體歸屬的，列出其文體之名，沒有明顯的文體歸屬的則直接列出其篇名。大約成於東晉的〈尚書大序〉更歸納出六體：「典、謨、訓、誥、誓、命之文，凡百篇。」（《十三經注疏》，頁一一四）這六體都來自《尚書》篇題。到了唐代孔穎達，則更為廣之：「致言有本，名隨其事。檢其此體為例有十，一曰典，二曰謨，三曰貢，四曰歌，五曰誓，六曰誥，七曰訓，八曰命，九曰征，十曰範。〈堯典〉、〈舜典〉二篇，典也。〈大禹謨〉、〈皋陶謨〉二篇，謨也。……」（《十三經注疏》，頁一一七）孔穎達從《尚書》篇題歸納出「十體」，當然帶著後人的眼光，未必是《尚書》的分類實際，但這種因題辨體的思維的存在，值得重視。它不僅僅存在於對經部文獻的批評，魏晉六朝以來，《文心雕龍》成為集部文體批評領域中因題辨體的先聲。在宋代以後，因題辨體更成為文章學領域普遍的辨體模式。

在先秦有限的文獻篇題中追尋文體發展的軌跡，有些是偶然出現的個案，有些則是多次出現的常例，後者顯然更具代表性與說服力。《尚書》便是如此。先秦文獻所引《書》類文獻中，有些具有「文體」性質的詞在篇題中重複出現。「誓」，如〈湯誓〉、〈太誓〉、〈禹誓〉；「誥」，如〈盤庚之誥〉、〈康誥〉、〈唐誥〉、〈仲虺之誥〉、〈尹誥〉[二]；「訓」，如〈伊訓〉、〈夏訓〉；「命」，如〈兑命〉、〈葉公之顧命〉；「刑」，如〈甫刑〉，又《左傳·昭公六年》有云：「夏有亂政而作〈禹刑〉，商有亂政而作〈湯刑〉，周有亂政而作〈九刑〉。」（《十三經注疏》，頁二〇四四）從這些篇題的相似性，我們可以了解到部分《書》類文獻的命名原則及其基本體類。其篇題基本上都是標舉篇中關鍵的事物，不少篇題在此基礎上進一步概括其文體的因素，命題的同時亦為命體，反映命題者對該文獻文體性質的認識，具有典型意義，非常值得注意。

除了《書》類文獻，現存先秦文獻中還有一些以體命題的材料。如：《左傳．襄公四年》引有「〈虞人之箴〉」，又作「〈虞箴〉」（《十三經注疏》，頁一九三三），後人認為乃箴體濫觴。《逸周書．文傳解》：「〈夏箴〉曰……」[二]《呂氏春秋．應同》引「〈商箴〉云：『天降災布祥，竝有其職。』」[三]《呂氏春秋．謹聽》引「〈周箴〉曰：『夫自念斯學，德未暮。』」[四]時代定於戰國中晚期的上博簡（七）《武王踐阼》引有〈檻（鑒）名（銘）〉、〈鑑（盤）名（銘）〉、〈桯（楹）名（銘）〉、〈梠（杖）名（銘）〉、〈卣（牖）名（銘）〉數題，可與《大戴禮記．武王踐阼》所載十六條銘題相印證。《禮記．大學》有「湯之〈盤銘〉曰：

【一】〈禮記．緇衣〉作「尹吉」，研究者根據郭店簡、上博簡，確定應為〈尹誥〉。

【二】黃懷信、張懋鎔、田旭東撰：《逸周書彙校集注》（修訂本）（上海：上海古籍出版社，二〇〇七年），頁二四五。

【三】《呂氏春秋集釋》，頁二八八。

【四】《呂氏春秋集釋》，頁二九六。

『苟日新，日日新，又日新。』」（《十三經注疏》，頁一六七三）《禮記・祭統》有「衛孔悝之〈鼎銘〉。」（《十三經注疏》，頁一六〇七）《商子・更法》：「於是遂出《墾草令》。」【一】余嘉錫認為「凡《管》、《商》書中多當時之教令，特此篇明見篇名，最為可據耳。」【二】此外，上博簡有〈鮑叔牙與隰朋之諫〉、清華簡有〈傅說之命〉等篇題，皆出現所標誌的文體（諫、命）名稱。

值得注意的是，先秦所引文獻，有不少同文異題現象，即同一篇章，有不同題目，其中《尚書》最為典型。除去異體字、假借字、同義字等情況，其原因大致有二類：第一，命題時取事與義的不同而造成篇題的不同。如〈堯典〉，《孟子・萬章上》引作〈堯典〉，《禮記・大學》引作〈帝典〉。《墨子・明鬼下》引〈禹誓〉，記載與有虞氏戰於甘之事。〈書序〉曰：「啟與有扈戰于甘之野，作〈甘誓〉。」【三】兩者同篇異題。【四】以上兩例，雖然標舉關鍵的人、事、物有所不同，但都遵循了「以事與義題篇」的原則，而且其不變的，是對該篇文體性質的概括：「典」及「誓」。可見，不同命題者對文獻內容的概括雖然有所不同，但對其體式、性質的認識是相對一致的。第二，對同篇文獻的命題繁簡不同。如：《國語・周語上》引〈盤庚〉，而《左傳・哀公十一年》引作〈盤庚之誥〉。《左傳・昭公六年》引〈湯刑〉，而《墨子・非樂上》引作〈湯之官刑〉。以上兩例或以「某某之體」的體式來命篇，恰恰是對文獻的文體性質的認同與強調，表現出比較強的文體意識。先秦以來的文獻以「某某之體」這種形式命題的例子不少，如上博簡（七）〈武王踐阼〉有〈鑑（盤）名（銘）〉、〈桯（楹）名（銘）〉、〈柁（杖）名（銘）〉、〈卣（牖）名（銘）〉數題，《大戴禮記．武王踐阼》分別作〈鑒之銘〉、〈盥盤之銘〉、〈楹之銘〉、〈杖之銘〉、〈牖之銘〉。【五】又如上文所舉〈虞箴〉與〈虞人之箴〉。這是命題之人突出強調文獻之文體性質，是早期文章命題、命體的一種常見的形式。

先秦文獻中還存在同文異體現象，即同一文獻，不但篇目不同，所標誌的文體亦相異，這更值得注意。如〈湯誓〉又作〈湯說〉。《國語．周語上》：「在〈湯誓〉曰：『余一人有罪，無以萬夫。萬夫有罪，在余一人。』」【六】《墨子．兼愛下》：「雖〈湯說〉即亦猶是也。湯

【一】《商子》卷一，四部叢刊初編本第六十一冊，頁一。
【二】《目錄學發微　古書通例》，頁二三三。
【三】《尚書今古文注疏》，頁五六〇。〈書序〉的成書年代不明，但不少學者認為其成於先秦，最晚不超過漢初，所以，〈甘誓〉之篇題的形成，也不會太晚，大抵是秦漢間解經之人所作。
【四】將墨子所引〈禹誓〉與孔傳本〈甘誓〉對照，其文大抵類似，故大致認為〈禹誓〉、〈甘誓〉同屬一篇。然對於該文是禹還是啓伐有扈之誓以及作者何人，則各有説法。皮錫瑞看法比較通達：「古者天子征討諸侯，誅其君，不絕其後。……則禹伐有扈，何必啓不再伐？……〈墨子〉引此經為〈禹誓〉，或所傳異耳。」〔皮錫瑞撰：《今文尚書考證》（北京：中華書局，一九八九年），頁一九〇〕
【五】孔廣森撰：《大戴禮記補注》（北京：中華書局，二〇一三年），頁一一六——一一八。
【六】《國語集解》，頁三二。

曰：『……萬方有罪，即當朕身，朕身有罪，無及萬方。』」【一】經考證兩處所引同為湯禱雨之辭，但一題為「誓」，一題為「說」，對文體認定有異。按：《周禮．春官．大祝》有云大祝「掌六祈」，其中「六曰說」，鄭注云：「攻說則以辭責之。」（《十三經注疏》，頁八〇八—八〇九）《墨子．兼愛下》下文又曰：「以祠說于上帝鬼神。」【二】可見，「說」是一種祭名或祭禮中的言說方式，因此〈湯說〉的「說」，應指這種祭祀儀式中所用到的「以辭責之」的文體。「誓」在先秦的使用頗廣，祭祀、出師、田獵時往往都行誓禮，甚至行射禮、過他邦假道、入境有時都會行誓禮。誓的含義比較複雜，有對臣下、將士的戒誓，也有對鬼神的起誓等，其中後者與祭祀的「說」有一定的相通之處。又如〈太誓〉作〈大明〉。〈太誓〉見引於諸多先秦古籍，或作〈泰誓〉、〈大誓〉，「太」、「泰」即「大」，且不討論。而《墨子．天志中》引作〈大明〉。陳夢家認為〈大明〉即〈大誓〉，亦即〈大盟〉【三】，蔣善國更將〈墨子〉引〈大明〉、〈太誓〉的三段文字加以對比，確定三者都是〈大誓〉之文，「明」即「盟」，而「盟」、「誓」兩體相互關聯。【四】

先秦文獻所引《尚書》之同文異體現象具有深刻而豐富的文體學與文章學意蘊：它反映了中國古代文體分類學有一定模糊性，有些文體之間存在相關性與交叉關係。同文異題或同文異體現象雖出現於先秦時期，卻是歷代都存在的文體學現象。如漢代「頌」、「賦」二稱經常通用。《史記．司馬相如列傳》：「相如以為列僊之傳居山澤閒，形容甚臞，此非帝王之僊意也，乃遂就〈大人賦〉。其辭曰：……」後文又云：「相如既奏〈大人之頌〉，天子大説。」（《史記》，頁三〇五六、三〇六三）同一文章，既稱「賦」，又稱「頌」。又如馬融〈長笛賦序〉云：「追慕王子淵、枚乘、劉伯康、傅武仲等〈簫〉、〈琴〉、〈笙〉頌，唯笛獨無，故聊復備數，作〈長笛賦〉。」【五】《漢志》「詩賦略」中有「李思〈孝景皇帝頌〉十五篇」（《漢書》，頁一七五〇），後人或斥《漢志》類例不純【六】，在筆者看來，這可能反映出同文異體現象，以「頌」為「賦」之屬。「同文異題」或「同文異體」現象，在中國古代並不少見，它所反映出的中國文體分類學的複雜性問題，具有普遍意義。【七】

【一】《墨子閒詁》，頁一二二—一二三。

【二】《墨子閒詁》，頁一二三。

【三】〈尚書通論〉，頁八八。

【四】蔣善國：《尚書綜述》（上海：上海古籍出版社，一九八八年），頁二一九。

【五】蕭統編，李善注：《文選》（上海：上海古籍出版社，一九八六年），頁八〇八。

【六】章學誠：《校讎通義．漢志詩賦第十五》，《文史通義校注》，頁一〇六六。

【七】如《宋書》卷九十三記載陶淵明歸終前：「與子書以言其志，并為訓戒。」（沈約撰：《宋書》（北京：中華書局，一九七四年），頁二二八九）《太平御覽》卷五九四作〈陶淵明遺戒〉；《六藝流別》卷八命名為〈道誡〉；〈戒子通錄〉卷四以之為「疏」；《陶淵明集》卷八、《文章辨體彙選》卷二七九、《漢魏六朝百三家集》卷六十二《陶淵明集》皆題為〈與子儼等疏〉。同一內容的文章或被命為戒體，或被命為疏體。

「以體命題」的方式發端於先秦，以《書》類文獻的篇題為代表，也偶見於其他文類。

直至漢代，文章「以體命題」的現象逐漸增加。略舉數種常體為例：

「頌」：《東觀漢記》：「蒼因上〈世祖受命中興頌〉，上甚善之。」【一】《東觀漢記》：「使作〈神雀頌〉。」【二】

「箴」：《漢書・揚雄傳》：「箴莫善於〈虞箴〉，作〈州箴〉。」《漢書・游俠傳》：「先是黃門郎揚雄作〈酒箴〉以諷諫成帝。」（《漢書》，頁三五八三、三七一二）

「銘」：《漢志》道家：「〈黃帝銘〉六篇。」（《漢書》，頁一七三一）《文選》所收揚雄〈甘泉賦〉下李善注曰：「雄答劉歆書曰：『雄作〈成都城四隅銘〉。』」（《文選》，頁三二一）

「解」：《漢書・揚雄傳》：「時雄方草《太玄》，有以自守，泊如也。或嘲雄以玄尚白，而雄解之，號曰〈解嘲〉。其辭曰：……」「客有難《玄》大深，眾人之不好也，雄解之，號曰〈解難〉。其辭曰：……」（《漢書》，頁三五六五—三五六六、三五七五）

「書」：《史記・司馬相如列傳》：「相如他所著，若〈遺平陵侯書〉、〈與五公子相難〉、〈草木書〉篇不採，採其尤著公卿者云。」（《史記》，頁三〇七三）

「論」：《漢書・東方朔傳》：「又設〈非有先生之論〉，其辭曰：……」《漢書・敘傳》：「乃著〈王命論〉以救時難。」《漢志》「諸子略」：「〈荊軻論〉五篇。（班固注：軻為燕刺秦王，不成而死，司馬相如等論之。）」（《漢書》，頁二八六八、四二〇七、一七四一）

「制」：《史記．封禪書》云：文帝「使博士諸生刺《六經》中作〈王制〉，謀議巡狩封禪事」。《史記索隱》於此處引「劉向《七錄》【三】云：『文帝所造書有〈本制〉、〈兵制〉、〈服制〉篇。』」【四】

「對」：《漢志》「諸子略」有「〈博士臣賢對〉一篇。（班固注：漢世，難韓子、商君）。」又有「河間獻王〈對上下三雍宮〉三篇。」《漢志》「六藝略」：「〈封禪議對〉十九篇。」（《漢書》，頁一七四一、一七二六、一七〇九）

「策」：《新書．數寧》：「因陳治安之策，陛下試擇焉。」【五】《東觀漢記》：（申屠剛）「舉賢良對策。」【六】

「祝」：《漢書．賈鄒枚路傳》：「武帝春秋二十九乃得皇子，羣臣喜，故皋與東方朔作〈皇太子生賦〉及〈立皇子禖祝〉。」（《漢書》，頁二三六六）《周禮．春官．大祝》鄭玄注：

【一】劉珍等撰，吳樹平校注：《東觀漢記校注》（北京：中華書局，二〇〇八年），頁二四二。

【二】《東觀漢記校注》，頁六二八。

【三】按：此處《七錄》疑為《別錄》之誤。

【四】《史記》，頁一三八二—一三八三。按：盧植認為文帝的〈王制〉即《禮記．王制》，對此皮錫瑞有過詳細批駁，見〈鄭志疏證〉附〈答臨孝存周禮難〉，《續修四庫全書》第一七一冊，頁三七九。

【五】賈誼撰，閻振益、鍾夏校注：《新書校注》（北京：中華書局，二〇〇〇年），頁三〇。

【六】《東觀漢記校注》，頁五六四。

「董仲舒〈救日食祝〉曰……」（《十三經注疏》，頁八〇九）

此外，有一部分漢代的碑刻會在碑額刻寫「某某碑」的標題。如「武斑碑」，其額題「故敦煌長史武君之碑」；「鮮于璜碑」，其額題「漢故雁門太守鮮于君碑」等等，其例甚多【二】。此處之「碑」未必即指文體，或僅指其刻寫媒介，但對後世碑體的文體認定有較大影響。

漢代「以體命題」的命題方式，有一些是與先秦一脈相承的，但又有明顯的變化與發展，表現出漢代文體觀念正在走向成熟與自覺。漢代文章的命篇與命體有幾個特點：

首先，漢代的作者自命篇題的單篇文章創作日多，其中賦體文最為突出。以《史記》所記載的司馬相如賦作為例：《史記·司馬相如列傳》記載司馬相如向皇帝「請為〈天子游獵賦〉」，賦成才上奏，又自述「嘗為〈大人賦〉，未就，請具而奏之」（《史記》，頁三〇〇二、三〇五六）。可見是先命題，再創作。在命題之時，並已明確自己所創作的是「賦」這種文體。又如班固在《漢書·敘傳》自述：「作〈幽通之賦〉，以致命遂志。」（《漢書》，頁四二一三）作者更是既明確自己所作的是何文體、命何題，且對為賦之作意有非常明晰的說明。馬融〈長笛賦序〉曰：「追慕王子淵、枚乘、劉伯康、傅武仲等〈簫〉、〈琴〉、〈笙〉頌，唯笛獨無，故聊復備數，作〈長笛賦〉。」（《文選》，頁八〇八）馬融不僅依據前人之作自擬題目，更以序來說明寫作緣由，在文體自覺上又更進一步。

其次，為他人命篇命體，如由上司為下屬命題或命體創作的情況也十分普遍。《漢書·

賈鄒枚路傳》：「（枚皋）從行至甘泉、雍、河東，東巡狩，封泰山，塞決河宣房，游觀三輔離宮館，臨山澤，弋獵射馭狗馬蹵鞠刻鏤，上有所感，輒使賦之。為文疾，受詔輒成，故所賦者多。」「武帝春秋二十九乃得皇子，羣臣喜，故皋與東方朔作〈皇太子生賦〉及〈立皇子禖祝〉。受詔所為，皆不從故事，重皇子也。」（《漢書》，頁二三六六—二三六七）又如頌體，《漢書．嚴朱吾丘主父徐嚴終王賈傳》：「詔褒為聖主得賢臣頌其意。」（《漢書》，頁二八二二）《東觀漢記》：「帝召賈逵，勑蘭台給筆札，使作〈神雀頌〉。」【二】此皆為應制之作。

再次，對前人篇題與文體的摹擬。如揚雄就有意識地以前人文體經典為範本，特意摹擬。《漢書．揚雄傳》記載：「其意欲求文章成名於後世，以為經莫大於《易》，故作《太玄》；傳莫大於《論語》，作《法言》；史篇莫善於《倉頡》，作《訓纂》；箴莫善於〈虞箴〉，作〈州箴〉；賦莫深於〈離騷〉，反而廣之；辭莫麗於相如，作四賦。」（《漢書》，頁三五八三）揚雄依〈虞箴〉作〈十二州二十五官箴〉，摹擬〈離騷〉作〈反騷〉，摹擬司馬相如賦而作〈甘泉賦〉、〈河東賦〉、〈羽獵賦〉、〈長楊賦〉。對經典的摹擬，是建立在對其體式與風格兩方面準確把握的基礎上的，揚雄以文體摹擬作為「文章成名於後世」的方式，

【一】所舉例子參高文：《漢碑集釋》（鄭州：河南大學出版社，一九九七年）。

【二】《東觀漢記校注》，頁六二八。

這不僅是一種創作方式，還反映出強烈而自覺的文體意識，頗有文體學的意義。

漢人的命篇與命體的意識已比較明晰了，這正是集部興盛的基礎與前奏。然而，若與魏晉南北朝相比，漢代文體學的發展尚處於一個獨特的「過渡期」。它既告別了先秦文體蒙昧的狀態，但諸體又未達到魏晉南北朝那樣均衡的、全然的成熟。文體叢生，某一些文體體制臻於成熟，創作繁多，作品廣為流播，以賦體文為代表；一些文體雖然有廣泛的寫作，但基本只局限在應用的範圍內，如政事之文。這就導致漢代眾體文章命名發展到「以體命題」的進程是不一樣的，有著明顯的不平衡性。從《史記》、《漢書》等史籍的記載來看，賦體文以體命題的情況非常普遍；但是如詔、章、奏、表、議、上書、對策這一類應用類的政事文體，有篇題的則非常少，差別明顯。

中國文體學史研究首先要面對文體觀念發生的問題。從語言形式內部入手，研究古代文獻的命篇與命體是其最重要的研究路徑之一。先秦古書在漫長與複雜的文獻流傳過程中，不斷受到改寫重編，所以研究文體觀念發生所依據的材料，主要應該是出土文獻和先秦古書所徵引的原始文獻。文體觀念發生的標誌就是使用者對於所指稱的具體文獻之文體獨特性已有明確認識與認同，能把握該文體獨特的形式感，而且將該文獻的文體名稱明確標示出來，這實際上也反映出對不同文體之間差異的體認。命篇與命體是文體觀念發生最重要的表現形態。這種在現代人看來簡單的一小步，卻是早期文體學發展漫長而關鍵的一大步。通過考察早期篇章形態與篇章觀念的發生、篇章命名與以體命篇的歷史發展，可以窺見中國古代文體觀念發生與發展的重要線索。從先秦到漢代，文獻的命篇與命體從無到有，呈現越來越明晰的趨勢，但在文體分類上還是存在許多模糊與不平衡，在集部文體分類成熟以後，命篇與命體才基本得以統一。命篇與命體的歷史進程反映了中國文體觀念的發生，它既是中國文體學史的起點，也是其理論雛形和理論基因，對中國文體學發展產生了重要而深遠的影響。

「九能」説與早期文體觀念

自漢代以來，「九能」之說成為一個文學批評的重要命題，歷代多有引用和闡釋，惜尚未見系統深入的理論研究。【一】

現存「九能」說的最早文獻來自漢儒毛亨對《詩·鄘風·定之方中》一詩的解釋（下稱《毛詩傳》）。毛氏認為此詩歌頌衛文公遷居楚丘，建城營宮之事。詩中「卜云其吉，終然允臧」句言遷都之前占卜之事，《毛詩傳》曰：「龜曰卜。允，信。臧，善也。建國必卜之。故建邦能命龜，田能施命，作器能銘，使能造命，升高能賦，師旅能誓，山川能說，喪紀能誄，祭祀能語，君子能此九者，可謂有德音，可以為大夫。」（《十三經注疏》，頁三一六）此即著名的「九能」說。謂君子有此九能則成其「九德」，可以授為大夫，這體現了對士大夫文辭、禮儀、言語等各方面能力的要求。

孔穎達疏云：「《傳》因引『建邦能命龜』，證建國必卜之，遂言『田能施命』，以下本有成文，連引之耳。」（《十三經注疏》，頁三一六）他認為《毛詩傳》這段話「本有成文」，是毛亨引用前人成語。因為它具有完整性，不可割裂，故引了「建邦能命龜」一語，連帶引出整段話。從引文來看，本至「建國必卜之」意思已完整清晰了，而後接「故建邦能命龜……」數語，乃渾言也。從上下語境看，孔疏可從。

由於文獻不足，《毛詩傳》所引之「九能」說，難以論斷為何時何人之語。清代孫志祖說：「西漢經訓之存於今者，惟《詩毛傳》最可寶貴，其所徵引古書逸典，孔穎達作《正義》

已不能詳。」【二】孔穎達確實曾多次表達不知《毛詩傳》所引文獻之所出。如《王風．丘中有麻》疏說：「毛時書籍猶多，或有所據，未詳毛氏何以知之。」《魏風．伐檀》疏說：「毛氏當有所據，不知出何書。」《小雅．魚麗》疏說：「此皆似有成文，但典籍散亡，不知其出耳。」（《十三經注疏》，頁三三四、三五九、四一七）孔穎達雖然不知所據，然意其必有所出，認定文獻具有可信性。

《漢書．藝文志．詩賦略》：「傳曰：『不歌而誦謂之賦，登高能賦可以為大夫。』」（《漢書》，頁一七五五）所謂「傳曰」應該是引古代典籍或流傳之語。《漢書》中所引之「傳曰」甚多，綜而論之，大概是引用六經之外的儒家典籍。《詩賦略》所引「登高能賦」二句應與《毛詩傳》為同源而縮略。可見，漢代之前，「登高能賦」之語已經流行。陳奐《詩毛氏傳疏》說：「『建邦能命龜』以下，皆用成文，未知所出。《傳》蓋因徙都命卜，連而及之耳。《韓詩外傳》孔子游於景山之上，孔子曰：『君子登高必賦。』《漢書．藝文志》：『傳曰：不歌而

【一】清代王文清嘗作〈大夫九能考略〉，收入氏著《考古略》中，然僅全錄孔疏而已，見《王文清集》。又劉咸炘《尚友書塾課目》嘗載其課目有「《毛詩》九能證」，後注「論文體」，可見劉氏已注意到「九能」與文體之間的關係。見《尚友書塾課目》，《推十書》增補全書已輯。

【二】孫志祖：《讀書脞錄》續編卷一，《續修四庫全書》第一一五二冊（上海：上海古籍出版社，二〇〇二年），頁三〇一。

誦謂之賦，登高能賦，可以為大夫。』或班引出《魯詩傳》，餘義未聞。」【一】認為「登高必賦」之語見於他書。不過，無論《漢書．藝文志》所引的來源如何，都應該是一句早已流傳的古語。《毛詩傳》之所引成文，也應該是如此。「九能」說，推其內容，應為戰國時期流傳下來的典籍古語。【二】

唐代孔穎達《毛詩疏》力圖忠實地闡釋「九能」，既闡釋其內涵，又在先秦典籍中找到有代表性的例證。孔疏無疑是闡釋「九能」說的經典文獻，是我們理解「九能」說的必要途徑。不過，孔疏限於體例，往往舉其一隅，而不及其餘，尚非全面系統之研究。另外，孔穎達受時代的影響，以唐人的理解和想像來描摹和闡釋先秦時代的「九能」，有些說法未必準確。近代以來出土了大量的先秦文獻，這是古人所未能見到的。孔穎達之後，不少學者對於「九能」說有吉光片羽之論，這些都為我們繼續總結與闡釋「九能」說提供了基礎。

研究「九能」說既不能用後代的文章學眼光去比附，也不能完全照搬前人的闡釋，其出發點首先是將它放到先秦時代的文化語境，以相關的傳世文獻為主，並佐之以出土文獻，比較真實而全面地還原先秦時期「九能」說的實際語境與原始意義，然後再考察其內涵在後世的發展。

第一節　釋「建邦能命龜」

「建邦」指建邦國之城。古文字中，「令」與「命」可通用。「命龜」，亦稱「令龜」。命龜就是將所卜之事告卜人以龜占之，以決凶吉。《周禮．春官．大卜》：「大祭祀則　高命龜。」鄭玄注：「命龜，告龜以所卜之事。」（《十三經注疏》，頁八〇四）《周禮．春官．大卜》：「以邦事作龜之八命。」（《十三經注疏》，頁八〇三）命，指命龜，也就是指有待占卜而決定的國家大事。

「命龜」只是占卜的程序之一。在《周禮．春官．大卜》中，就分別有「作龜」、「命龜」、「貞龜」、「陳龜」等，「凡國大貞，卜立君，卜大封，則眡高作龜；大祭祀，則眡高命龜。凡小事，涖卜。國大遷、大師，則貞龜。凡旅，陳龜。凡喪事，命龜。」鄭玄注：「凡大事，大卜陳龜、貞龜、命龜、視高，其他以差降焉。」（《十三經注疏》，頁八〇三—八〇四）此為大卜司職。「其他以差降焉」，是指占卜它事則按級別遞降。《詩．鄘風．定之方中》孔

【一】陳奐：《詩毛氏傳疏》卷四，北京中國書店影印漱芳齋一八五一年本。

【二】劉師培則認為：「毛公此說，必周、秦以前古說。」（劉師培：《論文雜記》（北京：人民文學出版社，一九五九年），頁一二八）

疏云：

〈大卜〉曰：「國大遷、大師則貞龜。」是建國必卜之。〈緜〉云「爰契我龜」是也。大遷必卜，而筮人掌九筮，一曰筮更，注云：「更謂筮遷都邑也。」《鄭志》荅趙商云：「此都邑比於國為小，故筮之。」然則都邑則用筮，國都則卜也。（《十三經注疏》，頁三一六）

上古時，建大都邑，是勞民耗財之舉，絕對需要謹慎從事，占卜命龜就是當時諮詢上天意圖的途徑。先秦不少傳世文獻與「建邦能命龜」有關，《周禮·春官·大卜》：「國大遷、大師，則貞龜。」「大遷」即遷都，就需要占卜問龜。又如《詩·大雅·緜》開篇記載了周王朝的先祖古公亶父，率族人自豳國來到岐山腳下：「周原膴膴，堇荼如飴。爰始爰謀，爰契我龜。曰止曰時，築室于茲。」鄭玄箋：「此地將可居，故於是始與豳人之從己者謀。謀從，又於是契灼其龜而卜之，卜之則又從矣。」（《十三經注疏》，頁五一〇）可見周民族定居於周原，也有問龜程序。《尚書·洛誥》記錄周公說：「予惟乙卯，朝至于洛師。我卜河朔黎水，我乃卜澗水東，瀍水西，惟洛食；我又卜瀍水東，亦惟洛食。伻來，以圖及獻卜。」據僞孔傳，這裏「說始卜定都之意」，又說：「我使人卜河北黎水上，不吉，又卜澗、瀍之間，南近洛，吉。今河南城也。」（《十三經注疏》，頁二一四）所述應就是建都而命龜之事。《詩．鄘風．定之方中》孔疏曰：

「建邦能命龜」者，命龜以遷，取吉之意。若〈少牢〉史述曰：「假爾大筮有常，孝孫某，來日丁亥，用薦歲事于皇祖伯某，以某妃配某氏，尚饗。」〈士喪〉卜曰：「哀子某，卜葬其父某甫，考降無有近悔。」如此之類也。建邦亦言某事以命龜，但辭亡也。（《十三經注疏》，頁三一六）

孔穎達所舉之例，一見《儀禮．少牢饋食禮》，一見《儀禮．士喪禮》，皆與建邦命龜無關。推原孔穎達之意，建邦命龜之辭已亡佚不可見，此二例皆有辭，藉此以見命龜之辭也。在傳世文獻中，「建邦能命龜」的具體之辭，確是少見。《說苑》卷十四記載南宮邊子答魯穆公之語：

昔周成王之卜居成周也，其命龜曰：「予一人兼有天下，辟就百姓，敢無中土乎？使予有罪，則四方伐之，無難得也。」周公卜居曲阜，其命龜曰：「作邑乎山之陽，賢

則茂昌，不賢則速亡。」【一】

這出於漢人的記載，不知所據。

由於孔穎達時代未有甲骨文獻出土，故謂「建邦亦言某事以命龜，但辭亡也。」事實上，不少出土甲骨文獻記載了「建邦命龜」之辭，並形象地展示了「命龜」的物質形態。《殷契卜辭》壹玖貳片甲辭云：「其乍丝邑，四月。」乙辭云：「貞隹龜令。」楊樹達說：「此辭首云作邑，繼云令龜，正所謂建邦命龜也。《毛傳》多陳古義，此九能之一與卜辭正相密合矣。」【二】除了楊先生所舉之例外，在現存甲骨文卜辭中還有一些與建邦「作邑」有關的記載。如：

貞乍大邑。（《合集》一三五一三反）【三】

乍邑于茁。（《合集》一三五〇五正）【四】

王乍邑于牛鼎。（《合集》二〇二七五）【五】

貞我玝邑。（《合集》一三四九九）【六】

皆言作邑命龜之事，與《毛傳》相合，以甲骨文獻和傳世文獻互相釋證，「建邦能命龜」之義便較為清晰。

「建邦能命龜」，舉「命龜」之一用而言也，不可過於拘泥。實則周代舉大事之前，多先命龜以占其凶吉。《周禮．春官》有〈大卜〉、〈卜師〉、〈龜人〉、〈華氏〉、〈占人〉、〈簭人〉六節，記錄了占卜的不同司職與程序，內容相當複雜。占卜的最重要的有「八命」，〈大卜〉云：「以邦事作龜之八命，一曰征，二曰象，三曰與，四曰謀，五曰果，六曰至，七曰雨，

【一】劉向撰，向宗魯校證：《說苑校證》（北京：中華書局，一九八七年），頁三四六。

【二】楊樹達：《積微居甲文說》卷下〈釋乍邑令龜〉條，《楊樹達文集》（上海：上海古籍出版社，二〇〇七年），頁九〇—九一。

【三】胡厚宣：《甲骨文合集》第五冊（北京：中華書局，一九九九年），頁一九〇二。

【四】胡厚宣：《甲骨文合集》第五冊，頁一八九八。

【五】胡厚宣：《甲骨文合集》第七冊，頁二六二三。

【六】胡厚宣：《甲骨文合集》第五冊，頁一八九七。參考宋鎮豪：《商代社會生活與禮俗》（北京：中國社會科學出版社，二〇一〇年），頁一二。劉桓：〈殷墟卜辭「大賓」之祭及「乍邑」、「宅邑」問題〉，載於《中國史研究》，二〇〇五年第二期。

八曰瘳。」鄭玄注：「國之大事待蓍龜而決者有八，定作其辭，於將卜以命龜也。」（《十三經注疏》，頁八〇三）這八者都是國之大事，需要作龜而命之。這「八命」並不包括「建邦」。故筆者認為，「建邦能命龜」意指在重大決策之前，大夫在卜筮活動中具有作命辭的能力。

第二節　釋「田能施命」

「田」，古代打獵和習兵之禮，是狩獵活動與軍事訓練的結合。《穀梁傳·桓公四年》：「春曰田，夏曰苗，秋曰蒐，冬曰狩。」（《十三經注疏》，頁二三七四）《周禮·春官·甸祝》：「掌四時之田。」鄭玄注：「田者，習兵之禮。」（《十三經注疏》，頁八一五）「施命」，「命」即「令」，指施行政令、教命。

《周禮·夏官》有大司馬掌邦政，其屬官有軍司馬、輿司馬、行司馬，其職責就包括了田獵習兵。《周禮·夏官·大司馬》對大司馬所掌的田獵教戰之禮的記載相當詳細，可以看出當時的田獵習兵有一套系統而嚴密的禮制，而「田能施命」則是其部分內容，在田獵習兵中由大司馬負責「施命」。

《詩·鄘風·定之方中》孔穎達疏曰：

> 「田能施命」者，謂於田獵而能施教命以設誓，若〈士師〉職云：「三曰禁，用諸田役。」注云：「禁，則軍禮曰『無干車，無自後射』其類也。」〈大司馬〉職云：「斬牲，以左右徇陳，曰『不用命者斬之』」是也。田所以習戰，故施命以戒眾也。（《十三經注疏》，頁三一六）

孔疏以「田獵而能施教命以設誓」來釋「田能施命」，並認為「田所以習戰，故施命以戒眾也」，這些意見是可取的。

孔疏所引首例為鄭玄注。文見《周禮·秋官·士師》：「掌國之五禁之灋。……以五戒先後刑罰，毋使罪麗于民：一曰誓，用之于軍旅；二曰誥，用之于會同；三曰禁，用諸田役；四曰糾，用諸國中；五曰憲，用諸都鄙。」鄭玄注：「禁，則軍禮曰『無干車，無自後射』，此其類也。」（《十三經注疏》，頁八七四—八七五）按：「禁」是指軍事演練中的各種紀律與禁令。「無干車」是規定各兵車在狩獵時要各行其道，不能為了追逐野獸而影響其他兵車的行駛。「無自後射」是規定若前面有人，則不能在後射箭，恐誤傷他人。

孔疏次例見《周禮·夏官·大司馬》：「羣吏聽誓于陳前，斬牲以左右徇陳，曰『不用命者斬之』。」按孫詒讓的解釋，此誓之意即「不用將帥之命，其刑則斬也」【一】。他還認為：「『田能施命』，命即誓命也。此習戰前之誓，誓以軍法。」（《周禮正義》卷五十六，頁二三三四）

關於田獵之誓的具體情況，前人有所論述。清代江永認為田獵之誓可分為前誓與後誓。【二】孫詒讓解釋說：「前誓，習戰之誓，誓以軍法，即大閱陳車徒羣吏聽誓于陳前是也。後誓，田獵之誓，誓以田法，此表貉後之誓是也。」（《周禮正義》卷五十五，頁二三〇八）孫希旦《禮記集解》的解釋更為細緻。他認為，四時的田獵都是先教戰，然後田獵，而且都有誓。故有「教戰之誓」與「田獵之誓」兩種誓戒之辭。「教戰之誓」用於未出和門之前，「田獵之誓」用於既出和門之後。這和江永所說的前誓與後誓相似。【三】

江永等人的說法，是根據《周禮·夏官·大司馬》所載而得出的。他們認為，田獵之誓的儀式由兩部分組成。在田獵活動之前，有一個軍事演練。用的是「前誓」（「教戰之誓」），其內容是誓以軍法，其辭如《周禮·夏官·大司馬》「大閱」章所引「不用命者斬之」之誓，以警戒軍士行動不得違反軍令。田獵活動正式開始，用「後誓」（「田獵之誓」），誓以田法，如鄭玄注《周禮·夏官·大司馬》「有司表貉誓民」條：「誓曰：『無干車，無自後射，立旌遂圍禁，旌弊爭禽而不審者，罰以假馬。』」（《十三經注疏》，頁八三六）強調田獵活動中的紀律，即孫希旦所說的「戒其從禽之不如法者」。從上引內容看，「教戰之誓」與「田獵之誓」兩種誓誡之辭的性質有明顯差異。軍法顯然極為嚴厲，若違反軍令則「斬之」；而田法要寬鬆許多，不守田法只是「罰以假馬」（籌碼）而已。可見田獵不僅有軍事訓練目的，同時還有某種休閒娛樂功能。

綜上所述，「田能施命」指大夫在田獵習兵中能宣佈命令、紀律，以整肅軍紀，激勵士氣。無論是教戰之誓還是田獵之誓，內容都是宣誡相關紀律與職責，懾以刑罰。「田能施命」的「命」應該屬常規性的儀式套語，應該是對已有軍令法規的宣讀與強調，並非一種臨時的創作。「田能施命」當然與辭令有關，但最需要的未必是辭令能力，而應是大夫對軍法、田法的熟練掌握以及軍事指揮能力和臨陣的威儀風度。

【一】孫詒讓撰，王文錦、陳玉霞點校：《周禮正義》卷五十六（北京：中華書局，一九八七年），頁二三三三—二三三四。

【二】江永：《周禮疑義舉要》卷五，《景印文淵閣四庫全書》第一〇一冊（台北：台灣商務印書館，一九八六年），頁七五八—七五九。

【三】孫希旦撰，沈嘯寰、王星賢點校：《禮記集解》卷十七（北京：中華書局，一九八九年），頁四八一—四八二。

第三節　釋「作器能銘」

「作器能銘」之「器」指器物。器物可分為日常器物與宗廟重器，這種區分頗為重要，因為刻於日常器物與宗廟重器上的銘文內容差異很大。

日常器物與個人生活相當密切，其質地多樣，或金屬之器，或木竹之器。器物之銘，多從器物之用途特點出發闡釋人生哲理與戒慎之思。在傳世文獻中，警戒自勵的銘出現很早。《禮記．大學》：「湯之〈盤銘〉曰：『苟日新，日日新，又日新。』」（《十三經注疏》，頁一六七三）盤銘就是刻在盥洗盤器上的勸誡自勵之辭。盥洗盤器用於潔淨身體，故以之為喻君子自修其德，日日更新。

宗廟重器主要是青銅器。青銅器銘文種類甚多，有徽記、祭辭、冊命、訓誥、記事、追孝、約劑、律令、符、節、詔令、媵辭、樂律、物勒工名等。【一】宗廟重器上所鐫刻的內容主要是記事頌功。古代建功立業，常刻辭於盤鼎以記之，稱「盤鼎」。關於銘，唐蘭總結說：「作器以記事，常也。而作法戒，偶也，故不恆見。」【二】指出在傳世古器上箴誡性的銘較為罕見，這是值得注意的意見。

從文體學的角度看，漢之前論銘多指宗廟重器（盤鼎）之銘，故重在其記事頌功之用；漢之後論銘多指日常器物之銘，故重在箴誡之功。先秦時代對於銘的功用論述主要集中於紀事、述功、讚美的盤鼎之銘。《禮記．祭統》：

> 夫鼎有銘。銘者自名也，自名以稱揚其先祖之美，而明著之後世者也。為先祖者，莫不有美焉，莫不有惡焉。銘之義，稱美而不稱惡，此孝子孝孫之心也。唯賢者能之。銘者，論譔其先祖之有德善、功烈、勳勞、慶賞、聲名，列於天下，而酌之祭器，自成其名焉，以祀其先祖者也。

鄭玄注曰：「銘，謂書之刻之以識事者也。自名，謂稱揚其先祖之德，著己名於下。」（《十三經注疏》，頁一六〇六）漢代的小學著作也如此說。《釋名》：「銘，名也，述其功美，使可稱名也。」（《釋典藝》）【三】又謂：「銘，名也，記名其功也。」（《釋言語》）【四】「銘者，

【一】參見馬承源主編：《中國青銅器》第四章第二節「銘文的格式」（上海：上海古籍出版社，二〇〇三年），頁三五二——三六二。

【二】唐蘭：〈《頌齋吉金圖錄》序〉，《唐蘭先生金文論集》（北京：紫禁城出版社，一九九五年），頁三四二。

【三】劉熙撰，畢沅疏證，王先謙補：《釋名疏證補》（北京：中華書局，二〇〇八年），頁二一七。

【四】劉熙撰，畢沅疏證，王先謙補：《釋名疏證補》，頁一一四。

自名也。」「自名」，就是自載其功，自成其名，這主要是指讚美與記功的盤鼎之銘。

古代頌功紀事之文字，既可鐫刻於鐘鼎，亦可鐫刻於碑碣，寄金石之堅，以求不朽。《墨子．兼愛下》：「以其所書於竹帛，鏤於金石，琢於槃盂，傳遺後世子孫者知之。」【一】《呂氏春秋．求人》云：「功績銘乎金石，著於盤盂。」【二】從歷史發展來看，鐘鼎之銘早於碑碣之銘，但是從漢代開始紀事頌功之用多施之碑碣。蔡邕〈銘論〉謂：

> 鐘鼎禮樂之器，昭德紀功，㠯示子孫，物不朽者莫不朽于金石，故碑在宗廟兩階之閒。近世㠯來，咸銘之于碑。【三】

他指出近代以來，碑銘始盛。因石碑容量更大，可以書寫更多內容，也更具開放性，傳播性更強，故更適合紀事頌功。銘器原有的紀事讚頌功能逐漸被碑銘所代替，而器物之銘的箴誡功能逐漸被強調與放大。揚雄《法言．修身卷第三》：「或問『銘』，曰：『銘哉！銘哉！有意於慎也』。」【四】可見至少在揚雄的時代開始，器物之銘的功能，已經逐漸向箴誡的方向轉移了。此後，在文體學著作中，銘的功能與「箴」相近。《文心雕龍》把銘與箴合為〈銘箴〉。其中論銘的箴誡功能：「昔帝軒刻輿几以弼違，大禹勒筍簴而招諫。成湯盤盂，著日新之規，武王戶席，題必戒之訓。周公慎言於金人，仲尼革容於欹器。則先聖鑒戒，其來久矣。」然後再論銘的讚頌功能：「故銘者，名也，觀器必也正名，審用貴乎盛德。」劉勰把箴與銘合併一大類，認為兩類文體雖有區別，但關係密切，「箴全禦過，故文資確切；銘兼褒讚，故體貴弘潤」（《文心雕龍注》，頁一九三、一九五）。劉勰論銘先誡而後頌，把銘的箴誡功能視為主體，而「褒讚」是「兼」的，銘之功能的主次之分非常鮮明。

在此文體學背景下，孔穎達的疏解明顯偏重銘的箴誡自警功能：

> 「作器能銘」者，謂既作器，能為其銘，若栗氏為量，其銘曰：「時文思索，允臻其極。嘉量既成，以觀四國。永啓厥後，茲器維則」是也。《大戴禮》說武王盤盂几杖皆有銘，此其存者也。銘者，名也，所以因其器名而書以為戒也。（《十三經注疏》，頁三一六）

孔穎達受漢代以來銘體論的影響，故謂銘的功能是「因其器名而書以為戒也」，即根據不同

【一】孫詒讓：《墨子閒詁》，頁一二〇。
【二】許維遹：《呂氏春秋集釋》，頁六一五。
【三】嚴可均輯：《全上古三代秦漢三國六朝文》（北京：中華書局，一九五八年），頁八七六。
【四】汪榮寶撰，陳仲夫點校：《法言義疏》（北京：中華書局，一九八七年），頁八八。

器物的特點而託物以自警戒的。孔疏對「作器能銘」的闡釋至少是不全面的。他把銘作為一種箴誡文體來理解，所舉《周禮·冬官·㮚氏》量器之銘、《大戴禮·武王踐阼》武王盤盂几杖之銘，皆為箴誡銘辭，而不及紀功頌德之銘。這是一種選擇性的闡釋，雖然符合漢代以來文體學發展的傾向，但與先秦時代的實際情況是有出入的。明代徐師曾說銘「其體不過有二：一曰警戒，二曰祝頌」。【一】所言甚是。不過，銘以警戒為第一義，是後起的。在先秦語境裏，祝頌紀功是首要的，也是其原始意義，傳世文獻與出土文獻皆可證實這一點。述功之銘鐫刻於禮器之上，述其功德，以傳後世，此類銘多刻於鼎、簋、盆等器物之上。當時大夫的「作器能銘」，首先應該是具備紀事、敘述與歌功頌德之才能，這畢竟與國家政治、軍事、文化的需求直接相關，然後才是在道德上具有自我警戒與訓誡他人的能力。在「作器能銘」的原始語境中，銘有多方面功用，但以紀事述功為主流。漢代以後，銘的警戒功能被強化並強調，而述功讚美的銘則由金轉而為石，變成勒石立碑的銘了。

要之，「作器能銘」之「銘」，在文體性質、功能上是開放的。宋陳騤《文則》說：「銘文之作，初無定體。量人〈量銘〉，乃類《詩》『雅』。孔悝〈鼎銘〉，無異《書》『命』。成湯〈盤銘〉，考父〈鼎銘〉，體又別矣。」【二】其實，以器物為載體的書寫，可用諸種不同文體。除箴銘戒訓之外，從其敘事紀功的功能來看，同「記」之體；從其歌功頌德而言，近乎「頌」體；就其刻鑄會盟文書，則同盟誓之體；就其刻鑄文書法律，則同券契之體。

第四節　釋「使能造命」

「使」，指出使。「造命」謂創制和使用得體的辭命、辭令。它不僅需要出色的語言能力，還需要政治、軍事、外交、歷史、文化、藝術等方面的修養，以及縱橫捭闔、折衝樽俎的洞察力與應變能力。「達」是辭令的最高境界，即準確和得體。《儀禮．聘禮》「記」云：「辭無常，孫而說。辭多則史，少則不達。辭苟足以達，義之至也。」（《十三經注疏》，頁一〇七三）強調辭令應該適應具體環境的需求，態度謙遜使人喜悅。

《周禮．春官．大祝》：「作六辭以通上下親疏遠近。一曰祠，二曰命，三曰誥，四曰會，五曰禱，六曰誄。」鄭玄注：「鄭司農云：『祠，當為辭，謂辭令也。命，《論語》所謂：為命，裨諶草創之。……』玄謂『一曰祠』者，交接之辭。《春秋傳》曰『古者諸侯相見，號辭必稱先君以相接』，辭之辭也。會，謂會同盟誓之辭。」（《十三經注疏》，頁八〇九）「六辭」中至少有祠、命、會這幾種與「使能造命」有關係。王夫之《讀四書大全說．論語．為

【一】參見徐師曾：《文體明辨序說》「銘」，頁一四二。

【二】陳騤撰，劉明暉點校：《文則》（北京：人民文學出版社，一九六〇年），頁四三。

政篇七》：「春秋之時，會盟征伐交錯，而唯辭命是賴。」【二】春秋戰國時期，使者肩負著邦國的使命與聲譽，用於王朝之內朝覲聘問與列國之間會盟征伐、往來應對的使者辭令，往往關乎國家安危、戰爭勝負。史傳所載「燭之武退秦師」、「唐雎使秦」、「晏嬰使楚」等故事，可謂「三寸之舌強於百萬之師」。

春秋時代「使能造命」確與大夫之職有關。《周禮·秋官》中有「大行人」、「小行人」之職官。大行人「掌大賓之禮，及大客之儀，以親諸侯。」（《十三經注疏》，頁八九〇）屬中大夫，掌管天子與諸侯國交往之禮儀等職。小行人「掌邦國賓客之禮籍，以待四方之使者」，還要「使適四方，協九儀賓客之禮」（《十三經注疏》，頁八九三），即有出使四方之命。

辭命方式，既有口頭性的，也有文字性的。許多外交辭令，屬重要的公文，甚至需要集體討論、修飾、潤色。《論語·憲問》：「為命，裨諶草創之，世叔討論之，行人子羽脩飾之，東里子產潤色之。」（《十三經注疏》，頁二五一〇）而大多外交辭令則是在複雜多變的情景中的言辭，這就需要隨機應變而語辭得體。孔疏曰：「『使能造命』者，謂隨前事應機，造其辭命以對，若屈完之對齊侯，國佐之對晉師，君無常辭也。」（《十三經注疏》，頁三一六）強調其應變的辭令能力。「屈完之對齊侯」事見《左傳·僖公四年》，「國佐之對晉師」事見《左傳·成公二年》，二事皆體現了出使造命，「君無常辭」的現象。孔疏所言極是。

在古代，使者肩負使命，遠離家國，面對複雜多變的情況，只能獨當一面，根據君命原則來決斷。《公羊傳．莊公十九年》：「聘禮，大夫受命不受辭，出竟有可以安社稷、利國家者，則專之可也。」（《十三經注疏》，頁二二三六）「受命不受辭」就是接受君主使命的大原則，但不受具體指令的約束，只要有利於國家、不違背原則，就可以自己作主處理。

「使能造命」，指在邦國相交的場合中，善於辭令，具有得體的應對與應變能力。「造命」在文體學上也是開放的，具有運用各種文體的可能性。如果說「使能造命」的「命」主要就是行人之辭，那麼，行人之辭可以是書信，可以是弔文，也可以是會同之辭。會同之辭則可能與盟、誓、約、檄、移、讓、責、禁等文體相關。宋代真德秀《文章正宗》把文章分為「辭命」、「議論」、「敘事」、「詩歌」四大類，「辭命」類中最重要就是「春秋列國往來應對之辭」，該書選了三十七篇，皆出於《左傳》。可見《左傳》誠為古辭令之淵藪，而其標題所用有「對」、「答」、「說」、「諫」、「論」、「謀」，這些都具有一定的文體學意義。

第五節　釋「升高能賦」

「升高能賦」，或作「登高能賦」。若依我們的慣常理解，就是：登上高處，感物興懷而

【一】王夫之：《讀四書大全說》，《船山全書》第六冊（長沙：岳麓書社，二〇一一年），頁六〇八。

能寫作詩賦作品。這是一種文學化的闡釋。

這種文學化闡釋的萌芽，始於漢代。《漢書·藝文志·詩賦略》對「登高能賦可以為大夫」之闡釋，已同時包含了言志與感物兩種內涵。「古者諸侯卿大夫交接鄰國，以微言相感，當揖讓之時，必稱《詩》以諭其志，蓋以別賢不肖而觀盛衰焉。」（《漢書》，頁一七五五）此承先秦時代「登高能賦」之原義，即在諸侯會同之時，壇堂之上，賦《詩》言志。而感物之義，則為《詩賦略》首創：「感物造耑，材知深美，可與圖事，故可以為列大夫也。」顏師古釋「感物造耑」曰：「耑，古端字。因物動志，則造辭義之端緒。」（《漢書》，頁一七五六）謂能見物興感，而產生創作辭語的動機。在這個語境中，能產生「感物造耑」的「登高」，便可以成為登臨高處之理解了。「能賦」之「賦」，則可以理解為創作詩賦。由於詩賦文體在漢代已完全獨立，成為當代文章的標誌。所以，雖然《詩賦略》對「登高能賦」包含言志與感物兩種內涵，但人們卻偏向於選擇其「感物造耑」的文學化闡釋，這種現象既是由《藝文志·詩賦略》內容所導向，又是因為接受者把後來的文學觀念投射其中。此後，「感物造耑」四字，差不多成為賦體的不祧之論。

劉勰《文心雕龍·詮賦》論賦謂：「原夫登高之旨，蓋覩物興情。……此立賦之大體也。」（《文心雕龍注》，頁一三六）他更明確地說，所謂「登高能賦」之旨意，便是看到外界的景物而引發內心感情。《文心雕龍·明詩》又謂：「人稟七情，應物斯感。」（《文心雕龍注》，頁六五）這些應該是承《詩賦略》「登高能賦」、「感物造耑」之說而闡發的，代表了南北朝以來典型的詩賦理論。

《詩．鄘風．定之方中》孔穎達疏：「『升高能賦』者，謂升高有所見，能為詩賦其形狀，鋪陳其事勢也。」（《十三經注疏》，頁三一九）孔疏所謂「升高有所見」，用左思〈三都賦序〉之語：「發言為詩者，詠其所志也；升高能賦者，頌其所見也。」（《文選》，頁一七四）孔氏之意，「升高能賦」應該指登臨高處，如台榭山峰，登臨縱目，而能作詩歌「賦其形狀，鋪陳其事勢也」。這肯定屬文學創作了。它明顯是以詩賦興盛之後的文學觀念來闡釋「升高能賦」，這種闡釋此後一直是文章學界的主流觀點。

但在主流闡釋之外，有些學者表達了不同意見。比較早的如明代何良俊就說：「《傳》曰：九能可以為大夫。其一曰：『登高能賦。』當春秋時，尚未有賦，亦未必人人作詩。即如前之所賦是也，蓋但以明志而已。」【一】何良俊認為春秋時期沒有賦體，也非人人寫詩，所以「登高能賦」之義並不是說登高能寫賦或寫詩，只是誦《詩》以明志罷了。雖然何良俊所言較簡，影響不大，但見解獨特，值得留意。

章太炎《國故論衡．辨詩》：「《毛詩傳》曰：『登高能賦，可以為大夫。』登高孰謂？

【一】何良俊：《四友齋叢說》卷二（北京：中華書局，一九五九年），頁一八——一九。

謂壇堂之上，揖讓之時。賦者孰謂？謂微言相感，歌詩必類。」（《國故論衡疏證》，頁四一五。）揭櫫新義，最為醒豁。此後，其義多被採用。吳靜安在《春秋左氏傳舊注疏證續》中解釋九能，其中謂「登高能賦，七子賦詩」【一】，用《左傳．襄公二十七年》春秋鄭國子展、伯有、子西、子產等七大夫在晉國趙孟面前，分別賦《詩》以言志之典故，解釋「登高能賦」，雖然只有四字，意思卻相當清楚。王利器更明確指出「登高能賦」之意是「會同之時，壇坫之上，能賦《詩》見意也」。【二】

趙逵夫則認為孔穎達《詩正義》對「登高能賦」的解釋是「誤解」：「《漢書．藝文志》所謂『登高』乃是指登於朝堂盟壇之上，而不是指觀覽風光的山頂或台榭之上。」【三】周勳初〈「登高能賦」說的演變和劉勰創作論的形成〉一文指出：「『升高』一詞包含著兩方面的內容，一是登堂，二是登壇。不論諸侯、卿、大夫參與的是堂上的酬酢或壇上的盟會，都要具有賦詩的能力，才能應付裕如。」而「賦詩」也不是自己創作詩歌，而是誦《詩》以言志的。周先生進一步指出：「孔穎達對『升高能賦』說的解釋，實際上是沿用了魏晉南北朝文士的賦說。」【四】

綜上所述，「升高能賦」有二種解釋：一種謂登臨高處，感物興懷而能作詩賦。另一種解釋是：在會同之時，登壇之際，具有賦《詩》言志的能力。筆者認為，前說是漢魏以來詩賦興盛背景下的一種文學化理解，它也符合漢魏以來文壇的實際創作情況。這種解釋幾乎成為後人共識，但是如果放到先秦時代，登高感懷而寫作詩賦作品的情況是較為罕見的。而證之先秦史籍中士大夫引《詩》之例，後一種闡釋比較符合先秦的實際語境，故傾向此說。

第六節　釋「師旅能誓」

「師旅」指軍隊、軍事；「誓」指告誡、約束將士的號令。《詩·鄘風·定之方中》孔穎達疏曰：「『師旅能誓』者，謂將帥能誓戒之，若鐵之戰，趙鞅誓軍之類。」【五】（《十三經注疏》，頁三一六）

誓，是中國最為古老的文體之一。《周禮·秋官·士師》：「以五戒先後刑罰，毋使罪麗于民。一曰誓，用之于軍旅。」（《十三經注疏》，頁八七四）《墨子·非命上》：「所以整

【一】吳靜安：《春秋左氏傳舊注疏證續》（長春：東北師範大學出版社，二〇〇五年），頁一五六。
【二】王利器：《顏氏家訓集解》卷四「文章」案語（上海：上海古籍出版社，一九八〇年），頁二四三。
【三】趙逵夫：〈「登高能賦」辨析〉，《屈原與他的時代》（北京：人民文學出版社，一九九〇年），頁一六五—一六六。
【四】中國《文心雕龍》研究會編：《〈文心雕龍〉研究》第二輯（北京：北京大學出版社，一九九六年），頁一六七、一七四。
【五】孔疏所舉之例，見《左傳·哀公二年》所載。

設師旅、進退師徒者，誓也。」【一】在先秦時代，雖然誓約被廣泛使用，然師旅之誓最具代表性。孔穎達《尚書．甘誓》疏曰：「《曲禮》云：『約信曰誓』，將與敵戰，恐其損敗，與將士設約，示賞罰之信也。將戰而誓，是誓之大者。《禮》將祭而號令齊百官，亦謂之誓。……彼亦是約信，但小於戰之誓。」（《十三經注疏》，頁一五五）誓有大者，有小者，師旅之誓正是誓之大者。

明代黃佐論誓體說：

> 誓者，所以一衆心力，使下情孚於上者也。〈大禹謨〉禹征有苗，誓于師曰「濟濟有衆，咸聽朕命」，以至「其克有勳」是也。故〈甘誓〉、〈湯誓〉、〈牧誓〉，終于〈費誓〉、〈泰誓〉，其體皆出於謨。蓋下不與上同意，則其心力必不一矣。猶夫〈伊訓〉之後，〈咸有一德〉是也。成湯即天子之位，與諸侯誓曰：「陰勝陽即謂之變，而天弗施；雌勝雄即謂之亂，而人弗行。」蓋亦此意。春秋以後，誓體變矣。【二】

《尚書》保存了許多早期誓詞，如《夏書．甘誓》、《商書．湯誓》、《周書．牧誓》、《周書．費誓》和《周書．秦誓》。【三】除了《尚書》之外，其他先秦典籍也記載了一些軍旅之誓。如《國語．晉語三》引韓之誓曰：「失次犯令，死；將止不面夷，死；僞言誤衆，死。」【四】意為：脫離隊伍，違抗命令者死；將帥被敵俘虜而身體無傷者死（指不竭力戰鬥）；傳假消息誤導眾人者死。這是語言比較簡潔而措辭嚴厲的誓言。

除了傳世文獻所載的軍旅之誓外，出土的上古文獻也有相關材料。商艷濤曾對「古文字材料中的『誓』」、「甲骨文中的誓師」、「金文中的誓師」等內容有所研究，此不贅述。【五】

在古代文體學中，盟與誓往往並稱。但會盟之誓與軍旅之誓不同。「誓之體於《尚書》屢見，所以告於神明者，亦與盟文相類。惟盟則多施之同等之國，而誓則用以約束羣下，為稍異耳。」【六】會盟之誓是在不同利益集團間進行的，需要指天為證，殺牲歃血，不守信者神祇將懲罰降災。軍旅之誓則是在同一軍事集團內部為了共同完成某一行動而進行的，是上級對下級的約束規定，雖或告之神明，但不必依靠神祇施以懲罰，不遵誓言者將直接受到嚴

【一】孫詒讓：《墨子閒詁》，頁二六六。
【二】黃佐：《六藝流別》卷之六「書藝」一，《四庫全書存目叢書》集部第三〇〇冊（濟南：齊魯書社，一九九六年），頁一九二。
【三】秦蕙田《五禮通考》有「誓師」一節，將師旅之誓分為「致師之誓」與「還師之誓」。見該書卷二百三十七「軍禮」五「出師」一，《景印文淵閣四庫全書》第一四一冊，頁四六五。
【四】徐元誥：《國語集解》，頁三一七。
【五】商艷濤：《西周軍事銘文研究》（廣州：華南理工大學出版社，二〇一三年），頁一四八—一五四。
【六】吳曾祺：《文體芻言》「誓文」，收入《歷代文話》第七冊，頁六六六九。

厲的軍事處置。

「師旅能誓」的意思是在軍事行動中，能發佈告誡、約束將士的辭令，以整飭軍心，嚴肅軍紀，壯大聲勢，加強戰力。

「師旅能誓」與「田能施命」內容有一定交叉。田獵活動之前所進行的「前誓」或「教戰之誓」，誓以軍法，與「師旅能誓」是一樣的。鄭玄注《禮記·月令·季秋》「北面誓之」時認為是「誓眾以軍法也」。孔穎達《正義》曰：「軍法之誓，有異田獵之誓，則云『無干車』，如蒐田之法也。今此大閱之誓，以依軍法，故《司馬》中冬大閱云：『羣吏聽誓于陳前，斬牲以左右徇陳，曰：「不用命者斬之。」』……則軍法之誓，必斬殺也。」（《十三經注疏》，頁一三八〇）孔穎達指出「蒐田之法」與「軍法之誓」是有明顯不同的。「蒐田之法」的處置就是「罰以假馬」，而違反「軍法之誓」則是要斬殺的。

第七節　釋「山川能說」

「山川能說」一語較為難解。「山川」指名山大川、山水土地。至於「說」究竟指什麼，因語境不明而難有確解。

《詩·鄘風·定之方中》孔穎達疏：

> 「山川能說」者，謂行過山川，能說其形勢，而陳述其狀也。《鄭志》：「張逸問：『《傳》曰「山川能說」，何謂？』答曰：『兩讀。或云說者，說其形勢；或云述者，述其古事。』」則鄭為兩讀，以義俱通故也。（《十三經注疏》，頁三一六）

鄭玄認為「山川能說」意為「說其形勢」與「述其古事」，即解說「山川」的現狀與敘述其歷史，但鄭玄沒有說明是在什麼語境下「說其形勢」與「述其古事」。孔穎達吸收《鄭志》說法，又補充「山川能說」的語境，就是「行過山川」。孔穎達對「山川能說」與「登高能賦」的解說相當近似。他說：「『升高能賦』者，謂升高有所見，能為詩賦其形狀，鋪陳其事勢也。」「『山川能說』者，謂行過山川，能說其形勢，而陳述其狀也。」不同在於：一是「為詩」，一是「能說」。這樣，就容易讓人把「山川能說」理解為文學性的活動。事實上，後人往往把兩者相提並論。如元代虞集說：「古之大夫君子，所以有登臨覽觀之樂者，蓋以其升高能賦，山川能說，非徒為燕游以暇逸也。」【一】明代釋妙聲說：「不然則山川能說，登高

【一】虞集：《道園學古錄》卷三十七〈青雲亭記〉，《景印文淵閣四庫全書》第一二〇七冊，頁五三三—五三四。

能賦可以為大夫者，豈無其人乎？」【一】明代胡翰說：「山川能說，登高能賦，可以為大夫，余聞諸古而於此卷見之矣！」【二】

不過，以上闡釋是詩賦興盛以後人們對先秦時代的一種文學想像，未必與當時的事實相符。筆者認為，此涉及大夫之能，應該從當時之相關制度去考察。然而，考之先秦典籍，似未見如孔疏所言的「行過山川，能說其形勢，而陳述其狀」的相關記載。

宋代以來，不少學者提出不同理解。王應麟《通鑑地理通釋》卷五「十道山川考」嘗謂：「〈禹貢〉定高山大川，以別九州之境，〈職方〉、《爾雅》取法焉。山川萬古不易，州縣隨時變遷。後之志地理者，附山川於注，失其綱領，唯《唐六典》敘十道，得〈禹貢〉遺意，今釋其地以備參考，『山川能說』，九能之一，或庶幾焉。」【三】王應麟從〈禹貢〉遺意說起，然後說其著書是「釋其地以備參攷」，並和「山川能說」聯繫起來。【四】按其意，「山川能說」與〈禹貢〉區域地理學內容是相關的。

到了清代，許多學者沿用此說。惠士奇《禮說》云：

土訓，道地圖；誦訓，道方志，古之稗官也，稗官乃小說家者流。小說九百，本自虞初。虞初，洛陽人。漢武帝時，以方士侍郎號黃車使者，蓋即古之土訓、誦訓。王巡守則夾王車，挾此祕書，儲以自隨，待上所求問，皆常具焉。王者欲知九州山川形勢之所宜，四方所識久遠之事，及民間風俗，輶軒之所未盡採，太史之所未及陳，凡地慝方慝惡物醜類，乃立稗官使稱說之，故曰訓。解詁為訓，偶語為稗，其義一也。說者謂街談巷語、道聽塗說者所造，豈其然乎？應劭曰：其說以《周書》為本。賢者識大，不賢者識小，而文武之道存，仲尼之所學也。君子有九能，一曰山川能說，說有兩義，一曰說，說者，說其形勢；一曰述，述者，述其故事。然則訓兼兩義，或說之或述之。【五】

惠士奇已明確將《周禮》中的土訓、誦訓之職與「山川能說」聯繫起來。此後，孔廣林也說：「《鄭志》答張逸問《毛詩傳》『山川能說』云：兩讀，或言說，說者，說其形勢。或言述，述者，述其故事。廣林謂此道地圖，以詔地事，說其形勢矣。誦訓道方志，以詔觀事，述其

【一】釋妙聲：《東臯錄》卷中〈宦游序〉，《景印文淵閣四庫全書》第一二二七冊，頁六〇五。

【二】胡翰：《胡仲子集》卷八〈北山紀游總錄跋〉，《景印文淵閣四庫全書》第一二二九冊，頁一〇二。

【三】王應麟撰，張保見校注：《通鑑地理通釋校注》（成都：四川大學出版社，二〇〇九年），頁一五三。

【四】王應麟另在《詩地理考自序》一文中也有類似的表述。參見張保見校注：《詩地理考校注》（成都：四川大學出版社，二〇〇九年），頁二。

【五】惠士奇：《禮說》卷五，《景印文淵閣四庫全書》第一〇一冊，頁四八八。

故事矣。九能之一，二職分焉。」【一】汪中亦稱：「古者誦訓之官，掌道方志，以詔觀事，王巡狩則夾王車，故曰『山川能說，可以為大夫』。」【二】孔廣林、汪中所言與惠士奇相近，皆以《周禮》之職解釋「山川能說」。夏炘《讀詩劄記》更明確指出：「『山川能說』，如《夏史》紀〈禹貢〉、《周禮》詳〈職方〉之類是也。」【三】劉師培則認為：「山川能說，為後世地志、圖說之祖。」（《論文雜記》，頁一二八）

《周禮．地官．敘官》中提到有「土訓」、「誦訓」二職。鄭眾謂土訓即「謂以遠方土地所生異物告道王也」，鄭玄謂誦訓是「能訓說四方所誦習及人所作為久時事。」（《十三經注疏》，頁六九九）《周禮．地官．土訓》：「掌道地圖，以詔地事。」鄭玄注：「道，說也。說地圖，九州形勢山川所宜，告王以施其事也。若云『荊揚地宜稻，幽并地宜麻』。」（《十三經注疏》，頁七四七）孫詒讓《周禮正義》釋云：

> 「掌道地圖」者，地圖即〈司書〉、〈大司徒〉「土地之圖」，〈職方氏〉「天下之圖」，彼藏其書，此官則為王道之，與彼為官聯也。注云「道，說也」者，《廣雅．釋詁》同。《毛詩．鄘風．定之方中》傳，說大夫九能，云「山川能說」，即其義。（《周禮正義》卷三十，頁一一九四）

孫詒讓承惠士奇之説，並明確指出「山川能説」即是為王説「九州形勢山川所宜，告王以施其事」。土訓、誦訓皆有「王巡守，則夾王車」的職掌，隨行以備顧問。

除了土訓、誦訓之外，還有一些掌管各地域信息的官職。職方氏「掌天下之圖，以掌天下之地。辨其邦國、都鄙、四夷、八蠻、七閩、九貉、五戎、六狄之人民，與其財用、九穀、六畜之數要，周知其利害」（《周禮．夏官．職方氏》，《十三經注疏》，頁八六一）；訓方氏「掌道四方之政事與其上下之志，誦四方之傳道。正歲，則布而訓四方，而觀新物」（《周禮．夏官．訓方氏》，《十三經注疏》，頁八六四）；山師「掌山林之名，辨其物與其利害，而頒之于邦國，使致其珍異之物」（《周禮．夏官．山師》，《十三經注疏》，頁八六五）；川師「掌川澤之名，辨其物與其利害，而頒之于邦國，使致其珍異之物」（《周禮．夏官．川師》，《十三經注疏》，頁八六五）；邍師「掌四方之地名，辨其丘陵、墳衍、邍隰之名，物之可以封邑者」（《周禮．夏官．邍師》，《十三經注疏》，頁八六五）；撢人「掌誦王志，道國之政事，以巡天下之邦國而語之，使萬民和説而正王面」（《周禮．夏官．撢

【一】孔廣林：《周官肊測》卷二，《續修四庫全書》第八〇冊，頁三八四。

【二】汪中：〈廣陵對〉，《新編汪中集》（揚州：廣陵書社，二〇〇五年），頁四四六。

【三】夏炘：《讀詩劄記》卷三「卜云其吉」條，《續修四庫全書》第七〇冊，頁六五〇。

人》，《十三經注疏》，頁八六五）。這些職官都與王的巡狩、貢賦制度關係密切。

在古代官制中，土訓、誦訓等職與「山川能說」有關，但「山川能說」並不只局限於這些具體的官職，也是大夫應有的修養。魏源《海國圖志．釋昆侖下》謂：「古者九能之士，山川能說，其非徒說形勢分合之謂，其必察地理、脈水性，並其卓詭之狀、隱潛之絡，而瞭知之。」【一】清代譚瑩亦說：「夫山川能說，風俗當知，土宜田賦之必須，國計民生之攸繫，貴徵文以考獻，宜博古以通今。」【二】則把「山川能說」與各地的風俗、物產、田賦、國計民生聯繫起來。

以上文獻，治文論者少有涉及，故特別揭出。綜上所述，「山川能說」在先秦時代是有制度依據的，不過，我們不能只拘泥於具體的官職，把它局限在職方、土訓、誦訓等這些具體的職位。「山川能說」也並非只是「行過山川，能說其形勢，而陳述其狀」，而是意謂大夫應該熟悉各地山川之自然地理與人文地理，對其水土、物產、經濟、民情、歷史皆能給以評說分析，以備諮詢。

第八節　釋「喪紀能誄」

「喪紀」，即喪事。誄與謚有直接關係，《說文解字》曰：「誄，謚也。」（《說文解字注》，頁一〇一）古代帝王、貴族、大臣、士大夫或其他有地位的人死後，要有一個謚號，在周代誄文只用於王侯卿大夫之喪。評定謚號的依據和說明就是「誄」，「誄」就是列述死者德行，表示哀悼並以之定謚。

誄屬「六辭」之一。《周禮．春官．大祝》「六辭」鄭玄注引鄭眾語：「誄，謂積累生時德行，以錫之命，主為其辭也。」（《十三經注疏》，頁八〇九）大祝是掌祭祀告神之讚辭者，屬春官宗伯，下大夫。依「賤不誄貴，幼不誄長」之禮，作為下大夫的大祝，並無資格為諸侯大夫作誄。故大祝若是誄天子的話，那就只能以「天」為名義來寫誄了。

先秦時代誄文的體制究竟如何？漢代以來學者基本認為「誄」是累列死者生平事跡，據此而作謚。漢儒以聲訓之法，釋「誄」為「累」。《釋名》曰：「誄，累也。累列其事而稱之也。」[三]《禮記．曾子問》：「賤不誄貴，幼不誄長，禮也。唯天子稱天以誄之。諸侯相誄，非禮也。」鄭玄注：「誄，累也。累列生時行迹，讀之以作謚。謚當由尊者成。」（《十三經注疏》，頁一三九八）「累列其事」與「累列生時行迹」都容易給人以強調「誄」之敘事性

【一】魏源：《海國圖志》卷七十四〈釋昆侖下〉（長沙：岳麓書社，二〇一一年），頁一八六四。

【二】譚瑩：《樂志堂文集》續集卷一，《續修四庫全書》第一五二八冊，頁三六四。

【三】劉熙撰，畢沅疏證，王先謙補：《釋名疏證補》，頁二一一八。

的印象。所以順此導向發展，到了梁代皇侃就說：「誄者，謂如今行狀也。誄之言累也，人生有德行，死而累列其行之跡為謚也。」【一】明確把誄等同於行狀，這就把誄看成是專指記述死者世系、籍貫、生卒年月和生平概略的敘事文章。此後，學者往往把誄與行狀相提並論。《禮記．檀弓上》：「魯哀公誄孔丘」孔疏：「作謚，宜先列其生時行狀，謂之為誄。」（《十三經注疏》，頁一二九四）此亦以誄等同行狀。章太炎《國故論衡．正齎送》說：「自誄出者，後有行狀。誄之為言，絫其行迹而為之謚。故《文心雕龍》曰：『序事如傳，辭律靡調，誄之才也。』此則後人行狀，實當斯體。」（《國故論衡疏證》，頁四五三）

先秦之誄，本質上是一種禮儀形式，並未形成規範的文體體制，成熟的誄文體制到了漢魏以後才真正形成。郝經說：「魏晉而下，始有誄文，有序，有事，盛為辭章，勒石於墓，亦與碑等矣。」【二】在文學批評方面，劉勰《文心雕龍．誄碑》云：「詳夫誄之為制，蓋選言錄行，傳體而頌文，榮始而哀終。」又說：「夫碑實銘器，銘實碑文，因器立名，事光於誄。是以勒石讚勳者，入銘之域；樹碑述已者，同誄之區焉。」（《文心雕龍注》，頁二一三—二一五）劉勰以誄與碑同類，而且強調誄文的「傳體」即其敘事性，這應該是對漢魏以來的誄體文創作的理論總結。

但是，先秦的誄並非如後代的行狀那樣明確屬敘事性的文體。

先秦時代的誄流傳極少，就傳世的誄來看，並無定制。摯虞《文章流別論》曰：「詩、頌、箴、銘之篇，皆有往古成文，可放依而作，惟誄無定制，故作者多異焉。」【三】《禮記．檀弓上》提到魯莊公對縣賁父誄時說：「士之有誄，自此始也。」（《十三經注疏》，頁一二七七）然此誄之文已不可見。現存最早的誄文，是魯哀公《孔子誄》。《左傳．哀公十六年》：「（哀公）誄之曰：『旻天不弔，不憖遺一老，俾屏余一人以在位，煢煢余在疚。嗚呼哀哉尼父！無自律。』」（《十三經注疏》，頁二一七七）此誄並沒有涉及孔子的生平事跡，似也未及於謚，故郝經說此誄「不累其行，特哀之之辭也」。（《續後漢書》卷六十六上上「文藝」，頁八六六）

比較完整的誄文見劉向《列女傳》：「柳下既死，門人將誄之。妻曰：『將誄夫子之德邪？則二三子不如妾知之也。』乃誄曰：『夫子之不伐兮，夫子之不竭兮，夫子之信誠而與人無害兮。柔屈從俗，不強察兮。蒙恥救民，德彌大兮。雖遇三黜，終不蔽兮。愷悌君子，永能厲兮。嗟呼惜哉，乃下世兮。庶幾遐年，今遂逝兮。嗚呼哀哉，魂神泄兮。夫子之謚，

【一】何晏集解，皇侃義疏：《論語集解義疏》卷四，《叢書集成初編》本（上海：商務印書館，一九三七年），頁一〇一。

【二】郝經：《續後漢書》，《二十五別史》本（濟南：齊魯書社，二〇〇〇年），頁八六六。

【三】嚴可均輯：《全上古三代秦漢三國六朝文．全晉文》卷七七，頁一九〇六。

宜為惠兮。』」【二】此書為漢人所編，真實性無法斷定，但倒體現出誄與諡的關係。該誄以賤誄貴，是個人之行為，可稱「私諡」。值得注意的是，該誄不涉及生平事跡，與行狀之體並不相同，與劉勰所說的「傳體」也相去甚遠，只是在闡釋「夫子之諡，宜為惠兮」的理由，文體並非敘事，而近乎議論。

由於先秦遺留的誄太少，無法展開全面的研究，但就現存的誄文仍可以看出，當時的誄並沒有統一的規範，孔子誄與柳下惠誄在形式與內容上就很不一樣，或與諡有關，或僅為寄哀，但都不是後人所說的敘事文體。

在筆者看來，所謂「累列其行」，應該是指累列和概括其德行以便作諡，而不是敘述其生平。作誄的目的和指向就是諡。諡需用最簡要的字來準確地概括死者的德行，所以誄就需要總結死者的德行以便確定諡號的褒貶。《詩．鄘風．定之方中》孔穎達疏說：「『喪紀能誄』者，謂於喪紀之事，能累列其行，為文辭以作諡。若子囊之誄楚恭之類。」（《十三經注疏》，頁三一六）孔疏所謂「子囊之誄楚恭」事，見《國語．楚語上》：

> 恭王有疾，召大夫曰：「不穀不德，失先君之業，覆楚國之師，不穀之罪也。若得保其首領以歿，唯是春秋所以從先君者，請為『靈』若『厲』。」大夫許諾。王卒，及葬，子囊議諡。大夫曰：「王有命矣。」子囊曰：「不可。夫事君者，先其善，不從其

過。赫赫楚國，而君臨之，撫征南海，訓及諸夏，其寵大矣。有是寵也，而知其過，可不謂『恭』乎？若先君善，則請為『恭』。」大夫從之。（《國語集解》，頁四八七）

可見，「子囊之誄楚恭」並不是子囊對楚恭王生平大事的記敘，而是說明其功勞及知錯能改的德行可以配上「恭」這個謚的理由。

《墨子．魯問》曰：「誄者，道死人之志也。」【二】按：「志」是「德」而不是事。【三】墨子這個說法也許更符合先秦時代誄的真實面貌。從現存先秦的誄文來看，與行狀並不相同。誄最重要的是總結和概括死者的主要德行，而不是敘述死者的生平事跡。這兩者在文體上有較大的差異。先秦時代的誄是總結性與議論性的文體，而後起的行狀是記載具體生平的敘述文體。「喪紀能誄」首先是對死者生平德行的概括能力，另一方面也包含寫作表達哀思辭令的能力。

【一】劉向撰，王照圓補注，虞思徵點校：《列女傳補注》（上海：華東師範大學出版社，二〇一二年），頁七四。

【二】孫詒讓：《墨子閒詁》，頁四七〇。

【三】《呂氏春秋．遇合》：「凡舉人之本，太上以志，其次以事，其次以功。」高誘注：「志，德也。」（《呂氏春秋集釋》，頁三四六）

第九節　釋「祭祀能語」

「祭祀能語」指祭祀時能作祈福禳災的祝禱之辭。無論是「祭祀」還是「能語」都包括許多內容，但其核心就是祝禱。

《詩．鄘風．定之方中》孔疏曰：「『祭祀能語』者，謂於祭祀能祝告鬼神，而為言語，若荀偃禱河、蒯聵禱祖之類是也。」（《十三經注疏》，頁三一六）孔疏所舉二例皆出《左傳》，「荀偃禱河」指襄公十八年晉國荀偃伐齊時向河神祈禱之辭。「蒯聵禱祖」是指哀公二年衛太子蒯聵在晉國參加對鄭國之戰，祈求祖先保佑。孔疏謂「祭祀能祝告鬼神，而為言語」是可取的，然所引兩例都是戰爭禱文，則不免單一。實際上，祭祀「祝告鬼神」的文體相當繁多而複雜，明代徐師曾《文體明辨》曰：「按祝文者，饗神之詞也。……考其大旨，實有六焉：一曰告，二曰脩，三曰祈，四曰報，五曰辟，六曰謁，用以饗天地山川社稷宗廟五祀羣神，而總謂之祝文。」【一】他把祝文分為告、脩、祈、報、辟、謁六類，但仍難以把所有「祭祀能語」的內容包括進來。

祭祀在古代是極為重要而廣泛使用的禮制。「喪紀能誄」屬凶禮，「祭祀能語」屬吉禮。《禮記．祭統》：「凡治人之道，莫急於禮。禮有五經，莫重於祭。」鄭玄注：「禮有五經，謂吉禮、凶禮、賓禮、軍禮、嘉禮也。莫重於祭，謂以吉禮為首也。」（《十三經注疏》，頁一六〇二）作為古代祀神供祖的儀式，祭祀的種類繁多，細分之則供奉天神為祀，供奉地祇為祭，供奉人鬼為享。又有所謂大祀、次祀、小祀。【二】由於祭祀的時間和對象不同，祭祀又有各種不同名稱。《爾雅．釋天》曰：「春祭曰祠，夏祭曰礿，秋祭曰嘗，冬祭曰蒸。祭天曰燔柴，祭地曰瘞薶。祭山曰庪縣，祭川曰浮沈，祭星曰布，祭風曰磔。」（《十三經注疏》，頁二六〇九）總之，祭祀本身是一個複雜的禮制系統。

國之祭祀由大宗伯掌管，小宗伯輔佐之。大宗伯為地位尊貴的六卿之一，可見祭祀的重要性。古人認為，人與神無法直接交流，只能由祝擔任人與神交流的中介。在祭祀過程中，由司祝與神祇進行溝通，代表人意，達之於天，用於祈福禳災。祭祀的祝辭，由宗伯命旨，而司祝負責具體文辭。司祝也是分工複雜的系統，有「掌六祝」、「六祈」，「作六辭」，「辨六號」的大祝（《周禮．春官．大祝》），有「掌小祭祀將事侯禳禱祠之祝號」的小祝（《周禮．春官．小祝》），有「掌四時之田表貉之祝號」的甸祝（《周禮．春官．甸祝》），有「掌盟、詛、類、造、攻、說、禬、禜之祝號」的詛祝（《周禮．春官．詛祝》），名目繁多，難以盡述。他們各自從事的具體工作，構成了「祭祀能語」的複雜內容。

【一】徐師曾：《文體明辨序說》「祝文」，頁一五五——一五六。

【二】參考錢玄、錢興奇編著：《三禮辭典》（南京：江蘇古籍出版社，一九九八年），頁七五二。

《國語．楚語下》曾論宗伯與大祝之才德云：

使先聖之後之有光烈，而能知山川之號、高祖之主、宗廟之事、昭穆之世、齊敬之勤、禮節之宜、威儀之則、容貌之崇、忠信之質、禋絜之服，而敬恭明神者，以為之祝。

使名姓之後，能知四時之生、犧牲之物、玉帛之類、采服之儀、彝器之量、次主之度、屏攝之位、壇場之所、上下之神祇、氏姓之所出，而心率舊典者為之宗。（《國語集解》，頁五一三——五一四）

前論大祝，後論宗伯，雖然地位不同，且分別論之，但二者的才能似無法截然分開，宜以兼通視之，即掌管祭祀的大宗伯與大祝都必須具有全面的知識修養。當然，從文章學的角度而言，司祝職責為文辭，故尤為文論家所重視。劉勰《文心雕龍．祝盟》云：「祝史陳信，資乎文辭。」（《文心雕龍注》，頁一七六）劉師培〈文學出於巫祝之官說〉則謂：「蓋古代文詞，恆施於祈祀，故巫祝之職，文詞特工。今即《周禮》祝官職掌考之，若六祝六詞之屬，文章各體，多出於斯。」【二】他高度評價巫祝對於文學發生的重要性，認為古代各體文章，多出於祝官職掌。古人多謂「文本於經」，而劉師培進一步提出「文學出於巫祝之官」，這是一種雖片面卻獨到的文學史眼光。

餘論：「九能」說的接受和發展

綜上所述，在先秦的原始語境中，「九能」說涉及當時占卜、田獵、外交、軍事、喪禮、地理、祭祀等各個方面的內容，其核心精神在於強調大夫應該具有多方面修養與能力，能在不同場合適應不同的需求。正如章太炎所言：「古之儒知天文占候，謂其多技，故號偏施於九能，諸有術者悉晐之矣。」（《國故論衡·原儒》，《國故論衡疏證》頁四八四）「九能」說原意並非從文學或文體學出發的，而是對君子和大夫的修養、才能的要求。《詩·鄘風·定之方中》孔疏曰：「獨言『可以為大夫』者，以大夫事人者，當賢著德盛，乃得位極人臣。大夫，臣之最尊，故責其九能。天子、諸侯嗣世為君，不可盡責其能此九者。」（《十三經注疏》，頁三一六）宋代邢昺《孝經注疏》卷四認為「九能」說本意是講「位以材進」（《十三經注疏》，頁二五五二），即君子是以自身的才能獲取職位的，才位相配，所以可以稱為「德

【一】陳引弛編：《劉師培中古文學論集》（北京：中國社會科學出版社，一九九七年），頁二一八。

音」，這是有道理的。但漢代以後，在「九能」的接受與闡釋過程中，逐漸從大夫才德命題發展為文學命題。劉師培曾引用此語並認為「九能」是「後世文章之祖」（《論文雜記》，頁一二八）。劉毓崧曾總結說：「夫『九能』，均不外乎作文。」【一】直接把「九能」等同於「作文」，於是順理成章，「大夫」的才能就演變成文人的才能。清代夏炘說：「毛公『九能』之《傳》，不知所自出，其後世文人之濫觴乎！」【二】以「九能」說為「後世文人之濫觴」，這真是「九能」接受史上的點睛之筆。到了當代，「九能說」甚至被賦予文體學的內涵與意義。郭紹虞先生在上個世紀八十年代就曾說：「現在人只知道文體分類始於曹丕之《典論·論文》。其實，在曹氏以前，昔人早已注意及此。《毛詩·鄘風·定之方中傳》講到『九能』……這是漢以前的舊說。」【三】他是最早在理論上把「九能說」與文體學聯繫起來的。此後，郭英德先生則明確地說：「所謂『九能』，指的是作為大夫所必須掌握的九種文體。」【四】「九能」說發展為文學命題有一個過程。《漢書·藝文志·詩賦略》最早為「九能」說的文學化闡釋提供了理論基礎：

《傳》曰：「不歌而誦謂之賦，登高能賦可以為大夫。」言感物造耑，材知深美，可與圖事，故可以為列大夫也。（《漢書》，頁一七五五）

此所引「登高能賦」與「九能」說相比，有明顯不同，它明確將「賦」作為「詩賦」文獻來討論，而且強調賦體「感物造耑」的特點。漢代詩賦開始興盛，並成為文壇的主要文體。因此，在「九能」中，被引用最多的就是「升（登）高能賦」，這是詩賦時代文人自然而然的選擇。在先秦時代，「升（登）高能賦」的「賦」內涵較廣，包括言志與抒情，吟咏古人作品，但到了後代，基本上集中到文學創作上了。所以，《詩賦略》在「九能」闡釋史的文學化上，最先起到了關鍵作用。南北朝文論家引用「九能」之語，皆關乎文章之學。如《文心雕龍．詮賦》：「登高能賦，可為大夫。」還謂「原夫登高之旨，蓋覩物興情。……此立賦之大體也」（《文心雕龍注》，頁一三四、一三六）。這也是承《詩賦略》而有所闡發的。《隋書．經籍志》曰：「文者，所以明言也。古者登高能賦，山川能祭，師旅能誓，喪紀能誄，作器能銘，則可以為大夫。言其因物騁辭，情靈無擁者也。」【五】明確把「九能」作

【一】劉毓崧：《通義堂文集》卷一〇《從橫家出於行人之官說下篇》，《續修四庫全書》第一五四六冊，頁五二四。

【二】夏炘：《讀詩劄記》卷三「卜云其吉」條，《續修四庫全書》第七〇冊，頁六四九。

【三】郭紹虞：〈提倡一些文體分類學〉，《復旦學報》一九八一年第一期，頁二。

【四】郭英德：《中國古代文體學論稿》，一九八一年，頁三一。

【五】魏徵等撰：《隋書》（北京：中華書局，一九七三年），頁一〇九〇。

為「文」，將之納入文章學範疇，這既傳承《詩賦略》傳統，又有所發展。「九能」已被縮略，「有德音」也被忽視。原屬大夫才德命題內容的「九能」說已成功地變成「因物騁辭，情靈無擁」的文學性闡釋。「因物騁辭」，即有感而發，強調作家對於環境的感受，並用語言文字表現出來；「情靈無擁」，即情靈自由，不受擁蔽。至此，「九能」說不但文學化了，而且還被賦予了性靈的色彩。《隋書》之外，《初學記》卷二十一也明確地把「九能」的內容收錄在「文章」類。作為一部類書，它反映的正是當時人們的普遍觀念。

「九能」說之所以從大夫才德命題發展成文學命題，並被賦予文體學的內涵與意義，有多方面的原因：

一是「九能」初始雖然是大夫才德命題，但皆與「辭命言語」相關。清代劉寶楠《論語正義》曰：

> 《孟子．公孫丑篇》：「宰我、子貢善為說辭，冉伯牛、閔子善言德行，孔子兼之。曰：『我於辭命，則不能也。』」是言語以辭命為重。《毛詩．定之方中》傳：「故建邦能命龜，田能施命，作器能銘，使能造命，升高能賦，師旅能誓，山川能說，喪紀能誄，祭祀能語。」此九者，皆是辭命，亦皆是言語。【一】

即將「九能」視為辭命、言語。又，孫寶瑄《忘山廬日記》曰：「我國自古重文辭，聖門有『言語』一科，文辭即言語也。《毛詩．定之方中》，傳所謂大夫之九能，云……皆謂文辭也。」【二】也明確指出「九能」就是使用「文辭」的能力。而「辭命言語」正是文章的基本因素，這是「九能」說能夠發展成文章學命題的主要原因。

二是「九能」說與傳統文論「物感說」有相通處。古人認為，創作活動是由於有感於外部事物而產生的。《禮記．樂記》：「凡音之起，由人心生也。人心之動，物使之然也。」（《十三經注疏》，頁一五二七）《文心雕龍．物色》：「情以物遷，辭以情發。」（《文心雕龍注》，頁六九三）《詩品．序》也謂：「氣之動物，物之感人，故搖蕩性情，形諸舞詠。」【三】「九能」說本身雖然與物感說並無關涉，但它所涉及是面對不同的場景與需要，撰述或使用不同形態、內容的言辭與文字的能力，容易與「情以物遷，辭以情發」的思路聯繫起來。同時，「九能」說與文體學也有相通的元素。文體本質上是對於獨特事物的恰當的表達方式，而「九能」在某種程度上可以說就是在特定的語境中使用適當辭令之能力，故「九能」說具

【一】劉寶楠撰，高流水點校：《論語正義》卷十四（北京：中華書局，一九九〇年），頁四四一——四四二。
【二】孫寶瑄：《忘山廬日記》（上海：上海古籍出版社，一九八三年），頁二三六。
【三】鍾嶸著，曹旭集注：《詩品集注》（上海：上海古籍出版社，一九九四年），頁一。

有文體學闡釋的可能性。

三是「九能」說的語境發生了改變。「九能」說的原始語境是先秦典章制度與禮樂儀式系統，漢代以後，引用和闡釋「九能」說的語境則主要是文章學背景。

四是人們對「九能」說進行了選擇性的接受與闡釋，強調和放大其「感物造耑」的方面，甚至有所改造。在「九能」說的接受過程中，有一個奇特的縮略現象，便是在引用九能時，以「升（登）高能賦」、「山川能說」二者代替了「九能」。縮略是一種簡化，也是一種有意無意的選擇和強調。何紹基《題吳子厚世丈龍湫觀瀑圖》謂：「夫登高能賦，山川能說，古所稱九能也。」【一】李元度《醉月樓詩序》說：「傳曰：『登高能賦，山川能說，可以為大夫矣。』」【二】陶澍《海曙樓銘》：「九能之士，登高能賦，山川能說，可以為大夫。」【三】「升（登）高能賦」、「山川能說」二者之所以可以代替「九能」，是因為這二者最切合中國古代文學創作感物興懷的傳統。

在諸原因之中，前兩者是內在原因，後二者來源於外在的語境與後人的闡釋。內外原因交替作用而推進了「九能」說從才德命題發展為文學命題。

【一】何紹基：《東洲草堂文鈔》卷五，《續修四庫全書》第一五二九冊，頁一七七。

【二】李元度：《天岳山館文鈔》卷二五，《續修四庫全書》第一五四九冊，頁三九三。

【三】陶澍：《陶文毅公全集》卷四四，《續修四庫全書》第一五〇三冊，頁五一四。

早期職官與文體發生

文體與官制的關係，是中國古代文體學上一個比較獨特又未經系統研究的問題。筆者曾提出，研究中國古代文體學，必須「考之以制度」，要注意到文體與中國古代禮樂與政治制度的關係。因為中國古代大量實用性文體與禮樂、政治制度關係密切，許多文體就是官制、禮制的直接產物，並服務於制度的。如果不了解制度，就不可能真正理解這些文體的生成機制及初始意義。【一】

從秦代開始，中國進入大一統時代，秦代所建立的政治制度對整個中國歷史產生深遠的影響。秦漢的官制一脈相承。漢代最初因循秦代所建的官制，班固《漢書·百官公卿表》上，西漢絕大多數職官都標明「秦官」。隨後根據時代發展的需要而有所修改：「秦兼天下，建皇帝之號，立百官之職。漢因循而不革，明簡易，隨時宜也。其後頗有所改。」（《漢書》，頁七二二）《續漢書·百官志》亦稱「漢之初興……法度草創，略依秦制，後嗣因循。」【二】直到東漢初年，漢代官制基本得以定型：「所以補復殘缺，及身未改」，司馬彪認為此時的官制乃「世祖節約之制，宜為常憲」（《後漢書》引，頁三五五五）。漢初的職官並未明確其具體執掌，《漢書·百官公卿表》中只列官名而並無對應的職分，直到《續漢書·百官志》才「依其官簿，粗注職分」（《後漢書》引，頁三五五五）。漢代官制從草創到定型的過程，不僅有框架的調整，對其執掌的內容也在逐漸明確。由於各種政治機構的設立，負責不同職能的官吏也應運而生。部分職官因為職能的不同，在日常公務中，需要應用到不同的文體類型，就形成一個圍繞官制運行的文體系統。王充說：「漢所以能制九州者，文書之力也。以文書御天下。」（《論衡校釋．別通》，頁五九一）這個系統對於漢代的統治起了相當重要的作用。

秦漢諸多制度與文體的創作與運用有密切的聯繫，這些制度各有其系統的話語體系，其中就涉及對文體的掌握與應用。一些職官的設立，本身就蘊含一種樸素的文體觀念意識。不同的職官，對應不同的話語模式、文體形態。不同職官執掌的文體，具有很大的差異性。漢代官制要求各類官員能夠結合其具體的執掌，具備相應的話語能力。故而，上至公卿大夫，下至州郡掾屬，都有一套相應的文體形式作為處理政事的核心話語模式。由於職官本身的政治職能包含了文體創作與運用，一些禮樂制度與政治活動須通過特定的文體來實施，而各種文體在運用過程中，也受到相應制度的約束，使得文體形態趨於規範和穩定。

秦漢職官制度對文體的發展演變以及對後世文體的影響，起了獨特的作用。前人對秦漢職官制度的研究，成果非常豐碩，為古代文學研究提供了堅實基礎和豐富文獻。但是，從政治制度入手，對秦漢職官與文體關係進行探索性的研究和闡釋，揭示中國古代文體學特色的

【一】參見吳承學：《中國古代文體學研究．緒論》（北京：人民出版社，二〇一一年），頁四。

【二】范曄撰，李賢等注：《後漢書》引（北京：中華書局，一九六五年），頁三五五五。

一些成因，仍是有待開拓的學術領域。

第一節　制度安排的文體指向性

中國古代的官職名稱，往往明確標明職官的職責。制度安排的文體指向性，是指在中國古代政治制度中，有一些職官名稱就已經標示其職責與文體之直接關係。這體現了古人對於文體實用功能的認識，是早期文體觀念發生的途徑之一。

先秦時代的某些文獻記載，已初步涉及制度安排中文體與某些特定官職或身份的對應關係。甲骨文中已出現「乍（作）冊」【一】這種明確標明執掌文體（冊）之史官名稱。又如《國語·周語》邵公諫厲王有一段文字：

故天子聽政，使公卿至於列士獻詩，瞽獻曲，史獻書，師箴，瞍賦，矇誦，百工諫，庶人傳語，近臣盡規，親戚補察，瞽史教誨，耆艾修之，而後王斟酌焉，是以事行而不悖。（《國語集解》，頁一一—一二）

其中所提及的「詩」、「曲」、「書」、「箴」、「賦」、「誦」、「諫」、「傳語」、「盡規」、「補察」、「教誨」等，大部分具有早期文體形態性質或特定的話語行為，它們分別與「公卿」、「列士」、「瞽」、「史」、「師」、「瞍」、「矇」、「百工」、「庶人」、「近臣」、「親戚」、「瞽史」等不同身份地位的人相對應，反映了當時已經出現一種明確的觀念，即要求在政治生活中，臣民分別使用與之身份相符的話語行為。《周禮》書中列出一些職官所負責的執掌事情與言說方式，如〈大祝〉所掌之六祝、六祈、六辭、六號等，可以窺見百官執掌與對應文體類型之間的關係（參本書第二章第二節「制度設置與文體譜系的發生」）。【二】戰國時期，周王朝和各諸侯國的不少職官，已具有明確的文體指向性。如御史（周、齊、魏、趙、韓）、太史（周、齊）、長史（秦）、卜史（秦）、令史掾（秦）、侍史（齊）、內史（趙）、筮史（趙）、計事內史（魏）、史（宋）、祝人（不詳）、尚書（秦）、主書（魏）、掌書（齊）、主簿（秦）、苑計（秦）、尉計（秦）、箴尹（楚）、太卜（楚、趙）、謁者（秦、齊、楚、魏、韓）等【三】，其職官名稱已明確其職責，即主要是對某種文體或言說形式的使用。這種在職官制度安排上

【一】陳佩芬編著：《中國青銅器辭典》第一冊（上海：上海辭書出版社，二〇一三年），頁一八〇。

【二】學界對《周禮》成書時代頗有爭議，《周禮》所載官制，應包含漢儒理想化增飾的成分。關於周代官制，參考李峰：《西周的政體：中國早期的官僚制度和國家》（北京：生活．讀書．新知三聯書店，二〇一〇年）。《周禮》對於周代官制的記載未必可靠，但大致可以反映出秦漢之前的官制文體意識。

【三】楊寬、吳浩坤主編：《戰國會要》（上海：上海古籍出版社，二〇〇五年），頁四七八—五六五。

的文體指向性意識，成為秦漢時期職官制度建設的重要基礎。

漢代繼承先秦這種官職與文體相關的傳統，從職官名稱的初始內涵來看，部分職官與文體或話語形式之間存在一定的對應關係，既有專指單一文體的，也有泛指某一文體類型的。這些職官在設立時，其執掌內容裏就包含對使用某一文體的要求，也就是說，在制度安排上已具有文體指向性。如諫議大夫（初稱為諫大夫）與「諫」、「議」；議郎、議曹與「議」；太祝令、祝人與「祝」；大予樂令與「樂」；奏曹與「奏」；辭曹與「辭」（訟辭）……這些職官名稱本身就是包含了特定的文體類型或話語形式。

下面略舉數例。

「議郎」與「議」。《周書．周官》曰：「議事以制，政乃不迷。」（《十三經注疏》，頁二三六）可見早在先秦時代朝臣議政已成常態。秦漢時期，「議」被確定為一種國家制度，並形成一套完整的議政體制。秦時有丞相議、廷尉議和博士議；漢則有廷議、集議、百官雜議和下公卿議。議郎一職，秦時已設【一】，漢代議郎「不屬署，不直事」【二】，專職人員參與議政成為一種制度。漢代官職如諫議大夫、議郎等，其職責都與「議」相關，「議」已經是一種明確的政治分工和職官專業。蔡邕《獨斷》所總結的四種進言皇帝的文體之一即「議」。【三】所謂「議以執異」（《文心雕龍注．章表》，頁四〇六），說明議是用來發表不同政見的文體。「議」又可稱「駁」，取「雜議不純」（《文心雕龍注．議對》，頁四三七）之意，即「推覆平論，有異事進之曰駮」（《文選》李善注，頁一六六七）。在議政過程中，若持不同意見，可上書駁論，陳説已意。朱禮《漢唐事箋》卷三稱：「漢置大夫，專掌議論，苟其事疑似而未決，則合中朝之士雜議之。自兩府大臣而下至博士、議郎，皆得以伸其己見，而不嫌於卑抗尊也。」【四】大夫，包括光祿勳下屬的光祿大夫、太中大夫、中散大夫、諫議大夫之類。議郎雖在參與集議的眾官中位居最末，卻是參議朝政的重要力量，具有一定話語權。議郎一職，《續漢書．百官志》本注謂：「凡大夫、議郎皆掌顧問應對。」（《後漢書》引，頁三五七七）即參與議論國事，為國君提供應對之策。從字面意思來看，議郎的「議」，亦有其具體的文體內涵：「議。商榷可否之文，『論』定而『議』未定，『論』略而『議』詳也。」（《續後漢書》，卷六十六上上，頁八五七）可見「議」與「論」不同，「論」有確定的結論，而「議」是用於商榷疑而未決之事的文體，對事情的分析比「論」更為全面。先秦

【一】虞世南編撰：《北堂書鈔》卷五十六引《漢官儀》：「議郎，中郎，秦官也。」（北京：中國書店，一九八九年，頁一八一）

【二】應劭：《漢官儀》，孫星衍等輯，周天游點校：《漢官六種》（北京：中華書局，一九九〇年），頁一三二。

【三】蔡邕：《獨斷》（上海：上海古籍出版社，一九九〇年），頁四。

【四】朱禮：《漢唐事箋》（南京：江蘇古籍出版社，一九八八年），頁五三。

時代的「議」僅是一種口頭的話語形式，漢代則發展為成熟的書面文本形式。「三代之議有言而無書，二漢之議即許其言，又各為書以上其議，其言不易而得失可考，天子稱制決可，而後下其議，公卿奉行之。」（同上，頁八五七—八五八）《漢書·王嘉傳》載光祿大夫孔光等人彈劾丞相王嘉。皇帝制曰：「票騎將軍、御史大夫、中二千石、二千石、諸大夫、博士、議郎議。」議郎龔等以為：「嘉言事前後相違，無所執守，不任宰相之職，宜奪爵士，免為庶人。」（《漢書》，頁三五〇一）這就是議郎所作的「議」。蔡邕擔任議郎期間，曾作〈曆數議〉、〈難夏育請伐鮮卑議〉、〈答丞相可齋議〉。【二】

「太祝令」與「祝」。秦有太祝令丞，又有祕祝。漢朝承襲秦代祝官，設太祝令。《續漢書·百官志》本注曰：「凡國祭祀，掌讀祝，及迎送神。」（《後漢書》引，頁三五七二）其所讀的「祝」，也是文體形式。《周禮·春官·大祝》：「大祝掌六祝之辭，以事鬼神示……作六辭以通上下親疏遠近。」（《十三經注疏》，頁八〇八—八〇九）漢代的「祝」，與先秦時代又有所不同。《文心雕龍·祝盟》稱：「若乃禮之祭祀，事止告饗；而中代祭文，兼讚言行。祭而兼讚，蓋引神而作也。又漢代山陵，哀策流文；周喪盛姬，內史執策。然則策本書贈，因哀而為文也。是以義同於誄，而文實告神，誄首而哀末，頌體而祝儀。」（《文心雕龍注》，頁一七七）認為先秦時代的祝文，僅是指祝告鬼神歆享所奉酒食之語而已。到了漢代，祝成為祭祀過程中一系列文體的泛指，包括「祭」、「讚」、「誄」、「哀策」等若干文體。

《續漢書．禮儀志》記載東漢皇帝葬儀時，太祝令讀謚策。（《後漢書》引，頁三一四五）其實，劉勰的說法，僅是就喪祭而言，漢代祝官所掌的祭祀活動，還包括祭天地神祇祖先。漢代其他的祭祀活動，也有相關文體的運用。《續漢書．禮儀志》載「冠禮」云：「〔冠迄〕皆於高祖廟如禮謁。」（《後漢書》引，頁三一〇五）補注引《博物志》所載孝昭皇帝冠辭。其辭曰：「陛下擒顯先帝之光耀，以承皇天之嘉祿，欽奉仲春之吉辰，普尊大道之郊域。秉率百福之休靈，始加昭明之元服。推遠沖孺之幼志，蘊積文武之就德。肅勤高祖之清廟，六合之內，靡不蒙德。永永與天無極。」（《後漢書》引，頁三一〇五）可見正是在高祖廟禮謁時所作。此文又見《大戴禮記．公符篇》，篇中載周成王行冠禮，使祝雍【二】祝王，祝雍作冠辭。而漢儒以孝昭冠辭附錄其後。則漢代冠禮，可能也傳承了周代時以太祝作祝辭的傳統。

另一種有趣的情況是官署名稱後來變為文體名稱，官職名稱直接影響了文體命名。「樂府」本是一個秦時已設置的掌管音樂的官方機構。一九七六年考古工作者發現秦代的錯金甬

【一】鄧安生：《蔡邕集編年校注》附錄〈蔡邕年譜〉（石家莊：河北教育出版社，二〇〇二年），頁六〇〇—六〇六。

【二】盧辯注云：雍，太祝，當左與王為祝辭，於冠告焉。見王聘珍撰，王文錦校點：《大戴禮記解詁》（北京：中華書局，一九八三年），頁二四九—二五〇。

鐘上刻有「樂府」二字【一】；二〇〇〇年在西安市郊相家巷發掘的秦遺址中出土很多秦封泥，其中有「樂府丞印」、「左樂丞印」、「外樂」各一枚。【二】又據班固《漢書．百官公卿表》記載「少府」為秦官，其屬官中就有樂府。漢承秦制，也設立樂府。漢代樂府機構的建立，使得樂府詩歌創作與國家的政治、禮儀密切相關。漢初設有太樂和樂府二署，分掌雅樂和俗樂，太樂機構在漢朝初年就已建立，太樂隸屬奉常（太常），主要執掌宗廟祭祀的雅樂，至東漢明帝時，更名為太予樂。樂府則隸屬於少府，負責執掌宮廷中用於觀賞玩樂的各類俗樂，兼採民歌配以樂曲。武帝時所謂的「立樂府」，實為擴充樂府的職能和規模【三】，「自孝武立樂府而采歌謠，於是有代趙之謳，秦楚之風，皆感於哀樂，緣事而發，亦可以觀風俗，知薄厚云。」（《漢書》，頁一七五六）廣泛採集民間歌謠，以新聲俗樂為郊祀之禮配樂。後來，那些被樂府官署所採制的可以入樂的詩歌，以及仿樂府古題的作品統稱樂府。姚華《論文後編》：「於是郊祀、鐃歌、鼓吹、琴曲、雜詩之屬，先後並起。其隸於樂官者，皆有聲可歌，謂之樂府詩，略曰樂府。」【四】若論漢代樂府的體例，則有歌、行、吟、謠、篇、引諸體，《續後漢書．文藝．文章總敘》謂「其後雜體、歌、行、吟、謠，皆為樂府，新聲別調，不可勝窮矣」。（《續後漢書》，第八六〇—八六一）可見自漢代以來，樂府體例發展日漸繁多，不可勝數。當時人稱「樂府」詩為「歌詩」，《漢書．藝文志．詩賦略》中著錄的「歌詩」有二十八家，共三百一十四篇。東晉後，人們始將此類歌詩稱之為「樂府」，但東晉的樂府概念，不僅包括歌詩，也包括擬樂府。

第二節　職官與文體分類

中國古代文體種類繁多，為了方便運用，古人很早就對紛亂複雜的文體進行分類。古代職官都具有特定的職責，其中一些職責與特定的系列文體有相關性，而這一系列文體，由於類似的功能或使用對象、方式等，在後來往往變成某一文體類別。《周禮．春官宗伯》記載：「〔大祝〕作六辭以通上下親疏遠近，一曰祠，二曰命，三曰誥，四曰會，五曰禱，六曰誄。」（《十三經注疏》，頁八〇九）「六辭」這一文體分類就是直接和「大祝」相關的。秦漢時期的文體使用者出於職官行為而採用的系列文體，很有可能具有文體類別的性質。在漢代官制中，掌管禮儀和掌管史料的職官與文體類別的相關性表現得尤為清晰。

秦代掌管宗廟禮儀的奉常，漢代改稱太常。《通典》述其沿革云：「今太常者，亦唐虞、

【一】袁仲一：〈秦代金文、陶文雜考三則〉，《考古與文物》一九八二年第四期，頁九二——九七。

【二】劉慶柱、李毓芳：〈西安相家巷遺址秦封泥考略〉，《考古學報》二〇〇一年第四期，頁四二七——四五二。

【三】參見趙敏俐：〈漢代樂府官署興廢考論〉，《文獻》二〇〇九年第三期，頁一七——三三。

【四】賈文昭編：《中國近代文論類編》（合肥：黃山書社，一九九一年），頁九五。

伯夷為秩宗兼夔典樂之任也。周時曰宗伯，為春官，掌邦禮。秦改曰奉常，漢初曰太常，欲令國家盛大常存，故稱太常。」[一]可見上古時代已出現太常性質的官職，並帶有濃厚的宗教文化色彩。漢代太常的基本職能主要體現為禮儀祭祀、文化教育、掌管陵園三個方面。太常的職責與禮儀類文體關係最為密切。比如，他所主持的各項禮儀活動，就涉及祈豐年、禱天地、求雨之類與「祈」、「禱」等文體直接相關的職責。

> 制詔太常：「夫江海，百川之大者也，今闕焉無祠。其令祠官以禮為歲事，以四時祠江海雒水，祈為天下豐年焉。」自是五嶽、四瀆皆有常禮。……皆使者持節侍祠。唯泰山與河歲五祠，江水四，餘皆一禱而三祠云。（《漢書》，頁一二四九）

> 求雨，太常禱天地、宗廟、社稷、山川以賽，各如其常牢，禮也。（《續漢書．禮儀志》引《漢舊儀》，見《後漢書》，頁三一一八）

祈之體，源自《周禮．春官宗伯》：「〈大祝〉掌六祈以同鬼神示」。鄭玄注：「祈，嘄也，謂為有災變，號呼告于神以求福。」（《十三經注疏》，頁八〇八）揚雄〈甘泉賦〉描述「欽柴宗祈」時「選巫咸兮叫帝閽」（《文選》，頁三三〇—三三一），正是號呼於神的「祈」之體。

禱之體，也是源於上古職官的。《周禮．春官宗伯》稱大祝「作六辭以通上下親疏遠近」，其五即為禱。鄭玄注引鄭眾語：「禱，謂禱於天地、社稷、宗廟，主為其辭也。」（《十三經注疏》，頁八〇九）鄭眾還列舉《左傳》中鐵之戰衛太子的禱詞為例。漢代以「禱」名篇的文章，僅見匡衡〈禱高祖孝文孝武廟〉一篇【二】，係匡衡為太常掌故時所作，據此可見太常在祭祀活動中所用禱文的體制。值得一提的是，此文以「嗣曾孫皇帝」的名義祈禱，可知太常作「禱」這種文體，乃是代天子為禱，是一種代言體。

《續漢書．百官志》「太常」本注曰：「掌禮儀祭祀。每祭祀，先奏其禮儀；及行事，常贊天子。」（《後漢書》引，頁三五七一）太常在各種禮儀祭祀活動中，還負責主持贊語。太常本人的贊語，一般都較短。如正月朔賀時，太常贊曰：「皇帝為三公興！」【三】《漢舊儀》曰：「太常卿贊饗一人，秩六百石，掌贊天子。」【四】《史記．封禪書》記載漢武帝時郊祀太一神，祭祀中作贊饗文曰：「天始以寶鼎神策授皇帝，朔而又朔，終而復始，皇帝敬拜見

【一】杜佑撰，王文錦等點校：《通典》（北京：中華書局，一九八八年），頁六九一——六九二。
【二】嚴可均輯：《全上古三代秦漢三國六朝文．全漢文》卷三四，頁三一九。
【三】孫星衍等輯：《漢官六種》，頁一八三。
【四】孫星衍等輯：《漢官六種》，頁八八。

焉。」（《史記》，頁一三九五）即《全漢文》所錄〈郊拜太一贊饗文〉【二】。可見「贊」也是太常所主持祭祀活動中常用的一類文體。《史記》中〈孝武本紀〉和〈封禪書〉共錄兩篇贊饗文，《全漢文》題為〈拜祝祠泰一贊饗文〉、〈祠上帝明堂贊饗文〉【三】，它們也是在漢武帝時的郊祀活動中，贊饗所作。

以上可見，與太常職責相關的文體，主要是祈、禱、贊等禮儀類文體。

史傳類文體直接來源於掌管史料的太史令、蘭台令史等職。太史令一職，「掌天時、星曆。……凡國有瑞應、災異，掌記之」（《後漢書》引《續漢書．百官志》，頁三五七二）。太史令所掌管的天時、星曆等內容，都是通過相應的文體形式「掌記之」而構成史書傳記的重要部分。如《史記》中的〈曆書〉、〈天官書〉，《漢書》中的〈律曆志〉、〈天文志〉、〈五行志〉。本紀這一史傳體例，在對記言記事的編排上，同樣運用其掌管的這些內容。《文心雕龍．史傳》云：「執筆左右，使之記也。……紬三正以班歷，貫四時以聯事。」（《文心雕龍注》，頁二八三）所謂「紬三正以班歷」，即編訂歷代正朔，如《春秋》書「王正月」。「貫四時以聯事」，則是強調四時之統序。正如杜預〈春秋序〉所云：「記事者，以事繫日，以日繫月，以月繫時，以時繫年。……史之所記，必表年以首事。年有四時，故錯舉以為所記之名也。」（《十三經注疏》，頁一七〇三）這一寫法，在司馬遷所創本紀體中得以遵循：某年某月，先記發生的某種災異或祥瑞，然後再記具體的史事。東漢時，官方史書的編撰開始興盛，編撰史書的場所，有蘭台和東觀，參與編撰史書的職官，主要為蘭台令史、校書郎。《後漢書．班固傳》：「顯宗甚奇之，召詣校書部，除蘭台令史，與前睢陽令陳宗、長陵令尹敏、司隸從事孟異共成〈世祖本紀〉。」（《後漢書》，頁一三三四）東漢史官還有作「注記」之體，《後漢書．馬嚴傳》：「有詔留仁壽闥，與校書郎杜撫、班固等雜定《建武注記》。」（《後漢書》，頁八五九）「注記」又作「著記」或「著紀」，《漢書．藝文志》內著錄有「漢著記百九十卷」（《漢書》，頁一七一四），據《漢書．律曆志》記載，西漢十二世皇帝皆有著記。（《漢書》，頁一〇二三—一〇二四）《後漢書．皇后紀》稱「漢之舊典，世有注記」（《後漢書》，頁四二六），可見西漢有為每世皇帝作注記的制度。顏師古認為注記「若今之起居注」（《漢書》，頁一七一五），因漢代著記今已全部佚失，無法推測其原貌，今人尚未

【一】嚴可均輯：《全上古三代秦漢三國六朝文．全漢文》卷五七，頁四四〇。
【二】《史記》，頁四七七、一四〇一；《全上古三代秦漢三國六朝文．全漢文》卷五七，頁四四〇。

有定論【二】，姑從其說法。

漢代史官屬下為巫卜一類職官，地位雖然低微，但涉及許多數術雜體類別之文。據《續漢書．百官志》引《漢官（儀）》注，太史令之下又有太史待詔作為其屬官。有「治曆」、「龜卜」、「廬宅」、「日時」、「易筮」、「典禳」、「嘉法」、「請雨」、「解事」等職。司馬遷曾稱其所任之太史令為「文史星曆，近乎卜祝之間」的職務（〈報任少卿書〉，《文選》，頁一八六〇），《漢書．藝文志．數術略》小敘云：「數術者，皆明堂羲和史卜之職也。」（《漢書》，頁一七七五）正是在強調數術類著作與史官的密切聯繫。這些職事都各自有相對應的禮儀和文體，其中所涉及者，大多皆為方術類的文體。司馬遷為採集民間流傳的龜卜文辭和事跡，曾「至江南，觀其行事，問其長老」。褚少孫「求〈龜策列傳〉不能得，故之大卜官（引者按：太卜令原為太常屬官，後省併太史），問掌故文學長老習事者，寫取龜策卜事」。（《史記》，頁三二二五—三二二六）由褚少孫所補的《史記．龜策列傳》即收錄不少龜卜之文。《漢書．藝文志．數術略》收錄相關文體著作，比如「雜記」、「符」、「占」、「秘記」、「曆」、「牒」、「紀」、「論」、「式」、「解」、「劾」、「禳」、「請」、「相」等諸多形式，大致反映出當時人們的「數術」文體觀念。按照劉勰的劃分，符、占、牒、相之屬當歸入「書記」一類：「夫書記廣大，衣被事體，筆箚雜名，古今多品。是以總領黎庶，則有譜籍簿錄；醫曆星筮，則有方術占式；……並述理於心，著言於翰，雖藝文之末品，而政事之先務也。」

（《文心雕龍注》，頁四五七）這類文體，雖然居於末流，卻在日常政事中發揮了一定的作用。

還有司法類職官與法律類文體的關係，同樣值得注意。《漢官儀》云：「選廷尉正、監、平，案章取明律令。」【二】廷尉是執掌刑獄的最高司法官，主要的屬官有廷尉正、廷尉左右監、廷尉左右平。可見精通律令是司法類官員的必備技能。漢武帝時，張湯以更定律令為廷尉（《史記》，頁三一〇七）。廷尉署的官員所需掌握的司法文體，還不僅限於律令。如奏讞書，《漢書．張湯傳》載：「湯決大獄，……奏讞疑，必奏先為上分別其原，上所是，受而著讞法廷尉挈令，揚主之明。」顏師古注謂：「挈，獄訟之要也，書於讞法挈令以為後式也。」（《漢書》，頁二六三九）可知奏讞書主要是以疑難案件的判決文書整理而成的經典判例。張家山漢簡中即有出土《奏讞書》。漢代擔任司法類職官的士大夫，對此類判決文書也

【一】反對顏氏的觀點，如朱希祖《漢十二世著記考》一文認為：「『著記』一書，為天人相應之史，決非起居注專詳人事可比。」（朱希祖：《中國史學通論》（北京：商務印書館，二〇一五年），頁六九—八一）也有支持顏氏的觀點，喬治忠〈中國古代「起居注」記史體制的形成〉認為：「漢代的著紀是『雜定』而成，而非隨時的最初記載，……是一種史事記載的『新體』，即後來起居注記史體制的前身。」（《史學史研究》二〇一〇年第二期）

【二】孫星衍等輯：《漢官六種》，頁三七。

多有撰著。清人所補的五家《後漢書藝文志》專門著錄東漢時的刑法類文書【一】，其中的體例有辭訟比、決事都目、決事比、律章句、廷尉板令、春秋斷獄、律令故事等。可見漢代已經產生種類繁多的法律類文體。

綜上所述，秦漢時期，因職官行為而採用的系列文體，很可能具有文體類別的性質。文體分類的發生，是古代文體發生學的重要問題。文體分類和文體使用者之關係問題，尚沒有得到揭示和研究。而秦漢職官與文體分類問題，給我們一定的啟示。當然，以上只是粗略地提出問題，仍待高明者進一步系統之研究。

第三節　職官精神與文體風格

中國古代文體具有獨特體制和文體風格。文體風格是文體學研究的重點之一。劉勰《文心雕龍·定勢》集中討論文章體裁與風格的關係，歸納了多種文體的特殊風格與特徵，比如：

> 章表奏議，則準的乎典雅；賦頌歌詩，則羽儀乎清麗；符檄書移，則楷式於明斷；史論序注，則師範於覈要；箴銘碑誄，則體制於弘深；連珠七辭，則從事於巧艷。

（《文心雕龍注》，頁五三〇）

文體風格是歷史的產物，其形成有多方面的原因，比如文體的功用、題材、語言形式、地域及歷史傳統等。[二] 但是，歷來的研究往往忽視職官對於文體風格形成可能產生的影響。儘管這並不是最主要的成因，但其研究有助於認識文體風格形成的複雜性，對文體學研究有推進作用。職官與文體的關係，不僅體現在不同職官職能涉及不同文體的創作與運用，還表現在職官精神與文體風格之間的密切關係。所謂職官精神，即各種職官由於獨特的政治職能，而體現出一種特有精神氣質。或者說，擔任某種職官之人，應當具備相應的精神氣質。每個人的精神風貌，各有差異，然而與其所擔任的具體官職，往往具有一定的契合，從而使創作者因為擔任某類職官而影響其文章風格的形成。這種風格，既源自於作者的才能性情，又與官職所賦予的政治職責密切相關。

漢代以察舉納士，選拔人才。漢朝歷代皇帝多次下詔求賢，明令朝中百官，上至公卿下

【一】二十五史刊行委員會：《二十五史補編》第二冊（上海：開明書店，一九三七年），頁二一〇〇、二一一二二—二一二三、二二一九—二二三〇、二三六五—二三六六、二四五七。

【二】可參考吳承學：〈辨體與破體〉，《文學評論》一九九一年第四期，頁五七—六六。

至郡國，皆有薦舉之責。對所薦舉之人的品德、性格、氣質和才能的評價，成為評判其是否適合任職的重要依據。《續漢書．百官志》注引《漢官儀》：「世祖詔：方今選舉，賢佞朱紫錯用。丞相故事，四科取士。一曰德行高妙，志節清白；二曰學通行修，經中博士；三曰明達法令，足以決疑，能案章覆問，文中御史；四曰剛毅多略，遭事不惑，明足以決，才任三輔令：皆有孝悌廉公之行。」（《後漢書》，頁三五五九）就明確提出選舉不同職官時應注重考察士人的才性、使用相關公文的能力。因此，在漢代人物品評中，出現大量對士人精神風貌的品評。或評論某人才性時與其堪任某職相聯繫。譬如：「公卿薦〔平〕當論議通明，給事中。」（《漢書》，頁三〇四八）公卿大夫們認為平當所作議論經術通達，文辭雅暢，適合在皇帝左右擔任專職顧問應對、討論政事的給事中之職。或對某人擔任某職官期間的言行、品德、氣質是否稱職得體進行考量。譬如：尚書陳寵「性周密，常稱人臣之義，苦不畏慎。自在樞機，謝遣門人，拒絕知友，唯在公家而已。朝廷器之。」（《後漢書》，頁一五五三）尚書職掌朝廷各種重要文書，要求任職者謹慎保密。陳寵任職尚書期間，性格謹慎，辦事周詳，言行舉止常懷慎畏之心，因此為朝廷所器重。以上評論，說明士人的才能性格，應該與具體的職官精神相匹配。精神風貌、言辭風格，是漢代士人品評的重要內容。漢代的士人才性，融入職官精神，並孕育出相應的文體風格。

漢代任職者的才性修養、職官精神與文體風格之間存在著互為因果、互相作用的關係。

譬如評論諫（議）大夫者：

傅翻字君成，轉諫議大夫，天性諒直，數陳讜言。【一】

虞承字叔明，拜諫議大夫，雅性忠謇，在朝堂犯顏諫爭，終不曲撓。【二】

王章字仲卿，……少以文學為官，稍遷至諫大夫，在朝廷名敢直言。（《漢書》，頁三二三八）

所謂「讜言」，是對奏這種文體中正直善言的概述。《文心雕龍．奏啓》云：「表奏確切，號為讜言。」（《文心雕龍注》，頁四二四）從上引對三人之品評，可見身居諫議大夫之職，所上表奏，應當切合時政之要，持論堅定正直，以糾正朝政偏失為務。所謂「數陳讜言」，「在

【一】《謝承後漢書．傅翻傳》，周天游輯注：《八家後漢書輯注》（上海：上海古籍出版社，一九八六年），頁二七〇。

【二】《謝承後漢書．虞承傳》，周天游輯注：《八家後漢書輯注》，頁二三九。

朝堂犯顏諫諍，終不曲撓」，「敢直言」，皆是表奏讜言之義的體現。而「天性諒直」，「雅性忠謇」，既是身居諫議大夫一職者的性格，也是他們所應當具備的職官精神。《後漢書．韋彪傳》韋彪上疏：「諫議之職，應用公直之士，通才謇正，有補益於朝者。」（《後漢書》，頁九一九）亦強調諫議大夫應該具備的德才。《文心雕龍．奏啟》所云「王臣匪躬，必吐謇諤」（《文心雕龍注》，頁四二四），即謂身居諫議之職者，要通過忠貞直言表現自己的正直忠心。故而，適合擔任諫議大夫者，當為謇直之人。而諫（議）大夫職能相關的文體，又不只局限於奏體，還包括書疏、彈事、封事、議、問對、章表等類型。這些文體，也應近於「讜言」之風。譬如上文所列王章，元、成時兩度任諫大夫，後任司隸校尉、京兆尹，因反對外戚王鳳專權，章奏封事，即《全漢文》所收〈上封事召見對言王鳳不可任用〉。後為王鳳構陷，下獄死。元帝時貢禹為諫議大夫，禹奏言宮室制度宜從儉省，所奏〈上書言得失〉、〈奏宜放古自節〉諸文，元帝稱其「有伯夷之廉，史魚之直，守經據古，不阿當世」（《漢書》，頁三〇七四）。可見在時人心中，受封為諫議大夫，就應當秉承忠謇之性，直言不屈，如此方顯諫議大夫之精神。這種精神，也造就了奏議類文體之中的「讜言」風格。

不同職官精神之間的差異，使擔任不同職務者所用言辭或文體，也表現出不同的修養學識。如擔任博士一職者，以掌承問對為任，同時亦有參與集議、上疏陳政事之責。博士一職使用的文體主要有議、問對、疏奏等。從對博士的評語來看，主要以博學多才、經術通明為關鍵：

〔平當〕以明經為博士，公卿薦當論議通明，給事中。每有災異，當輒傅經術，言得失。（《漢書》，頁三〇四八）

彭宣……事張禹，舉為博士，遷東平太傅，禹以帝師見尊信，薦宣經明有威重，可任政事，繇是入為右扶風。（《漢書》，頁三〇五一）

歐陽歙，其先和伯從伏生受《尚書》，至于歙七世，皆為博士，敦於經學，恭儉好禮。【一】

博士在使用議、問對、疏奏等文體時，不僅要精通經義，同時還要將對經義的詮釋運用到政事之中。所以，博士之職重在對經學禮儀的尊崇，其發言議論，往往比附經義，指陳政事得失。其所作文體，往往融入儒學禮教中謙退恭敬、重視威儀的特點。武帝時博士董仲

【一】劉珍等撰，吳樹平校注：《東觀漢記校注》，頁八二七。

舒，其所著《春秋繁露》及奏對之文「皆明經術之意」（《漢書》，頁二五二五），到了西漢的宣、元、成之際，朝中博士更是多為名儒。譬如元帝時曾擔任博士的大儒匡衡，早年「事下太子太傅蕭望之、少府梁丘賀問，衡對《詩》諸大義，其對深美。望之奏衡經學精習，說有師道，可觀覽。……皇太子（即元帝）見衡對，私善之。（《漢書》，頁三三三一—三三三二）」匡衡在對問中，精通經典大義，所對之辭精深美妙，理論謹嚴且遵循師承。元帝即位後，匡衡遷博士，「是時，有日蝕地震之變，上問以政治得失，衡上疏」，有云：「臣竊考《國風》之詩，《周南》、《召南》被賢聖之化深，故篤於行而廉於色。鄭伯好勇，而國人暴虎；秦穆貴信，而士多從死；陳夫人好巫，而民淫祀；晉侯好儉，而民畜聚；太王躬仁，邠國貴恕。」（《漢書》，頁三三三三、三三三五）通過對詩學內容的歸納總結，宣揚人君施政喜好關係民風善惡的政治主張，從而達到勸君主施行仁政之效。史載匡衡「數上疏陳便宜，及朝廷有政議，傅經以對，言多法義」（《漢書》，頁三三四一）。可見匡衡無論是上疏、議、問對諸文體，都秉持了比附經義的風格。與匡衡同一時期，因經術通明而曾任博士的翼奉、谷永、師丹、張禹諸人，也往往通過議政的方式，闡述其所主張之經學政治思想。這種藉疏奏、議對等文體來宣揚其本派經學主張的現象，也成為自西漢中後期以來文體發展的一個顯著特徵。《文心雕龍．議對》稱議體風格，「大體所資，必樞紐經典，採故實於前代，觀通變於當今」（《文心雕龍注》，頁四三八）。這種文體風格正與漢代博士的職官精神相符合。由於各種職官的政治職能、政治地位的不同，對任職者才能與性格有特殊的要求。這些任職者趨於相近的特點，塑造出這種職官的精神氣質，從而影響到其政事中文辭創作的文體風格。職官精神、士人才性、文體風格三者，可能存在一種互為因果、互相影響的微妙關係。這在文體學史上是一種特殊的、值得注意的現象。

第四節　職官與文體的複雜性

以上所論，是文體與職官的特定關係，這種關係是相對簡單而固定的，但並不具有普遍性。換言之，文體與職官兩者之間，既有密切之關係，亦有疏離之關係，而疏離之關係，同樣具有文體學研究的重要意義。事實上，文體與職官的關係，往往複雜多變，更典型地反映了中國古代文體分類學的複雜性。文體與職官的複雜關係，主要表現在幾個方面。

（一）非某職官專屬的文體

有些文體並非專屬某些職官，它具有某種功能，而不同職官可能都具有這種功能，所以相對是開放的。博士以「國有疑事，掌承問對」為其執掌（《後漢書》，頁三五七二），「問對」正是一種文體類型【一】，《漢書．平當傳》載：「〔平當〕以明經為博士，公卿薦當論議通明，給事中。每有災異，當輒傅經術，言得失。文雅雖不能及蕭望之、匡衡，然指意略同。（《漢書》，頁三〇四八）」可見博士的「問對」，其內容大多涉及用經學的禮法來闡釋君主所疑之事。「問對」的關鍵在於「傅經術，言得失」。《文選補遺》闡釋「對」這一文體：「君有所疑則問，臣承所問則對，當婉而正，無徇而諂，世之得失成敗，係此一言。」【二】如董仲舒即有〈廟殿火災對〉，〈雨雹對〉，〈粵有三仁對〉。「問對」，是以儒學經義對朝廷之問，「問對」並非專屬某一職官。這些問對文章的作者，既有擔任公卿大夫者，也有擔任諸大夫、博士、議郎、侍中、給事中之類侍從官員者。博通經學之臣，都可能是「問對」文體的創作者。

（二）職官文體功能的交叉與重疊

傳統文體學往往用最精簡的語言來把握某一文體的功能，以顯示其獨特性，並與其他文體區分開來。但若從秦漢職官與文體角度看，歷史事實要比理論概括複雜得多，文體功能往往有互相交叉、重疊的情況。現以蔡邕《獨斷》所列的章、表、奏、議四體為例，它們是漢代最重要的上行職官文體。劉勰在《文心雕龍．章表》中總結說：「章以謝恩，奏以按劾，表以陳請，議以執異。」（《文心雕龍注》，頁四〇六）簡要地把謝恩、按劾、陳請、執異功能分別繫之於章、奏、表、議四大文體。此語用於總體把握文體之別比較簡明清晰。實際上，這四種文體與其功能之間的對應關係，並非如此簡單明了，在具體應用中，常常互相交叉混用。

謝恩。謝恩是漢代官僚們在政治活動中必不可少的重要禮儀，用於謝恩的文體，也並非一定是「章」。西漢時霍光〈病篤上宣帝書謝恩〉，諸葛豐〈上書謝恩〉，皆為上書之體。東漢明帝時桓榮則稱〈上疏謝皇太子〉，直至東漢末年，才有上章謝恩的記錄：「拜〔呂〕布為左將軍，布大喜，即聽〔陳〕登行，并令奉章謝恩。」（《後漢書》，頁二四四九）除此之外，還有特殊的謝恩文體：「百官遷召，皆先到〔梁〕冀門牋檄謝恩，然後敢詣尚書。」（《後漢書》，頁一一八三）外戚專政時期，政出私門，授官不自天子出，於是謝恩成為私人行為，而牋恰好正是一種體制介於上呈君主的表、寄給朋友的書信之間的一種特殊文體。這種現象在外戚專政盛行的東漢，並非個例。謝恩這一職官行為，涉及上書（疏）、章、牋這幾種文體。劉勰所說「章以謝恩」的情況，主要是東漢以後才出現的，可見「謝恩」與「章」

【一】此「問對」主要是博士闡述儒家倫理綱常，與前人所謂的「對策」、「對問」又有不同。

【二】陳仁子：《文選補遺》，《景印文淵閣四庫全書》第一三六〇冊，頁三〇二。

之間並無唯一性。

按劾。《漢書．百官公卿表》：「御史大夫……有兩丞，秩千石。一曰中丞，……內領侍御史員十五人，受公卿奏事，舉劾按章。」（《漢書》，頁七二五）從秦朝至西漢前期，朝廷的監察工作主要由御史官負責，主要包括御史大夫、御史中丞、侍御史等職。西漢中期以後，監察部門擴大化，對官員進行監督和彈劾，成為一種群體職能。經常參加按劾的職官，在中央包括丞相司直、中尉、廷尉、司隸校尉、尚書等職，在地方則有各州部刺史、督郵。如劉勰所言「奏以按劾」，彈劾所用的文體，主要稱之為奏。漢代按劾的文章，多以奏劾、劾奏等命名。如司隸校尉王駿〈劾奏匡衡〉、丞相司直蕭望之〈劾奏趙廣漢〉、冀州刺史林〈奏劾代王年〉等。彈劾除用奏體之外，有時也有用它體的。如使用上書（疏）彈劾，像杜業〈上書追劾翟方進〉、周紆〈上疏劾竇瑰〉。或使用章，如「孝宣皇帝愛其良民吏，有章劾，事留中，會赦壹解。」（《漢書》，頁三四九一）或使用議，如「太尉耽、司徒隗、司空訓以邕議劾光、晃不敬」（《後漢書》，頁三〇四〇）。或使用表，如東漢末年李傕〈表劾裴茂之〉。漢末諸侯用文辭更為典雅的表體來進行彈劾，如公孫瓚〈表袁紹罪狀〉【二】，本身就有宣揚被劾者的罪行讓天下人知道的意思，其意蘊已近於檄文。

陳請。陳即為陳事，多為對國家政事建言獻策，發表看法。如賈誼〈上疏陳政事〉、桓譚〈陳明政疏〉。漢初，韓信為漢王陳「〔項〕羽可圖、三秦易并之計」（《漢書》，頁三

○）。漢文帝〈策賢良文學詔〉始令對策者陳事：「大夫其上三道之要，及永惟朕之不德，吏之不平，政之不宣，民之不寧，四者之闕，悉陳其志，毋有所隱。」（《漢書》，頁二二九○）舉賢良文學者以對策陳事。如鼂錯〈賢良文學對策〉，公孫弘〈元光五年舉賢良對策〉。其後陳政事之風日漸興盛，所陳政事多見於上疏。而天子遇到災異，往往下詔令群臣陳事，陳事的名目，也較為繁多，有陳便宜、陳時事、陳計策、陳冤、陳狀、陳諫、陳謝等等。陳事之體，除對策、上疏，還有上封事等重要的文體形式，並非劉勰所說的「表以陳請」那麼明確簡單。順帝時，下詔「羣公百僚其各上封事，指陳得失，靡有所諱」（《後漢書》，頁二六五）。以封事之體陳事的例子，譬如謝弼〈上封事陳得失〉，蔡邕〈上封事陳政要七事〉。封事本為先秦時代用於侯氣時奏報占卜結果的文書。文帝時始用於密奏，至宣帝時已成定制。西漢時，群臣、吏民、儒生皆可上封事，到了東漢，僅有「在位者」、「有司」才有權上封事，而上封事所陳政事又多為機密之事。故而上封事者多為地位顯赫的公卿大夫或天子親信的內朝官員。至於蔡邕所言，用表陳事者，則見於東漢末年，「〔劉〕岱為表陳解釋」（《後漢書》，頁一一一三），「〔皇甫〕嵩為人愛慎盡勤，前後上表陳諫有補益者五百餘

【一】按：《後漢書．公孫瓚傳》稱此文為「上疏」（頁二三五九），《三國志．公孫瓚傳》裴松之注引《典略》稱其為「表」（頁二四二），因《典略》記載在前，故從其說。

事」（《後漢書》，頁二二三〇七）等例。請，即為提出建議，請求上級批准。如賈誼〈上疏請封建子弟〉、孔光〈奏請議毀廟〉。請既是臣子向皇帝建言的方式，也是各部門就具體事務向天子匯報處理意見的方式。漢代天子的詔書，常常有答覆臣子請求的內容。如漢武帝〈報桑弘羊等請屯田輪台詔〉即是答覆桑弘羊請求屯田輪台的建議。漢代臣子言請，多以上疏、奏兩種方式，東漢末年才見以表請者，如夏育〈請收張讓表〉【一】。

劉勰說：「議以執異。」他所說的議，專指駁議。其實駁議只是議之一種。漢代天子，如有疑而未決之事，往往下詔公卿、將軍、列侯、中二千石、二千石、諸大夫、博士、議郎議。若多人意見一致，則由官秩最高者領銜將所議定的結果奏上。如〈徙南北郊議〉一文，據《漢書．郊祀志》，成帝初即位，丞相匡衡、御史大夫張譚奏言，南北郊宜可徙置長安，願與群臣議定。「右將軍王商、博士師丹、議郎翟方進等五十人以為……」（《漢書》，頁一二五四）《全漢文》將其歸到領銜的右將軍王商名下。若參議者意見與已有觀點相左，則稱之為駁議，「斥人議之不純也」【二】。如蕭望之〈駁張敞入穀贖罪議〉，即是駁斥京兆尹張敞上書所呈以穀贖罪的觀點。

（三）職官職責與特定文體關係的變化

有些職官負責特定的文體，但這些職官，可能有所變化。比如，下行公文中最重要的當屬詔令。詔令本為天子所作，然而在漢代詔令的創作過程中，一些職官也起到重要的作用，參與起草詔令的職官並不是一成不變的。西漢時期，侍御史負責記錄皇帝下達的命令，並將其製成規範文書。《漢官舊儀》曰：「御史，……給事殿中為侍御史。……二人尚璽，四人治書給事，二人侍〔前〕，中丞一人領。」【三】《漢書．陳平傳》：「〔高祖〕顧問御史：『曲逆戶口幾何？』對曰：『始秦時三萬餘戶，間者兵數起，多亡匿，今見五千餘戶。』於是詔御史，更封平為曲逆侯。」（《漢書》，頁二〇四五）《漢書．高帝紀》十一年王先謙注引沈欽韓曰：「是時未有尚書，凡則詔令御史起草。」【四】胡廣《漢官解詁》謂：「孝宣感路溫舒言，秋季後請讞。時帝幸宣室，齋居而決事，令侍御史二人治書。」【五】所謂治書，即按照皇帝的意旨，草擬包括詔令在內的各種文書。總的來說，西漢時的侍御史在詔書的創作中，以如

【一】《後漢書．董卓傳》注引《典略》稱其為「表」（頁二三二三）。
【二】王兆芳：《文章釋》，收入王水照編：《歷代文話》第七冊，頁六二九七。
【三】孫星衍等輯：《漢官六種》，頁三二。
【四】王先謙：《漢書補注》（上海：上海古籍出版社，二〇〇八年），頁一〇九。
【五】孫星衍等輯：《漢官六種》，頁一六。

實記錄王言為主。東漢時期，權移尚書台，詔令多自尚書出。光武帝雖親自作詔，卻也有不少詔書由尚書令侯霸起草。《後漢書．侯霸傳》：「每春下寬大之詔，奉四時之令，皆霸所建也。」（《後漢書》，頁九〇二）至明帝、章帝時，尚書令的屬官——尚書（侍）郎成為詔令起草者。《續漢書．百官志》：「（尚書）侍郎三十六人……主作文書起草。」（《後漢書》引，頁三五九七）其中，就包括詔令的起草。漢安帝永寧年間，尚書陳忠上疏薦（周）興稱：「尚書出納帝命，為王喉舌……而諸郎多文俗吏，鮮有雅才，每為詔文，宣示內外，轉相求請。」（《後漢書》，頁一五三七）可見此時尚書郎草詔已成為慣例。更重要的是，東漢尚書郎草擬詔令，已經有了創作技藝方面的要求。在詔令的創作中，獲得施展文辭的空間。較之西漢時的侍御史，東漢尚書郎在詔令創作中發揮的作用，明顯得到提高。

第五節　秦漢公牘文體體系及影響

秦漢政治制度對中國社會產生深遠的影響，從文體學的角度看，同樣如此。劉師培說：「文章各體，至東漢而大備。」[一] 從文體學的角度看，這種文體大備與秦漢以來的職官制度有直接關係。秦漢的職官體系，既是維繫社會政治秩序的重要制度，也對這一時期的文章之學產生一定影響。因為職官政治職能的需要，與之相關的大量文體應運而生，並形成一個較有系統的公牘文文體體系。

《後漢書》列傳著錄傳主文辭，詳細記載所著的各種文體，為我們展示東漢時期文體之一斑。據研究者統計，《後漢書》列傳共著錄六十二種文體：

詩、賦、碑、碑文、誄、頌、銘、贊、箴、答、應訊、問、弔、哀辭、祝文、禱文、祠、薦、注、章、表、章表、奏、奏事、上疏、章奏、牋、牋記、論、議、論議、教、條教、教令、令、策、對策、策文、書、記、書記、檄、謁文、辯疑、誡、述、志、文、說、書記說、官錄說、自序、連珠、酒令、六言、七言、琴歌、別字、歌詩、嘲、遺令、雜文【二】

這些文體只是列傳中的著錄，限於列傳之體例，不可能是漢代的所有文體，如帝王的策書、制書、詔書、戒書就沒有著錄，而且其中還有些同類重複。不過，從這些文體名稱，可以看到絕大多數文體後來都流傳下來，而且其中多數又是與職官相關的文體。

【一】劉師培：《中國中古文學史講義》（上海：上海古籍出版社，二〇〇六年），頁一七。

【二】參考郭英德：《中國古代文體學論稿》，頁七一。

南朝任昉所著《文章緣起》（《文章始》）「蓋取秦漢以來，聖君賢士沿著為文之始，故因錄之，凡八十五條，抑亦新好事者之目耳。」著錄秦漢以來新興文體的名稱及代表性作品，全書著錄「文章名」如下：

> 詩三言、詩四言、詩五言、詩六言、詩七言、詩九言、賦、歌、離騷、詔、璽文、策文、表、讓表、上書、書、對賢良策、上疏、啓、奏（記）、牋、謝恩、令、奏、駁、論、議、反文、彈文、薦、教、封事、白事、移書、銘、箴、封禪書、贊、頌、序、引、志錄、記、碑、碣、誥、誓、露布、檄、明文、樂府、對問、傳、上章、解嘲、訓、辭、旨、勸進、喻難、誡、弔文、告、傳贊、謁文、祈文、祝文、行狀、哀策、哀頌、墓志、誄、悲文、祭文、哀詞、挽詞、七發、離合詩、連珠、篇、歌詩、遺命、圖、勢、約【一】

任昉《文章緣起》所列的文體名錄共八十五類【二】，比《後漢書》列傳所著錄更為詳細齊備。除個別文體如三言詩、九言詩、啟、彈文、勸進、告、墓志、挽詞、遺命等之外，絕大多數皆標明為秦漢時代所產生的文體。從《文章緣起》所列文體名錄中，我們也不難看出，其中除了幾種「詩」體之外，多數文體也與秦漢時期的官職有某些關聯。

《後漢書》與《文章緣起》所著錄的秦漢文體，僅是這時期的部分文體。秦漢時期究竟有多少與職官相關的文體，當時的文獻並沒有明確的完整記載。我們從漢代的史書、漢人的文集、出土的文獻所記載的文體名稱來看，如果從文體的運行機制來分類，大致可以將與漢代職官相關的文體分為七類：

（一）詔令文體：詔、策（冊）、戒敕、璽書、誥、諭告（喻告）、命書、制書等。

（二）章奏文體：書、疏、封事、白事、奏、劾奏、議、論、章、表、對、對策等。

（三）官府往來文體：牋、教（下記）、移書、檄、問、行狀、語書、除書、遣書、病書、視事書、予寧書、調書、債書、直符書、致書、傳等。

（四）司法類文體：律令、舉書、劾狀、爰書、推辟驗問書、奏讞書等。

（五）禮樂類文體：玉牒文、頌、贊、符命、碑、誄、祝、禱、箴、賦、銘、盟、上壽、嘏辭、刻石、月令、樂府（歌、行、吟、謠、篇、引）等。

【一】《續修四庫全書》第一二一八冊（上海：上海古籍出版社，一九九六年），頁三五四—三五五。

【二】宋人記錄《文章緣起》所載文體數量八十五種，明代以後由於版本錯誤，改稱八十四種，應依宋人之說。參考吳承學、李曉紅：〈任昉《文章緣起》考論〉，《文學遺產》二〇〇七年第四期，頁一四—二六。

（六）史傳類文體：紀、傳、表、志、敘、記、錄、注記（著記）、起居注等。

（七）數術方技類文體：解、曆、秘記、占、符、相、式等。

漢代職官文體已基本構成較有系統的公牘文文體體系，並對中國文體體系的形成和發展，有著重要的影響。【一】

漢代的官職文體不但是後代文章文體的主要淵源，也是文體學體系的組成部分。明清時代，中國古代文體學極盛，而且文體體系相對固定，秦漢時期的職官文體已完全融入到這個體系中，而且成為其重要基礎。我們以清代《古今圖書集成．文學典》為例。此書是中國古代文體學史料的集大成者。《古今圖書集成．凡例》：「《文學典》在經籍之外，蓋文各有體，作者亦各有擅長，類別區分，各極文人之能事而已。」【二】可見該書是按文體來編纂的。《文學典》第一卷至第一三六卷為「文學總部」，自一三七卷至二六〇卷為分體史料。共有「詔命」（詔、命、諭告、璽書、赦文）、「冊書」、「制誥」、「敕書」（敕、敕榜、御札）、「批答」、「教令」、「表章」（表、章、致辭）、「箋啟」、「奏議」（奏、奏疏、奏對、奏啟、奏狀、奏劄、封事、彈事、上書、議、謚議）、「頌」、「贊」（贊、評）、「箴」（箴、規）、「銘」、「檄移」（檄、移、關、牒、符）、「露布」、「策」（策問、策）、「判」、「書札」（書記、書、奏記、啟、簡、狀）、「序引」（序、序略、引）、「題跋」、「傳」、「記」、「碑碣」、「論」、「說」、

「解」、「辨」、「戒」、「問對」、「難釋」、「七」、「連珠」、「祝文」（祝文、祭文、嘏辭、玉牒文、盟）、「哀誄」（誄、哀辭、弔文）、「行狀」、「墓誌」（墓誌銘、墓碑文、墓碣文、墓表）、「四六」、「經義」、「騷賦」（楚辭、賦、俳賦、文賦、律賦）、「詩」（古歌謠辭、四言古詩、五言古詩、七言古詩、雜言古詩、近體歌行、近體律詩、排律詩、絕句詩、六言詩、拗體、和韻詩、聯句詩、雜句詩、雜言詩、雜體詩、蜂腰體、斷弦體、隔句體、偷春體、首尾吟體、盤中體、回文體、仄句體、疊字體、五仄體、雙聲疊韻體、雜韻詩、雜數詩、雜名詩、離合詩、風人體、諸言體）、「樂府」、「詞曲」（詩餘）、「對偶」、「格言」、「隱語」、「大小言」、「文券」（鐵券文、約）、「雜文」（雜著、符命、原、述、志、紀事、說書、義、上梁文、文）共四十八部一百二十三卷。從以上文體目錄可以看出，多數實用性文體與職官相關，一些名稱雖然有所不同，但大致可推原到秦漢時期的職官文體。所以，我們可以說，秦漢職官文體在中國文體體系中佔有獨特地位和重要影響。

秦漢職官文體的形成及在後代的演變，揭示了中國古代文體發展的特殊途徑：隨著政治

【一】部分分類參考汪桂海：《漢代官文書制度》（南寧：廣西教育出版社，一九九九年）；李均明：《秦漢簡牘文書分類輯解》（北京：文物出版社，二〇〇九年）。

【二】陳夢雷等編：《古今圖書集成》，第一冊，上海：中華書局，民國二十三年影印，第一一葉。

制度的不斷變化，與此制度運轉相關的行為，有可能發展出相應的話語形式，並最終發展為成熟的文體形態。中國古代大多數文體在其創立伊始，體現的是政治意志，是與創作者所處職位相匹配的行政行為，而不是個人的文學創作。此後，一些職官文體通過普遍的運用，職官制度的約束逐漸弱化，而寫作者的個性與審美色彩越來越濃，文體實用性的淡化而文學性增加是一種普遍趨勢。

「文本於經」說與文體觀念

文學批評史研究不應把古人的「常識」拒之門外。事實上，「常識」雖然不像專家專著那樣以理論本身的創新性、深刻性取勝，但常識在影響上所具有的普泛性與持久性卻往往是理論所不及的，這正是常識的研究價值所在。「文本於經」是中國古代傳統文學批評的基本觀念之一，這個命題在古代被視為理所當然的常識，遂成為老生常談的套語【一】。近代以來，經學在激烈的文化批判中越來越邊緣化，「文本於經」又成了不值一提的陋儒之見。總之，自古至今，「文本於經」說雖然是人們耳熟能詳的命題，但尚沒有得到深入的研究。「文本於經」說的含義相當複雜，但主要有二：一是文應本於經，這是出於對文以載道的期待，限於篇幅，本文不擬涉及；一是經為文之本，即文體原於五經。這是一個相當複雜的、具有豐富文學與文化內涵的問題：它既是一種對於歷史的描述，也是對文體譜系的理論建構，有時還表現出一種理論的策略。對「文本於經」的文體學研究，正是本章討論的重點。

第一節　從經學到文體學

將文章之源追溯到五經，首先應該與古代學術源流說相關。漢代文學批評興起依經立論之風氣，《史記．司馬相如列傳》中太史公曰：「相如雖多虛辭濫說，然其要歸引之節儉，此與《詩》之風諫何異。」（《史記》，頁三〇七三）已把漢賦與《詩經》聯繫起來。班固認為：「賦者，古詩之流也。」（〈兩都賦序〉，《文選》，頁一）確立了漢賦與《詩經》的淵源關係。其後王逸《楚辭章句序》說：「夫〈離騷〉之文，依託五經以立義焉。」【二】他把《楚辭》的源頭歸之五經。文章源於五經實際上是一個比喻的說法，以五經為源頭，以後世之文為流別支派。這一比喻亦來源於學術分類，《漢書．藝文志》以源流譬喻學術：「其敘六藝而後，次及諸子百家，必云某家者流，蓋出古者某官之掌，其流而為某氏之學，失而為某氏之弊。」【三】又以五經統百家之說：「今異家者各推所長，窮知究慮，以明其指，雖有蔽短，合其要歸，亦六經之支與流裔。」（《漢書》，頁一七四六）在漢人的觀念中，能歸入「文章」或「文辭」的，不僅詩賦二端，還包括奏疏章表等大量實用文體。《漢書．藝文志》沒有把這些文體獨立出來，而是附於六藝、諸子中。如《六藝略》中《尚書》類著錄《議奏》四十二篇，《禮》類著錄《議奏》三十八篇，《春秋》類著錄《議奏》三十九篇、《奏事》二十篇，《論語》類列《議奏》十八篇。另外，史部著作也沒有獨立，像《國語》、《世本》、

【一】葉燮曾感慨道：「為文必本於六經，人人能言之矣。人能言之，而實未有能知之。」見〈與友人論文書〉，《已畦集》卷十三，《四庫全書存目叢書》集部第二四四冊，頁一二九。

【二】洪興祖撰，白化文等點校：《楚辭補注》（北京：中華書局，一九八三年），頁四九。

【三】章學誠著，葉瑛校注：《文史通義校注》附《校讎通義．原道》（北京：中華書局，一九九四年），頁九五二。

《戰國策》、《楚漢春秋》等史書都附於《春秋》類。對此，劉師培《論文雜記》分析說：「觀班《志》之敘藝文也，僅序詩賦為五種，而未及雜文；誠以古人不立文名，偶有撰著，皆出入六經、諸子之中，非六經、諸子而外，別有古文一體也。」「今人之所謂文者，皆探源於六經、諸子者也。」【一】這個結論是有見地的。《漢志》的這種歸類，一定程度啟發了後世文體源於經書說。

將文章之源追溯到五經同時也與文章特質進一步受到重視，文學逐漸走向相對獨立、自覺的時代發展相關。為何五經能應用到文章學之上？五經與文體究竟有何聯繫？五經之所以成為文章的淵源，一方面是五經本身具有文章的特質，這是潛在的前提，另一方面，漢末魏晉以降逐漸重視文章特質的時代風氣也為當時人提供了在五經之中發現文章之美的意識和眼光。如果說，漢初把《詩》推崇為經，這時的文學批評則反之視經為文。傅玄說：「《詩》之《雅》、《頌》，《書》之《典》、《謨》……浩浩乎其文章之淵府也。」【二】陸機《文賦》提出文章寫作要「漱六藝之芳潤」（《文選》，頁七六三）。任昉也說：「六經素有歌、詩、書、誄、箴、銘。」【三】這些看法，還只是總的判斷，晉摯虞《文章流別論》則將《詩經》句法與後世詩歌句法一一對接。到了南北朝的劉勰與顏之推更具體地提出各體文章源出五經。至此，順流而下的古代學術的源流，與文學逐漸自覺之後逆流而上的文體溯源交匯在一起，五經為文體之源的說法遂成為普遍的觀念。

五經既是經，又是聖人之文。宋孫復云：「是故《詩》、《書》、《禮》、《樂》、《大易》、《春秋》皆文也，總而謂之經者也，以其終於孔子之手，尊而異之爾，斯聖人之文也。」【四】因此，古人認為六經乃是文章之極致。宋陳耆卿〈上樓內翰書〉云：「論文之至，六經為至。」【五】明宋濂云：「文至於六經，至矣盡矣！其始無愧於文矣乎？」【六】明焦竑《刻兩蘇經解序》：「文之致極於經。」【七】五經既然是文之極致，那麼，五經的體類自然也就成為文章文體分類的淵源。近人王棻云：「文章之道，莫備於六經。六經者，文章之源也。文章之體三：散文也，駢文也，有韻文也。散文本於《書》、《春秋》，駢文本於《周禮》、《國語》，

【一】陳引弛編校：《劉師培中古文學論集》，頁二三〇——二三一。

【二】嚴可均輯：《全上古三代秦漢三國六朝文．全晉文》卷四九，頁一七四〇。

【三】任昉：《文章緣起》，見陳元靚等編：《新編纂圖增類羣書類要事林廣記》後集卷七，《續修四庫全書》第一二一八冊，頁三五四。

【四】孫復：〈答張洞書〉，收入曾棗莊、劉琳主編：《全宋文》十九冊（上海：上海辭書出版社、合肥：安徽教育出版社，二〇〇六年），頁二九四。

【五】陳耆卿：《篔窗集》卷五，《景印文淵閣四庫全書》第一一七八冊，頁四三。

【六】宋濂撰，羅月霞主編：《宋濂全集．芝園後集》卷一〈徐教授文集序〉（南京：江蘇古籍出版社，一九九九年），頁一三五二。

【七】焦竑撰，李劍雄點校：《澹園集》續集卷一（北京：中華書局，一九九九年），頁七五〇。

有韻文本於《詩》，而《易》兼之。文章之用三：明道也，經世也，紀事也。明道之文本於《易》，經世之文本於《三禮》，紀事之文本於《春秋》，而《詩》、《書》兼之。故《易》、《書》、《詩》者，又六經之源也。」[一] 葉燮〈與友人論文書〉說：「六經者，理、事、情之權輿也。合而言之，則凡經之一句一義，皆各備此三者，而互相發明；分而言之，則《易》似專言乎理，《書》、《春秋》、《禮》似專言乎事，《詩》似專言乎情。此經之原本也。而推其流之所至，因《易》之流而為言，則議論、辨説等作是也；因《書》、《春秋》、《禮》之流而為言，則史傳、紀述、典制等作是也；因《詩》之流而為言，則辭賦、詩歌等作是也。數者條理各不同，分見於經，雖各有專屬，其適乎道則一也。而理者與道為體，事與情總貫乎其中，惟明其理，乃能出之而成文。」[二] 總之，在古人看來，文章的類別與文體，都可以追溯到五經。

第二節　從經各有體到文體分類

把各類文體分別歸於某經，其理論前提是經各有體。前人對此論述很多，考察六經差異主要有兩種角度：

一是各經的整體風格不同。《禮記·經解》：「溫柔敦厚，《詩》教也；疏通知遠，《書》

教也；廣博易良，《樂》教也；絜靜精微，《易》教也；恭儉莊敬，《禮》教也；屬辭比事，《春秋》教也。故《詩》之失，愚；《書》之失，誣；《樂》之失，奢；《易》之失，賊；《禮》之失，煩；《春秋》之失，亂。」（《十三經注疏》，頁一六〇九）《荀子．勸學》：「《禮》之敬文也，《樂》之中和也，《詩》、《書》之博也，《春秋》之微也，在天地之間者畢矣……《禮》、《樂》法而不說，《詩》、《書》故而不切，《春秋》約而不速。」【三】《漢書．藝文志》：「六藝之文，《樂》以和神，仁之表也；《詩》以正言，義之用也；《禮》以明體，明者著見，故無訓也；《書》以廣聽，知之術也；《春秋》以斷事，信之符也。五者，蓋五常之道，相須而備，而《易》為之原。」（《漢書》，頁一七二三）既然六經有不同體制，那麼文本於經，便可以從中吸收不同類別的營養。《文心雕龍．宗經》所論甚多，此不贅論。韓愈〈進學解〉談到吸收各種不同的學術養分時說：「上規姚姒，渾渾無涯；周《誥》殷《盤》，佶屈聱牙；《春秋》謹嚴，《左氏》浮誇；《易》奇而法，《詩》正而葩。下逮《莊》、《騷》，太史所錄，

【一】王棻：《柔橋文鈔》卷三，見舒蕪等編選：《中國近代文論選》（北京：人民文學出版社，一九五九年），頁三二七。

【二】葉燮：《已畦集》卷十三，《四庫全書存目叢書》集部第二四四冊，頁一二九。

【三】王先謙撰，沈嘯寰、王星賢點校：《荀子集解》（北京：中華書局，一九八八年），頁一二—一四。

子雲、相如，同工異曲。」【一】柳宗元談自己的寫作經驗時就更具體地說：「本之《書》以求其質，本之《詩》以求其恆，本之《禮》以求其宜，本之《春秋》以求其斷，本之《易》以求其動。此吾所以取道之原也。參之《穀梁氏》以厲其氣，參之《孟》、《荀》以暢其支，參之《莊》、《老》以肆其端，參之《國語》以博其趣，參之《離騷》以致其幽，參之《太史公》以著其潔。此吾所以旁推交通而以為之文也。」【二】柳宗元所本，以經為主，從不同經典獲得不同的文風。

二是五經在內容與文體上互有差異。諸經各有分工，各擅其事，共同組成一個各有特色又比較完備的體系，包括了古代各方面的知識，所以古人認為許多學術類別都源於五經。章學誠〈立言有本〉：「史學本於《春秋》，專家著述本於《官禮》，辭章泛應本於《風詩》，天下之文，盡於是矣。」【三】五經本身確已有一定的文體意識。就一書之中而言，《詩經》就有風、雅、頌之別，《尚書》中的誥、誓、命、訓也各有差別。就整書而言，五經各有不同特色。五經是否各自有體？表面上看，似乎有不少人否定這種觀念。宋陳騤在《文則》中認為：「六經之道，既曰同歸；六經之文，容無異體。故《易》文似《詩》，《詩》文似《書》，《書》文似《禮》。」【四】明蘇伯衡〈空同子瞽說〉：「《易》有似《詩》者，《詩》有似《書》者，《書》有似《禮》者，何體之有？」【五】我們要注意到，這些說法正是針對當時的常識而言的，所言乃是普遍中的個別情況。他們的說法，潛藏的更深層的觀念背景正是經各有體。對此古人所論甚多：《莊子．天下》：「《詩》以道志，《書》以道事，《禮》以道行，《樂》以道和，《易》以道陰陽，《春秋》以道名分。」【六】《荀子．儒效》：「《詩》言是，其志也；《書》言是，其事也；《禮》言是，其行也；《樂》言是，其和也；《春秋》言是，其微也。」【七】《史記．太史公自序》：「《易》著天地陰陽四時五行，故長於變；《禮》經紀人倫，故長於行；《書》記先王之事，故長於政；《詩》記山川谿谷禽獸草木牝牡雌雄，故長於風；《樂》樂所以立，故長於和；《春秋》辯是非，故長於治人。是故《禮》以節人，《樂》以發和，《書》以道事，《詩》以達意，《易》以道化，《春秋》以道義。」（《史記》，頁三二九七）

經體之別，對於文體分類學有深遠的影響。這裏舉兩個比較少為人所注意的例子：元代郝經《續後漢書》卷六十六上上「文章總敘」將歷代文章歸入「四經」，即《易》、《書》、

【一】韓愈撰，馬其昶校注，馬茂元整理：《韓昌黎文集校注》（上海：上海古籍出版社，一九八六年），頁四六。

【二】柳宗元：《柳宗元集》卷三四〈答韋中立論師道書〉（北京：中華書局，一九七九年），頁八七三。

【三】章學誠：《章氏遺書》卷七（上海：商務印書館，一九三六年），頁二一七。

【四】陳騤：《文則》，收入王水照編：《歷代文話》，第一冊，頁一三六。

【五】蘇伯衡：《蘇平仲文集》卷十六，《四部叢刊初編》集部，頁二〇〇。

【六】郭慶藩輯，王孝魚點校：《莊子集釋》（北京：中華書局，一九六一年），頁一〇六七。

【七】《荀子集解》，頁一三三。

《詩》、《春秋》四部，其中《易》部有序、論、說、評、辨、解、問、難、語、言諸體；《書》部有書、國書、詔、冊、制、制策、敕、令、教、下記、檄、疏、表、封事、奏、議、牋、啟、狀、奏記、彈章、露布、連珠諸體；《詩》部有騷、賦、古詩、樂府、歌、行、吟、謠、篇、引、辭、曲、琴操、長句雜言諸體；《春秋》部有國史、碑、墓碑、誄、銘、符命、頌、箴、贊、記、雜文諸體（《續後漢書》，頁八四七）。郝經把各體文章分別歸入四部經書中，每部之下的總序，分論各體的小序，集中體現了郝經的文體學思想。如《易》部總序：「昊天有四時，聖人有四經，為天地人物無窮之用，後世辭章，皆其波流餘裔也。夫繇、彖、象、言、辭、說、序、雜，皆《易經》之固有；序、論、說、評、辨、解、問、對、難、語、言，以意言明義理，申之以辭章者，皆其餘也。」（《續後漢書》，頁八四七）《書》部總序：「《書》者，言之經。後世王言之制，臣子之辭，皆本於《書》。凡制、詔、赦、令、冊、檄、教、記、誥、誓，命戒之餘也，書、疏、箋、表、奏、議、啟、狀、謨、訓，規諫之餘也。國書、策問、彈章、露布，後世增益之耳，皆代典國程，是服是行，是信是使，非空言比，尤官樣體制之文也。」（《續後漢書》，頁八五〇—八五一）《詩》部總序：「《詩經》三百篇，《雅》亡於幽、厲，《風》亡於桓、莊。歷戰國先秦，祗有詩之名，而非先王之詩矣。本然之聲音，鬱湮噴薄，變而為雜體，為騷賦，為古詩，為樂府、歌、行、吟、謠、篇、引、辭、曲、琴操、長句雜言，其體制不可勝窮矣。」（《續後漢書》，頁八五九）《春秋》部總序：「《春秋》、《詩》、《書》皆王者之迹，唐虞三代之史也。孔子修經，乃別辭命為《書》，樂歌為《詩》，政事為《春秋》，以為大典大法，然後為經，而非史矣。凡後世述事功，紀政績，載竹帛，刊金石，皆《春秋》之餘，無筆削之法，祇為篇題記注之文，則自為史，而非經矣。」（《續後漢書》，頁八六三）這些總序，解釋文體歸類的原因或依據，反映了以經為本，追溯文體源流的文學思想。

明代黃佐的《六藝流別》一書是體現「文本於經」文體學理念的集大成者，此書首次用文章總集的形式把古代各體文章分別繫之《詩》、《書》、《禮》、《樂》、《春秋》、《易》之下，形成六大文體系列，重新建構了一個龐大的中國古代文體譜系。郝經把主要文體歸之「四經」，黃佐則歸之「六經」，而順序亦有所不同。古人對於「六經」或「六藝」之次序有不同方式。先秦至漢初，「六經」多以《詩》為首。漢代以來，以《易》為首的六經排序漸為主流。《易》被稱為「六經之首」或「五經之首」。班固《漢書．藝文志》依劉歆《七略．六藝略》之序則為：《易》、《書》、《詩》、《禮》、《樂》、《春秋》。《文心雕龍．宗經》亦以易、書、詩、禮、春秋為序。

黃佐《六藝流別》以《詩》、《書》、《禮》、《樂》、《春秋》、《易》為序。他在《六藝流別》序中明確說明他編纂此書是受到董仲舒的影響。董仲舒《春秋繁露．玉杯》：「君子知在位者之不能以惡服人也，是故簡六藝以贍養之。《詩》、《書》序其志，《禮》、《樂》純其美，《易》、《春秋》明其知。六學皆大，而各有所長。《詩》道志，故長於質。《禮》制節，故長於文。《樂》詠德，故長於風。《書》著功，故長於事。《易》本天地，故長於數。《春秋》正是非，故長於治人。能兼得其所長，而不能偏舉其詳也。」【一】董仲舒「六藝」之次，本意於「在位者」「贍養」之道，即出於人之修養學習為目標的次序。黃佐《六藝流別》意取於此，其先後在於人之修養次序，而非經典產生之先後。《六藝流別》既取意董仲舒，又略有調整，始於《詩》而終於《易》，構成一個體系。黃佐〈六藝流別序〉說：「《詩》道志，故長於質。《書》著功，故長於事。《禮》制節，故長於文。《樂》咏德，故長於風。《春秋》司是非，故長於治。《易》本天地，故長於數。」【二】這是儒家以修身至通天下之次序，此乃《六藝流別》以《詩》為首之理論依據。然黃佐《六藝流別》之序列，深層原因，或是從文章學內部出發，以《詩》之影響最大，而所涉文體，皆為主流，而《易》影響較小，所涉文體，亦皆邊緣。故黃氏斷然以《詩》為首，又變化傳統次序，以《易》殿後。於此可見《六藝流別》之譜系，實以文章學為核心。

很明顯，黃佐的文體分類，是建立在經體分類理論之上的。他在〈序〉中認為六經的功能分別是：《詩》「道性情」，「《詩》藝」主要包括詩賦文體；《書》「道政事」，「《書》藝」主要包括公文文體；《禮》主「敬」，「《禮》藝」主要包括禮儀文體；《樂》主「和」，「《樂》藝」主要包括音樂性文體；《春秋》主「名分」，「《春秋》藝」主要包括敘事與論說文體；《易》

主「陰陽」，「《易》藝」主要包括術數類文體。該書建構了一個以經為本的文體譜系：

《詩》藝：謠、歌。謠之流其別有四：謳、誦、諺、語。歌之流其別有四：詠、吟、歎、怨。詩之流不離於文者其別有五：四言、五言、六言、七言、雜言。（附：離合、建除、六府、五雜組、數名、郡縣名、八音）詩之流其雜近於文而又與詩麗者其別有五：騷、賦（附：律賦）詞、頌、贊（附：詩贊）。詩之聲偶流為近體者其別有三：律詩、排體、絕句。

《書》藝：典、謨。典之流其別有二：命、誥。謨之流其別有二：訓、誓。命訓之出於典者其流又別而為六：制、詔、問、答、令、律。命之流又別而為四：冊、敕、誡、教。誥之流又別而為六：諭、賜書（附：符）、書、告、判、遺命。訓誓之出於謨者其流又別而為十一：議、疏、狀、表（附：章）、牋、啟、上書、封事、彈劾、啟事、奏記（附：白事）。訓之流又別而為十：對、策、諫、規、諷、喻、發、勢、設論、連珠。誓之流又別而為八：盟、檄、移、露布、讓、責、券、約。

【一】蘇輿撰，鍾哲點校：《春秋繁露義證》（北京：中華書局，一九九二年），頁三五—三七。

【二】《泰泉集》卷三五，清康熙二十一年黃奎卿等刻本。

《禮》藝：儀、義。禮之儀義其流別而為十六：辭、文、箴、銘、祝、詛、禱、祭、哀、弔、誄、挽、碣、碑、誌、墓表。

《樂》藝：樂均、樂義。樂之均義其流別而為十二：唱、調、曲、引、行、篇、樂章、琴歌、瑟歌、暢、操、舞篇。

《春秋》藝：紀、志、年表、世家、列傳、行狀、譜牒、符命、敘事、論贊。敘事之流其別有六：序、記、述、錄、題辭、雜志。論贊之流其別有六：論、説、辯、解、對問、考評。

《易》藝：兆、繇、例、數、占、象、圖、原、傳、言、註。【一】

黃佐《六藝流別》涉及文體有一百五十多種，這在歷代文體學著作中相當罕見。《四庫全書總目》讚揚黃佐的學問，並認為該書「分類編敘，去取甚嚴」，但批評説：「文本於經之論千古不易，特為明理致用而言。至劉勰作《文心雕龍》，始以各體分配諸經，指為源流所自，其説已涉於臆創。佐更推而衍之，剖析名目，殊無所據，固難免於附會牽合也。」【二】假如從文體發生學來看，黃佐把中國古代文體基本形態的淵源一一歸之於六經，顯然有「附會牽合」之病，但從文體分類學的角度來看，《六藝流別》仍有某種創新的思想。假如我們拋開其文本於經的外在形式，黃佐實際上是力圖把古代文體分為詩賦類、公文類、禮儀類、音樂類、敘事議論類與術數類六大類別。文體發展到明代，數量極多，黃佐意在對這些複雜紛紜的文體，總其類別，以簡馭繁，起綱舉目張之用。黃宗羲《明儒學案》謂黃佐之治學「以博約為宗旨」【三】，《六藝流別》也反映出這種學術精神。他的所謂「六藝流別」，本質上是從文體功能出發，創造出一套新的文體分類法，這是有其合理性與創新性的。明代以文體學為核心的文章總集不少，如《文章辨體》、《文體明辨》、《文章辨體彙選》等，但如果就其理論的獨創性與系統性而言，則無出黃佐此書之右者。

明代萬曆年間譚浚所著《言文》卷上說：

> 故論、說、序、詞，宗于《易》。辨、議、評、斷、判，論之流也。說、難、言、語、問、對，說之流也。原、引、題、跋，序之流也。緜、集、畧、篇、章，詞之流也。誥、命、表、誓，宗于《書》。詔、制、策、令，誥之流也。訓、教、戒、敕、示、喻、規、讓，命之流也。章、奏、議、駁、劾、諫、彈事、封事，表之流也。

【一】黃佐：《六藝流別》，《四庫全書存目叢書》集部第三〇〇冊。

【二】永瑢等撰：《四庫全書總目》卷一九二「《六藝流別》提要」（北京：中華書局，一九六五年影印），頁一七四六。

【三】黃宗羲著，沈芝盈點校：《明儒學案》卷五一（北京：中華書局，二〇〇八年），頁一一九八。

> 檄、移、露布，誓之流也。贊、頌、賦、歌，宗于《詩》。銘、箴、碑、碣、贊之流也。誦、封禪、《美新》、《典引》，頌之流也。七詞、客詞、連珠、四六，賦之流也。諧、讔、謎、諺，歌之流也。書、儀、祝、謚，宗于《禮》。箚、札、啟、簡（牘牒）、牋、刺，書之流也。制、律、法、赦、關津、過所，儀之流也。祈、祠、禱、會、盟、詛，祝之流也。號、誄、吊、祭、哀、誌，謚之流也。史、傳、符、記，宗于《春秋》。記、志、編、錄，史之流也。緯、疏、註、解、釋、通、義，傳之流也。璽書、契、券、約、狀、列，符之流也。譜、簿、圖、籍、案，記之流也。【一】

譚浚把一百多種文體分別歸宗之五經，雖然在譚浚的文體譜系中，所有具體的文體其及所宗與郝經、黃佐不盡相同，但文體本於經的觀念則是完全一致的。

第三節　宗經與尊體

古人提出「文本於經」除了為文體溯源之外，實際上更多的時候是夾雜著「宗經」或者「尊體」的理論目的。

從文體學的角度來看，所謂「文本於經」的形態主要有：

（一）**直接從五經的篇目中獲得文體名稱。**如《尚書》的訓、誥、誓、命等自然成為後世同名文體之淵源。又如陳騤《文則》：「大抵文士題命篇章，悉有所本。自孔子為《書》作序，文遂有『序』。自孔子為《易》說卦，文遂有『說』。自有《曾子問》、《哀公問》之類，文遂有『問』。自有《考工記》、《學記》之類，文遂有『記』。自有《經解》、《王言解》之類，文遂有『解』。自有《辯政》、《辯物》之類，文遂有『辯』。自有《樂論》、《禮論》之類，文遂有『論』。自有《大傳》、《間傳》之類，文遂有『傳』。」【二】

（二）**從五經的語言形式追尋文體淵源。**如摯虞在〈文章流別論〉說：

> 古詩率以四言為體，而時有一句二句雜在四言之間，後世演之，遂以為篇。古詩之三言者，「振振鷺，鷺于飛」之屬是也，漢郊廟歌多用之。五言者，「誰謂雀無角，何以穿我屋」之屬是也，于俳諧倡樂多用之。六言者，「我姑酌彼金罍」之屬是也，樂府亦用之。七言者，「交交黃鳥止于桑」之屬是也，于俳諧倡樂世用之。古詩之九言者，「洞

【一】《歷代文話》第三冊（上海：復旦大學出版社，二〇〇七年），頁二三二七——二三二八。
【二】陳騤：《文則》，收入王水照編：《歷代文話》第一冊，頁一四〇——一四一。

酌彼行潦挹彼注茲」之屬是也，不入歌謠之章，故世希為之。【一】

他在《詩經》裏尋找各種句法，以證明後世詩歌都來源於對《詩經》的模仿或繼承。

（三）**以經為源，以文體為流，把文體類別繫於各經之下。**《文心雕龍．宗經》說：「論說辭序，則《易》統其首；詔策章奏，則《書》發其源；賦頌謌讚，則《詩》立其本；銘誄箴祝，則《禮》總其端；紀傳盟檄，則《春秋》為根。並窮高以樹表，極遠以啟疆，所以百家騰躍，終入環內者也。」（《文心雕龍注》，頁二二—二三）劉勰把二十種文體【二】分別歸入五經之下。顏之推《顏氏家訓．文章》說：「夫文章者，原出五經。詔命策檄，生於《書》者也；序述論議，生於《易》者也；歌詠賦頌，生於《詩》者也；祭祀哀誄，生於《禮》者也；書奏箴銘，生於《春秋》者也。」【三】

從文體發生學的角度來看，把歷代文體的淵源一一歸於五經，這不免有些牽強。紀昀在評《文心雕龍．宗經》時寫道：「此亦強為分析，似鍾嶸之論詩，動曰源出某某。」【四】《四庫全書總目》也批評道：「劉勰作《文心雕龍》，始以各體分配諸經、指為源流所自，其說已涉於臆創。」【五】但若更深一層考察，事情並非如此簡單。劉勰之語出自《宗經》，意在強調經典的巨大影響。此語中「首」、「源」、「本」、「端」、「根」諸語都是既有源頭之義，又兼根本之義。文體溯源只是手段，目的在於「矯訛翻淺，還宗經誥」（《文心雕龍注》，頁五二〇）。劉勰是本著尊經的立場，認為五經內涵豐厚，後代許多文章的文體特徵或要素已蘊藏其中，其意重在強調經典的偉大，而非要把後世各種文體與五經一一對應，其宗經之意遠在文體溯源之上。研究劉勰文本於經的觀念，還須把它與〈辨騷〉至〈書記〉等文體專論結合起來，才能得到比較客觀全面的認識。劉勰自己並沒有完全指明所有文體與經書在體制上的繼承關係，比如在〈雜文〉中說宋玉「始造對問」，枚乘「首製七發」，揚雄「肇為連珠」（《文心雕龍注》，頁二五四）。這表現了劉勰在這個問題上的靈活性。我們再看看顏之推的「夫文章者，原出五經」之說，其基本精神與劉勰是一致的，但兩人所言的文體歸類卻是略有不同的。比如顏之推以為「書奏箴銘，生於《春秋》者也」，而劉勰則以「奏」繫之《書》，以「箴」、「銘」繫之《禮》，這種差異再一次說明所謂「文本於經」主要表現出一種尊經的

【一】嚴可均輯：《全上古三代秦漢三國六朝文．全晉文》卷七七，頁一九〇五。《四庫全書總目》認為：「文章句法推本六經，茲其權輿也。」（《文則》提要，見《四庫全書總目》卷一九五，頁一七八七）

【二】考慮到《文心雕龍》駢文句式的特點，這二十種僅是比較有代表性的文體。

【三】顏之推撰，王利器集解：《顏氏家訓集解》（增補本）（北京：中華書局，一九九三年），頁二三七。

【四】引自黃霖編著：《文心雕龍彙評》（上海：上海古籍出版社，二〇〇五年），頁二〇。

【五】《四庫全書總目》卷一九二，《六藝流別》提要，頁一七四六。

精神，而其文體溯源也只是就大致而言的，並非絕對準確的定案。

在許多批評家那裏，文本於經的說法，並非僅僅是純文體發生學的考究，在五經崇高地位的光環之下，尊經在很多時候已成為一種理論策略：名為尊經，實則尊體，五經成為一些文體的虎皮大旗，這在後代一些出身非古或品位未尊的文體那裏表現得最為明顯。漢王逸〈楚辭章句序〉：「夫〈離騷〉之文，依託《五經》以立義焉。」【一】宋王銍〈四六話序〉：「世所謂箋題表啟號為四六者，皆詩賦之苗裔也。」【二】孔尚任〈桃花扇小引〉：「傳奇雖小道，……其旨趣實本於《三百篇》，而義則《春秋》，用筆行文，又《左》、《國》、《太史公》也。」【三】近代姚華《曲海一勺．駢史上第四》：「曲之於文，蓋詩之遺裔，……傳曰：『王者之迹熄而《詩》亡，《詩》亡然後《春秋》作。』《詩》胡以亡？匪師失其聲，史失其官爾。《三百篇》以降，遞變而為南北諸曲，《詩》未嘗絕也。」【四】《曲海一勺．明詩第三》：「以曲承詩，獨得正統。」【五】天僇生（王鍾麒）《中國歷代小說史論》：「蓋小說者，所以濟《詩》與《春秋》之窮者也。」【六】以上論者都想方設法讓辭賦、駢文、詞、戲曲、小說等體裁與五經攀上關係：或其體源於經，或可補經之缺，或與經之義相同。這些被今人視為最富於文學性的文章體裁，在古代正統的文體譜系中，卻處於非中心的地位。若能推源於經，則文體出身自然高貴。此方面尤以尊詞體之論最有代表性。清代王昶所說：「夫詞之所以貴，蓋《詩三百篇》之遺也」【七】。劉熙載《藝概．詞曲概》：「詞導源於古詩，故亦兼具六義。」【八】

陳廷焯〈白雨齋詞話自序〉論詞體：「要皆發源於《風》、《雅》，推本於《騷》、《辯》，故其情長，其味永，其為言也哀以思，其感人也深以婉。」【九】康有為說：「為文辭者，尊詩而卑詞，是謬論也。四五七言、長短句，其體同肇始於《三百篇》。」【一〇】劉師培也用這種方法論證詞曲之源：

吾觀《詩》篇三百，按其音律，多與後世長短句相符：如《召南．殷其雷篇》云：

【一】《楚辭補注》，頁四九。
【二】王銍：《四六話》，收入王水照編：《歷代文話》第一冊，頁六。
【三】孔尚任著，王季思等注：《桃花扇》（北京：人民文學出版社，一九五九年），頁一。
【四】姚華：《弗堂類稿》，收入沈雲龍主編：《近代中國史料叢刊續編》第二輯（台北：文海出版社，一九七四年），頁三〇五—三〇七。
【五】《弗堂類稿》，頁三〇一。
【六】見《月月小說》一九〇七年一卷十一期，引自阿英編：《晚清文學叢鈔．小說戲曲研究卷》卷一（北京：中華書局，一九六〇年），頁三四。
【七】王昶：《春融堂集》卷四一〈姚茝汀詞雅序〉，《續修四庫全書》，第一四三八冊，頁八九。
【八】劉熙載：《藝概》（上海：上海古籍出版社，一九七八年），頁一〇六。
【九】陳廷焯著，杜維沫校點：《白雨齋詞話》（北京：人民文學出版社，一九五九年），頁一。
【一〇】康有為：〈味梨集序〉，《半塘填詞丙稿》，清光緒刊本。

「殷其雷，在南山之陽。」此三五言調也。《小雅・魚麗篇》云：「魚麗於罶，鱨鯊。」此二四言調也。《齊風・還篇》云：「遭我乎猺之間兮，並驅從兩肩兮。」此六七言調也。……《召南・行露篇》曰：「厭浥行露。」其第二章曰：「誰謂雀無角。」此換頭調也。大抵煩促相宣，短長互用，於後世倚聲之法，已啟其先。足證詞曲之源，實為古詩之別派。【一】

這種看似實證性的考據，其實帶有很強的主觀隨意性。鑒於古人以尊經為尊體的策略，對於古人之言，得意忘言可也。如果拘泥於文體史實，執著而簡單地去肯定或否定某些文本於經的論述，就不免淪為皮相之論了。

【一】劉師培：《論文雜記・十五》，收入陳引弛編校：《劉師培中古文學論集》，頁二四七。

後記

古人稱六十歲為「杖鄉」。《禮記．王制》云：「六十杖於鄉。」謂六十歲可拄杖行於鄉里。不知不覺，我已過了「杖鄉」之年。「杖鄉」的詞義，對我來説，似乎有點隔膜。我既無須扶杖，又遠離故鄉。不過，古人手中的「杖」，含義頗為豐富。它不僅具有支撐人體的物理意義，還是士人尊嚴或風度的標誌。蘇軾曾寫過一首著名的詞：「莫聽穿林打葉聲，何妨吟嘯且徐行。竹杖芒鞋輕勝馬，誰怕？一蓑煙雨任平生。」東坡的「竹杖芒鞋」與「吟嘯徐行」所透露的，是一種高逸瀟灑的士人精神。這麼一想，「杖鄉」這個詞於我又變得親切起來。

在人生「杖鄉」階段，我也需要「扶杖」。我扶的「杖」，是精神上的「杖」，那就是對古典學術研究的興致。對於一些人來説，這種研究顯然是「百無一用」之事，但對我而言，卻是精神上的支撐與寄託。它讓我在虛幻的世界裏獲得實在，在喧囂的現實中得以平靜，在無趣的社會中感到快意。

人生六十，是一甲子。「徐行」多少是一種無奈。你既無須疾行，其實也無法疾行。但是，古往今來，一些文人學者，偏偏能把這種無奈轉化為優雅，降低速度，卻獲得高度。

還有少數學者，能以逝去的歲月，當作積澱之資，老而彌堅，文章更成，從而到達其學術巔峰。人之差異大矣！此乃關乎天賦時運，非人力所能致也。

年輕時，曾讀過朱光潛先生的一篇文章，他提到，阿爾卑斯山谷中有一條大汽車路，兩旁景物極美，路上插著一個標語勸告遊人說：「慢慢走，欣賞啊！」這篇文章給我深刻的印象。事實上，人生的某個階段，往往像是驅馳在高速路上，大家都被前後左右高速急馳的車輛所裹挾，明知美景在側，卻仍身不由已地隨車流高速飛馳，而無法徐徐行之，緩緩賞之。只有當你離開高速路段，你才可能「慢慢走，欣賞啊」。

人生到了「杖鄉」的階段，與社會之間彼此的需求和期待迅速降低，功利心便可漸趨淡化，不必那麼爭分奪秒，不必再為那些外在的數目或者名目而焦慮。此時無法疾行也無須疾行，徐行就挺好，至少可以「慢慢走，欣賞啊」。不過，學者的訴求，畢竟和遊客不同，所以，我把阿爾卑斯山谷的標語改動二字以自勉：「慢慢走，思考啊！」雖然，我也許無法降低速度而獲得新高度，但我思故我在，若思而不捨，便有所獲。

我在古代文學研究這條路上走了整整四十年。「卻顧所來徑，蒼蒼橫翠微。」從上世紀八十年代開始進入文體學研究領域，幾十年不捨不離，自己戲稱是這個領域的學術「釘子戶」。我一直有個想法：研究中國文體學，必須回到中國本土文化的原始語境，真正地認識其本質和特色，獲得獨特的研究路徑與方法。我們研究中國文體學的目的並不是要復古，也不僅為了釋古，更不是為了抵抗外來文化，而是為了更完整地理解中國文學的文體話語、特點與價值，發現與開拓本土的學術傳統與價值，推動現代中國的學術發展。我曾撰著《中國古代文體學研究》和《中國古代文體形態研究》二書，分別從中國古代文體學史與中國古代文體形態史兩個角度去探討。這兩部書對於當代的中國文體學研究，起了推動作用，也得到學術界同仁的肯定和鼓勵。但是，我仍感到不足。我曾在《中國古代文體學研究》一書的後記裏寫道：

二十多年前，當我進入中國古代文體學研究領域時，它還是一個相當邊緣的冷僻地帶，而現在已經成為一片學術熱土。二十多年前，我對中國文體學茫無所知，卻充滿自信。現在雖然略有所得，卻越來越感到其博大浩瀚，不見涯涘。

當時即有望洋興歎之感。轉眼又過了十年，我對中國古代文體學又有了更多了解；但是，我深感在理論研究上，對於史料與文獻的掌握，固然很重要，但僅此是遠遠不夠的，關鍵需要史識，需要對理論的本質與特色的領悟與把握。這就像了解一個人，知道其外貌與履歷固然是必要的，但把握其風神格調，更為重要。如九方皋相馬，意在玄黃牝牡之外，而得其神韻。我在中國文體學研究上，一直有一個問題縈繞腦海：中國古代的文體學具有什麼特質，這些特質是怎麼形成的？這個問題引發我的濃厚興趣。

俗話說：「三歲看到老。」從一個人幼年時代的稟賦、個性、品格，大概就可以看出他的未來。反過來說，一個人之所以成為現在的模樣，也可以追溯到其幼年時代。從某種角度看，了解理論的生成、演化與了解人類的成長或有相通之處。當我力圖去把握中國文體學的本質與特色的成因時，許多問題都有同一指向，這就是「早期文體觀念的發生」。

我這裏所說的「觀念」，是與「理論」相對而言的，特指那些尚未形成比較完整系統的理論形態和明確理論表述的意識或感覺。早期文體觀念或意識可能表現在具體的文體文本的形式之中，也可能在文本之外，比如在文體分工、文體運用、制度設置、禮制約束等方面，都能間接表現出文體觀念。

「早期文體觀念的發生」恰恰是尚未開墾的學術領域。我們的文體學研究，往往只研究理論形態，而少慮及觀念形態。從中國文體學學術史的角度看，到了魏晉南北朝才出現《文心雕龍》這樣真正具有系統理論形態的文體學著作，而此前大致都比較零碎，片言隻語，這些材料，的確不適宜作為「理論」研究的對象。近二十年來，隨著文體學研究的發展，從唐宋至明清、近代的文體學研究都呈迅速發展之勢。大致在文體學史上，重要的理論家及其著作都被關注過，但「早期文體觀念的發生」仍未被關注到。這不能不說是個欠缺。

鑒於此，近年來，我集中思考「早期文體觀念的發生」問題。我認為，溯流窮源，才能更好地把握中國文體學的整體特性。研究早期文體觀念發生的意義是比較豐富的。它不但是中國文體學研究首先要面對的問題，而且，對於研究中國文章學以及中國文學批評的起源同樣具有重要意義。

談到中國早期古代文體觀念，人們總是信手拈來「詩言志」等例子，這當然是現成且省力的，但這種例子並不能說明文體觀念是如何發生的。當代文體學者不能滿足於引用幾句古語來說明當時已「存在」文體觀念，更重要的是要知其然，又知其所以然，必須説明文體觀念發生的原因、途徑、形態與標誌等問題。不言而喻，對「文體觀念發生」的研究是一個難題。我們必須用極其有限且複雜的傳世文獻與出土文獻來證實這個抽象玄虛的問題，此中難以避免有一些想像與推測之辭。這是一種富有挑戰性的學術冒險。陸機〈文賦〉描寫在寫作過程中，有一種狀態是「課虛無以責有，叩寂寞而求音」，賦予抽象的事物以形狀、無聲的世界以聲響。對文體觀念發生的研究，大概就是處於這樣的情狀。我力求以具體實在的路徑來解釋玄虛的問題，不加虛構，減少推測。研究文體觀念發生有許多路徑，我所選擇的研究路徑主要是：從中國早期的語言文字、制度、詩樂、典籍歸類、文獻稱引、命篇與命體等考察文體觀念的發生。通過文體觀念發生的研究，可以看到，中國古代文體學的特性，是基於中國人獨特的語言文字與獨特的思維方式，其形成有早期社會制度、典籍歸類的背景。中國文體學是層累形成的，而最深層的就是「早期文體觀念的發生」。它是中國文體學理論及體系形成的基礎，是中國文體學本質與特色形成的「基因」。

這本書就是我近年來「慢慢走，思考啊」的產物。走得慢，是客觀的存在，但思考是不是有意義和深度，只能恭待同行與讀者的批評了。

本書部分章節的撰寫，得到李冠蘭、張潤中、陳贇幾位博士的大力協助。他們都是我的學生，雖然相關論題、主要的觀點和思路是我提出來的，但他們思維活躍，視野開放，在文獻檢索、收集以及追蹤當下學術前沿的能力上，已遠超於我了。與學生一起反覆討論、切磋，同嘗探索的艱辛，共享學術的快樂，對我而言，其意義已超出學術本身。

書中涉及古文字與出土文獻方面內容，承蒙中山大學曾憲通、陳偉武、陳斯鵬、田煒諸教授指教。秦漢職官部分內容，也曾請首都師範大學孫正軍教授指瑕。

本書章節原發表在《中國社會科學》、《文學評論》、《文學遺產》、《北京大學學報》、《學術研究》、《文藝理論研究》各刊上，李琳、李超、孫少華、鄭園、王法敏、查正賢諸先生，是本書原發論文的責任編輯。還有一批審稿專家，他們對每篇稿件嚴格要求和合理建議，使我儘可能減少錯誤，為本書書稿打下良好的基礎。

承蒙老同學陳平原教授把本書稿列入「三聯人文書系」，三聯書店（香港）有限公司的顧瑜博士和責任編輯沈夢原女士為本書的出版亦花費許多時間和精力。

同行畏友胡曉明先生慨然賜序，為這本枯燥的著作，平添了幾分光彩。他不僅對拙著有所引申闡發，而且對中國文體學研究提出不少獨特的深度思考。這不但對我有教益，讀者從中也可以得到一些啟發。

這本書雖然很小很薄，承載的友情卻很厚很重。古人謂「秀才人情紙半張」，而眼下，一切文字往來都通過電子通訊，連「紙半張」都給省掉了。對於友情，我難以找到表示感謝的合適形式。想起古人的一句話：「中心藏之，何日忘之。」這倒是適當而又真誠的方法。

吳承學

二〇一九年二月於康園澹齋

作者簡介

吳承學，中山大學中文系教授，教育部「長江學者特聘教授」，中山大學「逸仙學者」講座教授。一九七七年考入中山大學，一九八二年獲得學士學位，一九八四年獲碩士學位，一九九〇年獲復旦大學博士學位。一九九四年在中山大學晉升教授。學術兼職有中山大學學術委員會委員、中山大學學位委員會委員、中山大學中文系學術委員會主席、中國古代文學理論學會副會長、中國明代文學研究會副會長等。研究方向主要是古代詩文，學術專長是中國古代文體學、中國文學批評史、明清詩文等研究。出版學術著作有《中國古代文體形態研究》、《中國古代文體學研究》及論文多種。《中國古代文體學研究》入選首批《國家哲學社會科學成果文庫》，並獲得教育部高等學校科學研究優秀成果獎（人文社科）一等獎。

著述年表

著作

1《中國古典文學風格學》，廣州：花城出版社，一九九三年。
2《晚明小品研究》，南京：江蘇古籍出版社，一九九八年。
3《中國古代文體形態研究》，廣州：中山大學出版社，二〇〇〇年。
4《中國古代文體學研究》，北京：人民出版社，二〇一一年。
5《中國古代文體形態研究》（增訂本），北京：北京大學出版社，二〇一三年。

論文

1 〈「新婦」用典之我見〉，《文學遺產》，一九八五年第三期。
2 〈「漢魏風骨」與「正始之音」〉，《文學遺產》，一九八六年第三期。
3 〈唐詩分期的幾個問題〉，《文學遺產》，一九八九年第三期。
4 〈江山之助——中國古代文學地域風格論〉，《文學評論》，一九九〇年第二期。
5 〈辨體與破體〉，《文學評論》，一九九一年第四期。
6 〈人品與文品〉，《文學遺產》，一九九二年第一期。
7 〈歷史的觀念——中國古代文學史觀初探〉，《文學評論》，一九九二年第六期。
8 〈集句論〉，《文學遺產》，一九九三年第四期。
9 〈生命之喻——論中國古代關於文學藝術人化的批評〉，《文學評論》，一九九四年第一期。
10 〈論題壁詩〉，《文學遺產》，一九九四年第四期。
11 〈評點之興——論文學評點的起源和南宋的詩文評點〉，《文學評論》，一九九五年第一期。
12 〈論謠讖與詩讖〉，《文學評論》，一九九六年第二期。
13 〈唐詩中的留別與贈別〉，《文學遺產》，一九九六年第四期。
14 〈論古詩制題制序史〉，《文學遺產》，一九九六年第五期。
15 〈論晚明清言〉，《文學評論》，一九九七年第四期。
16 〈中國文學批評史研究的回顧與展望〉（合作），《中國社會科學》，一九九七年第五期。
17 〈晚明心態與晚明習氣〉（合作），《文學遺產》，一九九七年第六期。
18 〈古代兵法與文學批評〉，《文學遺產》，一九九八年第六期。
19 〈論《四庫全書總目》在詩文評研究學術史上的貢獻〉，《文學評論》，一九九八年第六期。
20 〈唐代判文文體及源流研究〉，《文學遺產》，一九九九年第六期。
21 〈論宋代隱括詞〉，《文學遺產》，二〇〇〇年第四期。

22〈先秦盟誓及其文化意蘊〉，《文學評論》，二〇〇一年第一期。
23〈詩可以群〉（合作），《中國社會科學》，二〇〇一年第五期。
24〈五四與晚明〉（合作），《文學遺產》，二〇〇二年第三期。
25〈漢魏六朝輓歌考論〉，《文學評論》，二〇〇二年第三期。
26〈現存評點第一書——論《古文關鍵》的編選、評點及其影響〉，《文學遺產》，二〇〇三年第四期。
27〈八股四題〉（合作），《文學評論》，二〇〇四年第二期。
28〈中國古代文體學學科論綱〉（合作），《文學遺產》，二〇〇五年第一期。
29〈過秦論：一個文學經典的形成〉，《文學評論》，二〇〇五年第三期。
30〈清代文章研究的歷史與現狀〉，《文學遺產》，二〇〇六年第一期。
31〈《四庫全書》與評點之學〉，《文學評論》，二〇〇七年第一期。
32〈任昉《文章緣起》考論〉（合作），《文學遺產》，二〇〇七年第四期。
33〈從章句之學到文章之學〉（合作），《文學評論》，二〇〇八年第五期。
34〈宋代文章總集的文體學意義〉，《中國社會科學》，二〇〇九年第二期。
35〈古代文學研究的歷史想象〉（合作），《文學評論》，二〇〇九年第六期。
36〈「詩能窮人」與「詩能達人」——中國古代對於詩人的集體認同〉，《中國社會科學》，二〇一〇年第四期。
37〈論《古今圖書集成》的文學與文體觀念——以《文學典》為中心〉，《文學評論》，二〇一二年第三期。
38〈論「序題」——對中國古代一種文體批評形式的定名與考察〉，《文藝理論研究》，二〇一二年第六期。
39〈中國文章學成立與古文之學的興起〉，《中國社會科學》，二〇一二年第十二期。
40〈命篇與命體——兼論中國古代文體觀念的發生〉（合作），《中國社會科學》，二〇一五年第一期。
41〈建設具有現代意義的中國文體學〉，《文學評論》，二〇一五年第二期。
42〈「九能」綜釋〉，《文學遺產》，二〇一六年第三期。

43 〈中國早期文字與文體觀念〉，《文學評論》，二〇一六年第六期。
44 〈饒宗頤的中國文學研究〉，《文學評論》，二〇一八年第四期。
45 〈中國文體學研究的百年之路〉，《華東師範大學學報》，二〇一九年第四期。
46 〈明清詩文研究七十年〉，《文學遺產》，二〇一九年第五期。